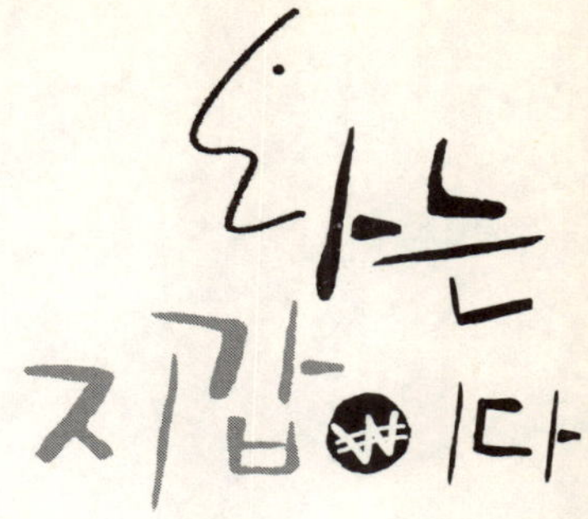

미야베 미유키 지음 | 권일영 옮김

나는 지갑이다

2007년 7월 7일 **초판 1쇄 발행**
2009년 12월 8일 **초판 4쇄 발행**

지은이 | 미야베 미유키 **옮긴이** | 권일영

발행인 | 양원석 **편집장** | 백지선 **책임편집** | 김소연
마케터 | 정도준, 김성룡, 백준, 백창민, 윤석진
펴낸 곳 | 랜덤하우스코리아
주소 | 서울시 강남구 삼성동 159 오크우드호텔 별관 B2
편집문의 | 02-3466-8825 **구입문의** | 02-3466-8955
홈페이지 | www.randombooks.co.kr
등록번호 | 제2-3726호(2004년 1월 15일 등록)
ISBN 978-89-255-1123-8 (03830)

누군가

지갑₩이다

미야베 미유키 지음 | 권일영 옮김

차 례

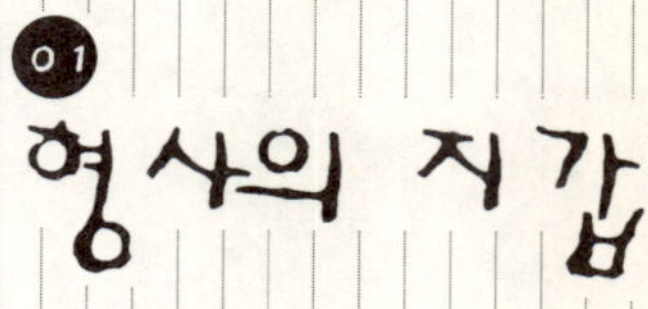

01
형사의 지갑

"주인님, 그 돈을 받아선 안 돼요.
그 돈으로 저를 두둑하게 만들어선 안 돼요."

1

깊은 밤, 잠에서 깼다.

먼저 발소리가 들렸다. 주인님의 묵직한 발소리다. 응접실 바닥에 깔린 다다미를 밟으며 내게로 다가온다.

요즘 주인님의 몸무게가 갑작스레 늘었기 때문에 잘못 들을 리가 없다. 전에는 이따금 나를 살짝 들춰보러 오는 주인님 아내의 발소리와 헷갈린 적도 있기는 하지만.

주인님은 웃옷을 집어 들고 소매에 팔을 집어넣었다. 슥, 하는 소리가 나며 약간 흔들리다가 나는 주인님의 가슴께에 자리를 잡았다.

여느 때와 같은 위치다. 나보다 주인님 심장 가까이에 있는 것은 경찰수첩뿐이다. 나는 그와 교신한 적이 없다. 그는 나보다 훨씬 나이가 많다. 늘 바쁘거나 바쁜 척하며, 직업상 침묵을 좋아한다.

"어느 쪽이에요?"

아내의 목소리가 들렸다. 졸린 모양이다.

주인님은 '도쿄 도내야.'라고만 대답했다. 이 부부는 늘 이런 대화를 한다. 일종의 의식일까.

"돈, 있어요?"

"일단은 됐어. 필요하면 뺄게."

아내는 입을 다물고 있다. 주인님은 나를 꺼내 안을 확인하지도 않았다.

나는 주인님의 지갑이다.

"다녀오세요."

아내의 목소리를 들으며 주인님은 집을 나왔다. 밖에는 차가운 겨울바람이 불고 있다. 주인님의 코트가 바람에 날린다. 그러고 보니, 나는 볼 수가 없지만, 주인님의 코트는 상당히 낡았으리라.

주인님은 천천히 걷는다. 늘 그렇다. 기분이 내키지 않는 건지도 모르고, 어쩌면 많이 지쳤기 때문인지도 모른다.

주인님은 나를 두툼하게 하기 위해 범죄자 잡는 일을 하고 있다고 한다. 남들이 물으면 늘 그렇게 대답한다.

설사 그게 주인님 특유의 쑥스러워하는 말버릇 때문이라 해도, 나는 주인님이 측은하다.

나는 두툼했던 적이 없다.

나하고 주인님은 오랫동안 함께 지내왔다. 그 세월을 정확하게 헤아려본 적도 없고, 또 그럴 수도 없지만, 대략 7년가량 되는 모양이다.

그걸 알게 된 것은 얼마 전 주인님이 아내와 이런 대화를 했기 때문이다.

"그 지갑, 많이 낡았네."

"그런가?"

그때 주인님은 내 안에 든 것을 확인하고, 늘 두는 곳에 넣으려 손에 들고 있었다. 아내는 다가오더니 나를 주인님 손에서 빼앗아 들었다.

"모퉁이가 터졌어요. 닳기도 했고."

"아직 쓸 수 있어."

"이거 언제 선물한 건지 기억나요? 아빠 마흔 살 생일 때예요."

아내는 주인님을 '아빠'라고 부른다.

"그런가? 난 아버지의 날(6월 셋째 주 일요일—옮긴이) 선물인 줄 알았지."

아내는 소리 내어 웃었다.

"그해에 료코와 의논해서 생일과 아버지의 날 선물을 겸해서 산 거죠. 그래도 이 지갑 비쌌어요."

료코는 주인님의 딸 이름이다. 나는 또렷하게 기억하고 있다. 내가 친구들과 함께 놓여 있던 진열장을 진지하게 들여다보던 주인님의 딸 표정을.

그때는 아직 어린애였다. 그 료코 아가씨가 내년 봄엔 대학엘 들어간다.

"대단한 물건을 산 해였지."

주인님이 툭 내뱉었다. 아내는 예, 그랬죠, 라고 대답했다.

나를 사준 지 얼마 되지 않아 주인님 식구들은 집을 샀다. 주택 대출금 갚는 일도 그때 시작되었다.

그런데 지금 그게 막다른 골목에 몰려 있다. 무척 힘든 상황이 되어버렸다. 애당초 이 집은 주인님 능력으로는 유지할 수 없는 비싼 물건이었는지도 모른다.

주인님의 심장 근처에 달라붙어 돈이 들고 나는 걸 내내 보아온 나로서는 그런 사정을 잘 안다. 그래서 이런 대화가 주인님 부부에게는 우울한 이야기라는 사실도 잘 알고 있다.

주인님 부부는 요 한 달가량 집을 내놓는 게 어떻겠느냐는 의논을 자주 했다.

주인님은 내놓을 수 없다고 한다. 아내는 팔자고 한다.

"더 늦기 전에."

그 대화는 늘 평행선을 달려, 대개는 주인님이 일하러 나가면서 유야무야 끝나게 된다.

7년 동안 나는 약간 닳았다. 주인님이나 주인님 살림살이도 닳았다.

"이번 생일에는 지갑을 선물할게요. 훨씬 좋은, 진짜 가죽으로. 이거 7년이나 가지고 다녔으니 오래 쓴 거예요."

아내는 나를 주인님의 손에 돌려주었다.

"아직은 쓸 수 있어. 낡은 지갑을 쓰면 볼품없어서 싫다는 건가?"

주인님이 말했다. 아내는 아무 말도 하지 않았다.

"집을 사더니 지갑 살 돈도 없을 정도로 가난해졌다는 놀림을 받는 것도 아니고."

잠시 후 아내가 작게 말했다.

"그런 심술궂은 소리 하지 마세요."

아내가 그저 돈 걱정만 하고 있는 건 아니다. 주인님 걱정을 하고 있다. 부담이 큰 주인님의 직업을 걱정하고 있다. 주인님의 건강이 나빠지고 있다는 사실을 걱정하고 있다. 안 그래도 형사는 살을 깎는 직업이니까.

그렇다면 하다못해 집이라도 내놓아 주인님의 부담을 조금이라도 가볍게 해주고 싶은 것이다.

주인님도 그런 심정을 알고 있으리라 생각한다.

그리고 나는 주인님도 두려워하고 있다는 걸 느낀다. 자기 자신을. 그럴 때면 주인님은 내가 있는 부근을 살며시 쓰다듬는다. 그러니까, 심장 쪽을.

그리고 한숨을 내쉰다.

오늘 밤도 택시에 흔들리며 주인님은 몇 번이나 그랬다. 내가 주인님의 닳아가고 있는 심장에 대해 생각하고 있을 때, 주인님이 차에서 내렸다.

2

"반장님."

젊은 목소리가 들려왔다. 주인님은 걸음을 멈췄다.

"여어, 내가 늦었네. 수고가 많군."

"이쪽입니다. 끔찍해요."

주인님의 걸음이 약간 빨라졌다. 바람이 더 거세게 불어왔다.

웅성웅성 사람들 목소리가 들려왔다. 꽤 여러 명이다. 순찰차의 무전 소리도 바람에 날려 드문드문 들려온다.

"뺑소니인가?"

주인님이 몸을 수그렸다. 나는 가슴 주머니 안에서 잔뜩 기울어졌다.

"…이거 끔찍하군!"

"차에 치인 게 아니라 깔린 것 같습니다."

주인님은 몸을 일으켰다. 주위를 둘러보고 있을 것이다.

"신원은?"

주인님은 그렇게 물으며 수첩을 꺼냈다.

"모리모토 류이치, 33세, 주소는—."

주인님이 받아 적었다. 팔이 움직인다.

"10미터 정도 뒤에 지갑이 떨어져 있었는데 운전면허증이 있었습니다. 돈은 별로 없었습니다. 2만 엔 남짓 됩니다."

"면허증 얼굴 사진과 피해자가 일치하나?"

약간 뜸을 들였다가 주인님의 웃음소리가 들렸다.

"아, 그런 표정 짓지 마. 사건이 일어나기 직전에 누군지 몰라도 전혀 상관없는 사람이 떨어뜨린 지갑일 수도 있으니까."

"그런 우연이 있겠어요?"

"없다고만 단정할 수야 없지."

"얼굴 사진과 대조해서 본인임을 확인했습니다. 벌써."

젊은 목소리가 약간 째졌다. 분명히 기분이 상한 것이다.

"미안해. 내가 좀 늦었네. 우리 집은 자네들 대기 숙소와 달리 도심에서 편도로 한 시간 반 걸리는 곳에 있잖아."

"어쨌든 시신의 지금 이 얼굴 상태로는 생전의 사진과 비교해 봐야 소용없겠다는 의견도 있었습니다. 엉망진창입니다."

주인님이 얼른 말했다.

"고인을 앞에 두고 그런 표현 쓰지 마."

젊은 목소리가 입을 다물었다.

"가족은?"

"면허증에 있는 주소로 전화를 해봤는데 받지 않습니다."

"부재중 메시지가 나오지 않고?"

"아닙니다."

"주소를 적은 수첩 같은 건 없었나?"

"없습니다."

"지갑에 명함은?"

"있었습니다."

"본인 건가?"

"예. 도요기계공업이란 제조회사 사원입니다."

"그럼 거기로 전화해. 수위나 누가 있겠지. 긴급연락망을 알려 달라고 하게. 동료든 직장 상사든 연결이 되면 가족 연락처도 알 수 있겠지."

그러고 나서 주인님은 천천히 돌아다녔다. 이따금 누군가와 이야기를 나누었다.

도중에 주인님의 발소리에 변화가 일어났다. 처벅처벅, 하는 소리였다. 포장이 되지 않은 풀밭 같은 곳일까?

탐문수사를 분담하는 목소리. 오가고, 다가오고, 또 멀어지는 많은 발소리. 그 뒤에 기계적인 잡음이 끼어든 것은 사진반이 작업을 하고 있기 때문이다. 주인님과 함께한 오랜 세월 덕분에 귀에 익은 소리다.

"좋아, 운반해."

굵직한 목소리가 명령했다. 주인님은 그 굵은 목소리와 이야기를 나누기 시작했다.

"어떻게 생각하나?"

굵은 목소리가 물었다.

"아직 뭐라 말씀드릴 수가 없군요. ―발견한 사람 이야기는 들으셨습니까?"

"아니, 아직. 지나가던 여성이야. 무척 취한 상태라 110번(긴급 신고용 전화번호-옮긴이)으로 신고한 뒤에―."

굵은 목소리가 무슨 손짓을 한 것 같았다. 주인님이 '거참.' 하는 소리를 낸 걸로 보아 손짓으로 토하는 시늉을 한 모양이다.

"지금 좀 쉬고 있어. 곧 자세한 이야기를 들을 수 있겠지."

"젊은 여잡니까?"

"스물두세 살 정도 됐을까?"

"술에 취해서, 그것도 이런 시간에 혼자 밤길을?"

"같이 있던 남자와 말다툼을 했다더군."

"씩씩하군요."

"요즘 아가씨들이 그렇지 뭐."

주인님은 내가 있는 가슴을 문질렀다. 무의식적인 행동일 것이다. 아마 자기 딸 생각을 했으리라.

그리고 배 윗부분에 손을 대고 약간 뜸을 들인 뒤 이렇게 말했다.

"피해자는 넥타이핀을 하고 있지 않았더군요."

"아, 그랬나?"

굵은 목소리가 대답했다.

"예, 보이질 않습니다. 그런 건 아무리 차에 치였다 해도 어디로 날아가거나 하는 게 아닌데. 애당초 하고 있지 않았던 건지도 모르지만….”

"신경 쓰이나?"

"조금은요."

주인님은 웃음을 머금은 목소리로 말했다.

"별로 중요한 문제는 아닐 테지만."

굵은 목소리는 그 말에 반대도 찬성도 하지 않고, 신음소리를 내면서 말했다.

"이 부근에서는 목격자를 기대할 수 없을 것 같군."

아마도 여기는 인적이 드문 곳인 모양이다.

"살인이 일어나기 안성맞춤인 곳이군요."

주인님이 아무렇지도 않게 말했다.

"계획적이라고 생각하나?"

"아직 단정 지을 수는 없지만요."

"피해자가 차에 끌려갔기 때문에?"

"단순한 사고로는 보이지 않습니다. 머리를 때려서 마무리를 지은 흔적이 있더군요.”

굵은 목소리는 잠시 침묵하더니 이렇게 말했다.

“왔네. 저 아가씨야.”

여자의 목소리가 내겐 상당히 기분 좋게 들렸다. 약간 낮기는
해도 알아듣기 쉽고 또렷했다. 씩씩하다.

이름은 미쓰다 사치에라고 했다. 백화점에 근무한다고 한다.

“이제 속이 좀 나아졌습니까?”

주인님이 물었다.

“그리 쉽게 좋아질 리가 없죠. 끔찍한 걸 봤는데요. 게다가 춥
고요.”

“그 후드를 쓰는 게 어때요? 그러면 좀 나을 텐데.”

주인님이 말했다.

“더플코트에 달린 후드는 쓰는 게 아닌 줄 알았죠.”

사치에 양은 의외로 그렇게 말했다.

“장식이잖아요. 하긴, 쓰니 좀 낫군요.”

후드를 쓴 모양이다. 주인님이 물었다.

“어떤 상황에서 이 시체를 발견했습니까?”

“전 그때 남자를 따돌리고 있었어요.”

주인님이나 굵은 목소리는 말이 없었다. 사치에 양이 살짝 메
마른 웃음소리를 냈다.

“미안합니다. 순서대로 말씀드릴게요.”

사치에 양이 ‘남자’라고 부르는 사람은 단골로 가는 스낵바에
서 오늘 밤 알게 된 샐러리맨이라고 했다. 그는 사치에 양을 집

까지 바래다주고 싶어 했다. 물론 기사도 정신을 발휘해서 나선 것은 아니었다.

"저는 그런 가벼운 여자가 아니니까요. 좋게 떼어내려고 했죠. 그래서 취했다고 하고 도중에 차에서 내렸어요. 이 길은 제가 사는 아파트로 가는 지름길이죠."

"차에서 내려 여기 도착할 때까지 어떤 길을 거쳐왔는지 말씀해주시겠습니까?"

주인님 일행은 사치에 양의 안내를 받으며 걸었다. 나는 또 처벅처벅, 하는 발소리를 들었다.

현장으로 돌아오자 굵은 목소리가 누군가에게 불려갔다. 주인님은 사치에 양과 단둘이 남게 되었다. 주인님이 얼른 여자가 있던 스낵바 이름과 '남자'의 이름을 물었다. 사치에 양은 '남자' 이름은 기억 못한다고 대답했다.

"어쩌면 아직 그 근처에서 어슬렁거리고 있을지도 모르죠."

불쾌한 듯이 말했다.

"시체를 발견했을 때는 아가씨 혼자였나요?"

"예. 무서웠어요."

"비명이나 무슨 소리 같은 건 듣지 못했습니까?"

"전혀. 제가 발견했을 때는 다 끝난 뒤인 것 같던데요."

"물론 차나 사람도 보이지 않았고요?"

"예, 아무것도. 저 불쌍한 시체 이외에는."

"이런 곳을 혼자 걷다니, 무섭지 않았어요?"

"속이 시커먼 남자와 걷는 것보다는 훨씬 마음이 편하죠. 어차피 그 남자를 떼어낼 생각뿐이었는걸요. 경찰은 꼭 그럴 때만 안 보이더라고요.”

사치에 양이 진지한 목소리로 말했다.

“저도 좋아서 이런 데를 걸었던 건 아니고, 사건하고는 관계가 없어요. 그건 알아두셔야 해요.”

주인님이 수첩을 접는 소리가 났다. 그리고 억양 없는 목소리로 말했다.

“왜 거짓말을 합니까?”

긴 침묵이 흘렀다.

“제가 거짓말을?”

사치에 양의 목소리가 떨려 나왔다.

“그렇습니다.”

“어째서 거짓말이라는 거죠?”

말을 하다가 사치에 양은 문득 말을 끊었다. 조금 있다가 주인님 쪽으로 한 걸음 다가서는 발소리가 들렸다.

“제발, 지금은 이야기할 수 없어요. 이해해주세요.”

또 한 걸음 다가섰다.

“제 문제만이 아니에요. 조금만 시간을 주세요. 도망치지 않을 테니.”

더 작은 목소리로 말했다.

“다 생각해드릴게요. 정말이에요.”

사치에 양이 다시 속삭였을 때, 굵은 목소리가 뭐라 이야기하며 돌아왔다. 주인님이 얼른 말했다.

"감사합니다. 또 시간을 내달라고 부탁드릴 일이 있을 테니, 오늘 밤은 이만 하죠. 우리 쪽 사람에게 댁까지 바래다드리라고 하겠습니다."

그날 밤은 결국 피해자의 가족하고는 연락이 닿지 않았다. 모리모토 류이치 씨의 직장 상사가 달려와 시신을 확인했다.
"직장 상사 이야기로는, 그 사망한 사람이 결혼을 했다는데요."
아까 그 젊은 목소리가 보고했다.
"부인은 어디서 뭘 하고 있는 걸까요? 남편이 죽었는데."
주인님은 대답하지 않았다. 말없이 가슴을 문지르고 있었다.

3

피해자인 모리모토 류이치 씨의 부인인 모리모토 노리코를 만난 것은 이튿날 점심때가 다 되어서였다.
주인님은 내내 그 젊은 목소리와 함께 있었다. 둘이 모리모토 씨 집 앞에서 부인이 귀가하기를 기다리며 밤을 지새웠던 것이다. 어떤 의미에서는 귀가하는지 어떤지 감시하고 있었던 거나 마찬가지였다. 남편이 변사체로 발견되었는데도 깊은 밤까지 어디 가 있는지조차 알 수 없는 아내니까.
이윽고 집에 돌아왔을 때, 노리코 씨는 혼자가 아니었다. 여자 친구와 함께였다. 어젯밤에도 그 여자 집에서 묵었다고 했다.
주인님과 젊은 목소리는 틀에 박힌 자기소개를 한 뒤 용건을 꺼냈다. 그건 물론 류이치 씨가 사망했다는 슬픈 소식이기도 했다.

"옛?"

외마디만 질렀을 뿐, 노리코 씨의 목소리는 한동안 들리지 않았다. 그리고 한바탕 소동이 일어났다. 부인이 쓰러진 모양이다.

내가 들을 수 있었던 것은 '너무해.' '어떻게 된 거야.' '정신 차려.' 따위의 토막토막 끊어진 말들뿐이었다.

주인님은 거의 손을 쓰지 않고, 친구와 젊은 목소리에게 노리코 씨를 맡겨두었다. 따라서 나도 차분하게 있을 수 있었다.

이윽고 사태가 수습되자 주인님과 젊은 목소리, 그리고 노리코 씨 여자 친구의 대화가 들려왔다.

"좀 쉬면 정신이 들 겁니다. 시신 확인을 하는 데 제가 따라가도 괜찮을까요? 저 상태로는 걱정이 돼서."

주인님은 알았다면서, 경찰차로 갈 수 있게 하겠다고 말했다.

부인의 친구가 자기 이름을 댔다. 미노 야스에라고 했다.

"노리코 씨하고는 전에 같은 직장에서 일했죠."

시내에 있는 보험대리점이라고 했다. 노리코 부인—그때는 오카모토 노리코였지만—은 결혼과 함께 퇴직했고, 야스에 씨는 직장을 옮겼다.

"실례지만, 결혼하셨습니까?"

주인님이 물었다.

"아뇨, 독신입니다. 전혀 실례가 아니에요."

야스에 양이 웃었다.

"노리코 씨가 야스에 씨 집에서 자고 오는 일이 더러 있나요?"

"예. 제가 누군가와 동거할 때 빼고는 자주 자고 가죠."

야스에 양이 시원스럽게 대답했다.

나는 위화감이 들었다. 야스에 양이 필요 이상으로 밝게 행동하고 있다는 느낌이 들었다. 주인님도 그걸 느꼈을까?

잠시 후, 노리코 부인이 정신을 차렸다. 모두들 차에 올라타 경찰서로 향했다.

노리코 씨의 진술은 두 시간 정도 걸렸다.

주인님과 젊은 목소리는 다시 정중하게 위로의 말을 건네고 바로 질문을 시작했다. 노리코 부인도 간결하게 대답했다. 예. 남편은 어제 늦게 돌아온다고 했어요. 갑자기 내부 감사가 들어왔다고…. 남편은 경리과 주임입니다. 그래서 저도 미노 씨한테 놀러 갔던 거죠. 아, 남편도 그걸 알고 있어요. 집에 와도 옷만 갈아입고 바로 회사로 돌아가야 하니 없어도 괜찮다고 해서—.

"남편한테 원한을 품을 만한 인물은 없습니까?"

주인님이 물었을 때, 노리코 씨는 정말 의외라는 듯이 웃음을 터뜨렸다.

"설마, 그럴 리가요. 단순한 사고 아닌가요?"

피해자의 부모와 노리코 씨의 어머니가 경찰서에 도착했다. 부인은 그제야 비로소 울음을 터뜨렸다.

그 뒤 미노 야스에 양이 주인님에게 다가와 이런 이야기를 했다.

"저어, 형사님. 노리코는 정말 저와 함께 있었습니다."

주인님은 말이 없었다. 야스에 양의 얼굴을 쳐다보고 있을 것이다.

"정말이에요. 그러니 노리코는 알리바이가 분명한 거죠."

"그게 걱정되십니까?"

주인님이 물었다.

"예. 노리코가 의심받고 있는 것 같아서요."

나는 야스에 양이 묘하게 밝게 행동하는 까닭이 남편 살해 누명을 쓸지도 몰라 겁먹고 있는 친구를 위해 애써 낙관적인 모습을 보이려 하기 때문이 아닐까 하는 생각이 들었다.

주인님은 야스에 양에게 아무 말도 하지 않았다. 다만 나중에 젊은 목소리의 부하에게 이렇게 말했다.

"이상하다고 생각하지 않나?"

"뭐가 말입니까?"

"피해자 부인 말이야. 소식을 듣고 나서도 아직 한 번도 우리한테 묻질 않는군."

"무얼 말인가요?"

"남편을 친 사람은 어떻게 되었느냐, 이런 질문 말이야. 뺑소니를 쳤는지, 우린 어떻게 판단하고 있는지, 그런 게 궁금하지 않은 걸까…?"

이튿날 오후, 모리모토 류이치 씨의 사인이 밝혀졌다. 두개골 골절과 광범위한 뇌내출혈이었다. 모리모토 씨가 차에 치인 상태로 끌려가 빈사 상태에 있을 때, 누군가가 머리를 심하게 때려 숨을 거둔 것으로 보인다고, 수사 회의에서 보고되었다.

끔찍한 죽음이다.

그리고 모리모토 씨는 보험회사 세 곳에 세 종류, 모두 8천만 엔에 이르는 생명보험에 가입되어 있었다. 보험금 수혜자는 노리코 부인이었다.

나는 또 주인님의 심장 고동이 빨라지는 것을 느꼈다. 회의 시간에 자리에서 일어서려던 주인님이 쓰러졌을 때도 그 심장의 고동은 변함이 없었다. 멈추지 않았다.

4

"그러다 직장 때문에 목숨을 잃을 거예요."

주인님 아내의 목소리다. 나는 옷걸이에 걸린 웃옷 주머니 안에 있다. 주인님은 누워 있는 모양이다.

병원이다.

"남자가 다 그런 거지, 뭐."

"말은 잘하셔."

아내는 심기가 불편하다. 당연한 일이다.

"순환기능 검사를 받는 편이 좋겠대요, 의사 선생님이."

"그럴 시간이 어디 있어."

"죽고 난 뒤엔 해봐야 이미 늦어요."

"병석에 눕는 것보다는 아예 죽는 게 당신이나 료코한테 낫지."

무뚝뚝하게 말하고 나서 주인님은 묘하게 웃었다.

"그러고 보니 내가 죽으면 대출은 깨끗이 갚을 수 있겠군. 보험이 있으니까.”

잠깐 침묵한 뒤, 아내가 말했다.

“여보, 역시 집을 팝시다.”

이번에는 주인님이 침묵했다.

“어째서 그래요? 평생 임대주택에서 사는 사람은 얼마든지 있어요.”

“팔아서 뭘 하려고?”

“돈이 생기잖아요. 매달 갚는 대출금이 없어지면 당신도 마음 편하게 오래 쉴 수 있지 않겠어요?”

“…….”

“좀 쉬세요. 제발.”

“료코가 대학에 가면 또 돈이 들 거야. 난 돈벌이도 제대로 못하는 남편이고.”

“그런 소리 마세요. 형사가 박봉인 줄 다 알고 당신과 결혼한 거니까.”

“그야….”

“전 불만 같은 건 전혀 없어요. 무리하지 마세요.”

“괜찮아.”

“그런 소리 하다가 정말 쓰러진단 말이에요, 당신.”

아내는 잔소리를 할 때만 주인님을 ‘당신’ 이라고 부른다.

“전부터 위험하다, 위험하다 생각했어요. 자주 가슴이 아픈 표정을 지어서.”

주인님이 내가 있는 부위를 문지를 때 그런 표정을 지었나보다, 하는 생각이 들었다.

"경찰이 당신 혼자 힘으로 움직이는 건 아니잖아요. 쉰다고 해도, 아니 그만둔다고 해도 괜찮잖아요."

"그만둬서 좋을 게 뭐 있다고."

"봉사하는 것도 좋지만, 당신 몸을 생각해야죠."

"생각하고 있어."

"그럼 집을 내놓읍시다. 그리고 좀 편하게 지내요, 예?"

"편하게 지내면 어떻게 먹고살아."

"제가 일할게요."

주인님은 어처구니없다는 듯이 웃었다.

"당신이 무슨 일을 해. 먹고살기는커녕 용돈이나 벌면 다행이지."

"그러니까 집을 팝시다."

아내는 전에 없이 집요하게 물고 늘어졌다.

"어차피 료코는 시집갈 텐데 당신과 나 두 식구가 그렇게 넓은 집에 살아서 무얼 해요?"

"바보 같은 소리 마. 그건 나중 얘기야."

말을 끊기 위해 주인님이 일어난 모양이다.

"지갑 줘. 전화 걸고 올게."

아내가 다가와 나를 꺼냈다. 그리고 주인님 몰래 꺼내 볼 때 늘 그랬던 것처럼 내 안을 들여다보았다.

내 안에는 두 개의 칸막이가 있다. 하나는 주인님이 쓰는 현금 카드라는 것이 들어 있고, 또 한쪽에는 뭔가 두꺼운 종이 같은 게 들어 있다. 내가 주인님에게 온 뒤로 내내 들어 있던 것이다.

그것의 정체가 오랫동안 수수께끼였다. 주인님은 그걸 꺼내는 일도 만지는 일도 없었기 때문이다.

그런데 아내가 지금 그걸 꺼냈다.

"여보, 이걸 이렇게 오래 소중하게 간직하고 있군요."

주인님이 약간 당황한 목소리로 말했다.

"어떻게 당신이 그걸 알지?"

"이따금 당신 지갑을 꺼내 봤으니까. 돈이 적을 때는 채워 넣기도 하고. 눈치 못 챘어요?"

주인님은 무뚝뚝하게 말했다.

"지갑 이리 내."

아내는 나를 건네며 말했다.

"그 마음만으로 충분해요. 그러니까—."

그다음은 문이 닫히는 바람에 들리지 않았다.

며칠 뒤 주인님은 다시 직장으로 돌아왔다.

5

사건이 일어나면 주인님은 많이 돌아다닌다. 이번에도 그랬다.

처벅, 처벅, 처벅. 현장 부근을 걷고 있는 모양이다. 그리고 가만히 생각에 잠긴다.

대체 무슨 생각을 하는 걸까. 사치에 양 문제가 아닐까 하는 생각이 든다. 그 여자와는 어떻게 하기로 한 걸까.

생각에 잠겨 있지 않을 때는 젊은 목소리의 부하가 함께 있다.

그가 고자질하는 말투로 말했다.

"노리코 부인에 대한 이웃의 평판이 좋지 않더군요. 사치 부리기 좋아하고, 놀기 좋아하고—."

"부부 사이는 어땠나?"

"다투는 것 같지는 않았답니다. 피해자가 물렁한 남편이었던 모양입니다."

"부인의 주변 관계는 어때?"

"남자가 있다는 소문이 있습니다."

주인님이 내가 있는 곳 언저리를 문질렀다.

"이웃에 사는 주부가 두 번 정도 흰색 승용차에서 내리는 걸 우연히 보았답니다. 집 근처에서요. 운전석에 남자가 있는 것 같았답니다."

"물론 남편은 아니겠지."

"당연하죠."

주인님이 툭툭 웃옷을 털었다.

"하지만 알리바이가 있어."

"완벽합니다."

물론 모리모토 노리코 이야기다. 하지만 지금 나는 미쓰다 사치에 쪽이 더 신경 쓰였다.

"피해자의 복장 말이야, 도요기계공업 직원들한테 확인해봤나?"

주인님이 물었다.

젊은 목소리가 바로 대답했다.

"아, 넥타이핀 말이군요? 예, 물어봤습니다. 사건이 나던 날 밤, 회사에서 나갈 때까지는 하고 있었답니다. 은으로 된 넥타이핀."

"그래? 하고 있었다…."

주인님이 되뇌었다.

"현장에서는 발견되지 않았죠."

"왜 사라진 걸까?"

젊은 목소리가 바로 말했다.

"작은 물건이니까요. 이 근처 어디에 떨어져 있지 않겠습니까? 사고 충격 때문에 빠져 수풀 속으로 날아갔을 수도 있죠."

주인님은 천천히 확인하듯이 물었다.

"그게 가능할까?"

"예?"

"아니, 잘 끼운 넥타이핀이 빠져 날아가는 일이. 단추라면 이해가 가지. 하지만 넥타이핀인데 그럴 수 있을까?"

젊은 목소리가 입을 다물었다. 이윽고 불만스러운 듯한 투로 말했다.

"글쎄요, 잘은 모르겠지만 그런 건 아무래도 상관없지 않습니까? 사건하고는 관계가 없다고 생각하는데요, 저는."

약간 건방진 그 말투는 탐탁지 않았지만 나 역시 그의 말이 당연하다고 생각했다. 신경 쓰이는 것은 넥타이핀 같은 게 아니라, 뭔가 숨기는 게 있는 것 같은 미쓰다 사치에다….

그리고 드디어 주인님이 사치에 양과 만나는 날이 왔다.

카페다. 위치는 모른다. 사치에 양과 주인님이 언제 이런 약속을 했는지도 모른다.

하지만 주인님의 속마음은 알 것 같았다. 주인님의 심장이 두근거리고 있었다.

주인님이 매수당할 작정일까?

"왜 거짓말을 했죠?"

주인님이 무뚝뚝하게 단도직입적으로 물었다.

"전 애인과 함께 있었어요."

사치에 양은 작은 목소리로 대답했다.

"남들이 알게 되면 곤란할 사이예요."

"상상이 갑니다."

"아뇨, 아니에요. 그런 간단한 불륜 관계가 아니에요."

사치에 양의 목소리는 화가 난 것 같았다.

"결혼까지 생각한 사이예요. 그 사람에겐 지금 부인이 있어서… 원만하게 이혼하지 않으면 곤란하죠. 제 존재를 눈치 못 채게 해야 해요. 그러지 않으면—."

"남자 쪽이 당신과 결혼할 의지가 있다면 그걸로 된 거 아닙니까? 숨길 게 없죠."

"저라는 여자가 있다는 걸 알게 되면 그 사람 부인이 이혼하지 않겠다고 고집을 부릴 거예요. 그럼 곤란하죠."

"저는 잘 모르지만 재판이나 조정 과정이라는 방법이 있지 않은가요?"

"유책배우자(혼인 관계의 파탄에 책임이 있는 사람—옮긴이)의 이혼 신청은 받아들이지 않습니다. 몇십 년씩 기다려야 하고—."

"그래서, 그곳에 함께 있었다는 사실을 숨기려고 하신 거군요."

"그렇습니다."

사치에 양이 조심스럽게 말했다.

"형사님, 어떻게 제가 거짓말했다는 걸 눈치 채셨죠?"

"그때 사치에 씨의 구두가 깨끗했으니까요."

나는 사치에 양이 고개를 갸웃거리는 모습을 상상했다.

"우릴 안내해주었던 길을 사치에 씨가 정말로 걸어왔다면 구두에 진흙 같은 게 묻어 있었을 겁니다."

처벅처벅, 그런 발소리가 나던 길이다.

"하지만 사치에 씨의 구두는 방금 닦은 것처럼 깨끗했습니다. 다만 시신을 발견하고는 속이 울렁거려 토했죠. 그때 튄 것은 묻어 있더군요. 그러니 사건이 일어날 때까지는 구두가 깨끗한 상태였을 거라고 생각했죠. 아마 차에 타고 있었을 거라고."

"그리고 여자가 거짓말을 하면서까지 숨길 일은 아마도 남자 때문일 거라고 생각하신 거군요."

사치에 양이 힘없이 말했다.

"그곳에서 뭘 보셨습니까?"

주인님은 단도직입적으로 물었다.

"아무것도 보지 못했습니다. 보지 않은 걸로 해주세요."

주인님은 대답하지 않았다.

"그 사람과 제가 의논해서 결정했습니다. 돈을 드리기로. 그래서 시간이 필요했던 거죠. 거래를 하시겠어요? 지난번에 다 생각해드리겠다고 말씀드린 건 그 때문입니다. 눈치는 채셨겠죠?"

주인님의 심장 고동이 빨라졌다.

"눈치 채셨으니까 그때 제가 거짓말한 걸 다른 사람한테 이야기하지 않은 거죠? 그렇죠?"

주인님이 천천히 대답했다.

"그렇습니다."

나는 주인님의 아내 목소리를 떠올렸다.

집을 팔아요—.

"백만 엔 넣었습니다. 부족하다고 하신다면 백만 엔 더 드릴게요. 그 사람 돈은 있습니다. 자기 사업을 하고 있고, 사업이 잘 되니까요."

부스럭부스럭하는 소리가 났다.

"받아주시겠죠? 이걸로 우리는 아무것도 못 보았던 걸로, 거기 없었던 걸로 되는 거죠?"

"뭔가 보았군요?"

"돈을 받지 않으면 말씀드릴 수 없습니다. 전 아무것도 보지 못했다고 버틸 테니까요."

"비밀은 지키겠습니다."

"믿을 수 없어요. 제가 만약 본 걸 이야기한다면 형사님은 그걸 보고하실 거 아닌가요? 이러이러한 목격자의 증언이 있었다고. 그걸 기초로 수사를 할 테고, 수사하시는 분은 형사님 혼자가 아닐 거 아닙니까? 그렇다면 그 증언을 한 우리 문제를 계속 숨길 수는 없지 않겠어요?"

사치에 양의 말은 분명히 주인님의 아픈 곳을 찔렀을 것이다.

"우린 남의 일 때문에 우리 행복을 날려버릴 정도로 여유 있는 입장이 아니에요. 아무리 작은 위험이라도 피하고 싶고, 그러기 위해서라면 어떤 일이든 할 겁니다. 그래서 이런 큰돈도…. 돈을 받고 우리 거짓말을 모른 척 넘어가주시든지, 아니면 이런 거래를 없었던 걸로 하시든지, 둘 중 하나밖에 없어요."

나는 마음속으로 기도했다. 주인님이 듣지 못할 거라는 생각을 하면서도 기도했다.

주인님, 그 돈을 받아선 안 돼요. 그 돈으로 저를 두둑하게 만들어선 안 돼요.

모리모토 류이치는 보험금 때문에 살해되었을지도 모른다. 사치에가 목격한 내용이 그걸 파헤치는 단서가 될지도 모를 노릇이다.

그걸 돈 때문에 모르는 체 넘어가선 안 된다.

주인님이 일어섰다. 그 모습을 봤는지 사치에 양이 후후 웃었다. 주인님은 잠시 그대로 서 있다가 이윽고 움직이기 시작했다.

두 사람은 밖으로 나왔다.

"그럼 이만."

사치에 양이 말했다. 목소리에 공범자로서의 웃음이 묻어났다.

주인님은 여전히 아무 말이 없었다.

나는 배신당했다. 내가 할 수 있는 일이라곤 그런 돈을 내게 집어넣지 않기를 바라는 것뿐이었다.

주인님은 가만히 서 있었다.

그때 멀리서 사치에 양이 소리치는 목소리가 작게 들려왔다.

“이게 뭐야!”

틀림없이 그렇게 말했다. 주인님은 웃음을 터뜨렸다.

웃고 있다.

“마음이 변했습니다.”

큰 소리로 말했다.

사치에 양이 다시 주인님 쪽으로 달려왔다. 주인님이 조용히 말했다.

“내일이라도 진술을 받아야겠습니다. 사치에 씨는 저를 매수하려 하지 않았고, 저도 그런 이야기를 들은 일이 없습니다. 됐죠? 이 문제는 피차 깨끗하게 없었던 일로 합시다.”

나는 영문을 알 수 없었다. 하지만 주인님은 가벼운 발걸음으로 걷기 시작했다. 그리고 그날 밤은 집으로 돌아갔다.

주인님이 무슨 연극이라도 한 걸까? 사치에 양이 현장에서 무얼 봤는지 확인하기 위해서?

하지만 돈을 받지 않았나?

주인님은 내가 들어 있는 웃옷을 벗어 옷걸이에 걸었다.

그리고 아내에게 이렇게 말했다.

“오늘 자칫하면 매수당할 뻔했어.”

“매수?”

“나도 당해줄 생각으로 나갔었지.”

아내가 놀라는 기척이 났다.

“마지막 순간에 마음이 바뀌었어.”

돈을 받았는데?

“상대방이 후드 달린 코트를 입고 있었기에 다행이지.”

나는 그제야 겨우 눈치 챘다. 이야기가 다 끝났다고 안심하고 돌아서는 사치에 양. 그 여자가 등을 돌린다. 그리고 그 코트 후드에 주인님이 돈 꾸러미를 슬쩍 집어넣는다.

그걸 깨닫고 사치에 양이 ‘이게 뭐야!’ 라고 외쳤던 것이다….

“집을 내놓자.”

주인님이 말했다.

“두려워졌어. 내가 무슨 생각을 하는 건지 알 수가 없어.”

“진심이에요?”

“난 가족한테 제대로 해주는 게 없는 놈이라서. 될 수 있으면 이 집만은 지켜주고 싶었는데.”

“그런 마음만으로도 충분하다고 했잖아요.”

아내의 목소리는 따스했다.

“우리 아버지는 순정파라고 료코가 말하더군요. 당신이 이 집을 샀을 때, 우리 모두 함께 현관에서 찍은 사진을 그리 소중하게 지갑에 넣어가지고 다니더라는 이야기를 했더니.”

내 안에 들어 있는 두꺼운 종이 같은 것의 정체는 사진이었다.

며칠 뒤, 미쓰다 사치에 양은 진술을 통해 모든 이야기를 사실대로 털어놓았다. 물론 그 현장에 같이 있던 남자도 함께 진술했다.

두 사람은 모리모토 류이치가 쓰러져 있던 현장에서 도망치는 승용차 한 대를 목격했다고 했다.

흰색 승용차를.

“하지만 흰색 차야 어디서나 볼 수 있는 거라서.”

주인님의 동료가 신음하듯 그렇게 말했다.

맞는 말이다. 결정적인 증거가 될 수는 없다. 하지만 실마리는 된다. 수사의 방향을 정할 수도 있다. 수사본부는 모리모토 노리코를 중요 참고인으로 부르기로 결정했다.

물론 내 주인님이 그 여자를 조사하지는 않을 것이다. 주인님은 지금 역 앞에 서 있다. 입원 준비를 마친 아내와 만나기로 되어 있는 것이다.

하지만 주인님이 수사과 방을 나갈 때 들은 그 젊은 목소리를 나는 잊을 수가 없다. 주인님도 잊지 못할 것이다. 그는 이렇게 말했다.

“반장님, 푹 쉬세요. 하지만 될 수 있으면 빨리 돌아오십시오. 왠지 이번 사건은 이 정도에서 끝나지 않을 것 같은 불길한 예감이 드네요—.”

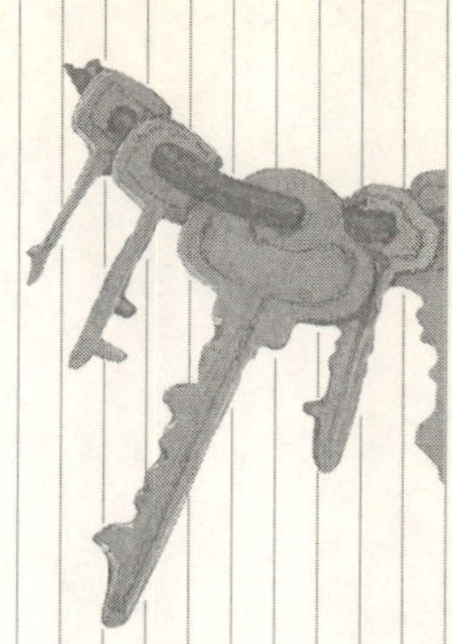

02

공갈꾼의 지갑

"나는 찰랑거리며 인생이 낮은 곳으로만 흘러가버리는
여자와 인연이 있는 모양이야."

1

난 늘 운이 없었지.

하지만 나도 처음엔 반짝거리는 새것이었지. 깨끗했단 말이야.

"오호, 눈에 확 띄는 멋진 색이로군."

이런 소리를 하는 사람도 있었지. 나는 기분 좋았지.

하지만 그때부터 어긋나기 시작했어.

난 아마도 무지하게 요란하게 생긴 지갑인 모양이야. 반짝이
가 잔뜩 붙어 있고, 큼직한 똑딱 버튼도 달려 있지. 내가 핸드백
이나 포셰트(pochette) 안에 들어가면 다른 녀석들이 '좁아, 좁다
니까.' 하며 투덜거렸어. 지난번 주인한테 있을 때 함께 지냈던
안경 케이스란 녀석은 '너 혼자 자리를 너무 많이 차지해. 속은
텅 빈 주제에 디자인만 요란해가지고.' 라며 날 못살게 굴었지.
흥, 그런 소릴 하는 자기 꼬락서니는 어떤지 알지도 못하면서.

그 녀석은 돋보기안경 케이스였어. 지난번 주인은 스낵바의
마담이었는데, 나이를 적어도 열 살은 속였지. 뭐, 들키지는 않
았지만.

그래서 돋보기안경 케이스 녀석은 숨어 있어야만 하는 신세였

지. 절대로 남들 앞에 내놓을 수가 없었던 거야. 성격이 잔뜩 뒤틀린 녀석이라 잔소리가 많았어. 그 녀석과 헤어졌을 때는 속이 다 시원했지. 하지만 말이야, 지금 주인은 아주 커다란 화장 파우치(pouch)를 갖고 있는데, 이 녀석이 덩치에 어울리게 동작도 커서 나하고 자주 부딪쳐서—.

아아, 짜증 나. 난 말재주가 없어. 순서대로 이야기하지 않으면 내가 얼마나 운이 없는 지갑인지 이해하지 못할 거야.

애당초 난 출하될 때부터 뒤로 밀렸어.

백화점에는 들어갈 수가 없었던 거지. 가죽제품 전문점에서도 부르지 않았어.

난 '품위 없다' 는 소릴 듣는다니까. 하지만 그건 내 책임이 아니야. 날 만든 사람에게 '품위' 같은 건 기대할 수 없었던 거 아닐까? 잘은 모르겠지만.

그래서 신품인 나를 진열해준 곳은, 잊을 수도 없네. 아방튀르(위험한 연애, 사랑의 불장난을 뜻하는 불어-옮긴이)라는 가게였지.

불길한 예감이 들기는 했지만, 가게 점원 여자애의 말투나 주인이 전화를 받을 때의 분위기 같은 게 '왠지 거칠다.' 는 느낌이 들었어. 나도 그 시절엔 아직 순진했으니까.

그래도 아방튀르라는 가게 이름은 그리 나쁘지 않다는 생각이 들었어. 솔직히 이야기하면 마음에 들었던 거야. 나도 정말 바보 같지.

내가 처해 있는 입장—입장(立場)이라고 해도 괜찮을 거야, 이런 경우에는. 물론 나는 설[立] 수는 없지만—을 이해하게 된 건 중학생 정도 되는 여자애 세 명이 내가 있는 쇼윈도 앞에 서서 키들키들 웃기 시작했을 때야.

"어머—!"

"가게 이름이 아방튀르니까."

"너무 야해—!"

그 애들은 얼굴이 빨개져서 요란을 떨며 도망가버렸어.

미리 말해두지만 나를 비웃은 건 아니야. 나하고 나란히 진열되어 있던 뭔가를 가리키며 웃은 거지.

그게 뭔지는 좀 지나서 알게 되었어. 난 그 녀석하고 함께 팔렸거든. 술에 잔뜩 취한 아저씨한테 말이야.

그 아저씨는 아주 요란한 소리를 내며 가게 안을 돌아다니는 여자를 데리고 왔지. 굽이 9센티미터쯤 되는 하이힐이라도 신은 모양이야. 이따금 찰랑찰랑하는 소리도 났어.

"이건 미키짱에게 선물."

느끼한 목소리로 말하며 아저씨가 나를 샀어.

미키짱이라고 불린 찰랑찰랑 소리를 내는 여자는 '그럼 이건 내가 선물할게.'라며 내 옆에 있는 뭔가를 샀지. 아저씨는 기쁘다는 듯이 말했어.

"많이 사도 돼. 부족하면 곤란하니까."

그리고 둘이서 끈적끈적하게 웃었어.

크리스마스라고, 선물 교환이라고 하더군. 그리고 그 뭔가를 산 '미키짱'은 그 뒤에 아저씨에게 자기 자신을 선물한 거야.

이제 알겠어? '미키짱'이 산 그 뭔가의 정체를?

난 절망했어. 그런 것과 함께 진열되어 있었다니. 그게 몰락의 시작이었지.

'미키짱'은 나를 3개월도 쓰지 못했어. 물론 그 아저씨도 나하고 같은 운명이었을 테지만 말이야. 쌤통이지.

나에게 싫증이 난 '미키짱'은 그래도 날 버리지는 않았어. 아는 사람에게 줬지. 그게 아까 말한 스낵바 마담이야.

그런 장사도 쉬운 게 아닌가봐. 마담 혼자 꾸려가고 있는데, 늘 돈에 쪼들려서…. 그래서 남이 쓰던 지갑이지만 받아 쓴 거지. 그 마담은 그야말로 남들이 주는 것은 뭐든 받고, 남에게 주는 건 눈곱만큼도 없는 사람이었어.

그 마담과 헤어진 건 그 사람이 나를 잃어버렸기 때문이야.

돈하고는 지지리 인연이 없는 여자야. 그때 내 안에는 무려 12만 엔이나 들어 있었거든.

마담은 손님을 따라 온천 여행을 갔어. '신난다!' 어쩌고 하면서 들떴겠지? 거기서 날 잃어버렸어.

어떤 곳이었는지는 나도 몰라. 바깥이었고, 지나다니는 사람이 많았어.

마담도 나를 어디서 잃어버렸는지 모를 거야. 집에 가서야 비로소 지갑이 없다는 걸 깨달았는지도 몰라.

얼빠진 여자야. 누군가가 나를 주워서 파출소에 갖다 주었지만, 마담은 나를 찾으러 오지 않았어. 지금은 뭘 하고 있을까, 하는 생각이 이따금 들기는 해….

아, 맞아. 그때 날 주운 사람이 지금 내 주인이야. 여자인데,

그때 그 온천 마을에서 심부름을 하고 있었어. 사람들이 ‘미치코 씨’라고 불렀지.

미치코 씨는 날 소중하게 여겨줬어. 당연하지. 내 덕분에 12만 엔이 생겼으니까. 날 ‘도깨비 방망이’라고 불렀어. 그런데 ‘도깨비 방망이’가 뭐지? 뭐, 몰라도 상관없어.

내 주인이 된 지 얼마 되지 않아 결혼을 했어. 그래서 가사이 미치코란 이름으로 불리게 되었지.

결혼 상대는 손님이었어. 목소리가 우렁우렁한 남자였지. 그리고 결혼하자마자 둘이서 ‘도쿄’란 도시로 나왔어.

하지만 남편은 이제 없어. 반년밖에 살지 못한 거야. 내 주인이 남편한테서 도망쳤지.

난 처음부터 알았어. 내가 말을 할 줄만 알았다면 결혼하기 전에 미치코 씨에게 이렇게 말해주고 싶었어.

“저어, 잠깐. 다시 생각해보는 게 좋을 것 같아. 미치코 씨가 없을 때 내 안에 있는 돈을 빼가는 남자라면 변변치 못한 인간 아니야?”

하지만 주인은 맹했어. ‘용돈 내놔!’ 하는 남자에게 맞아서 앞니가 두 대나 부러질 때까지 아무것도 몰랐으니까.

주인은 울며불며 치과의사를 찾아갔지. 저금통장을 헐어서 이를 두 대 새로 끼웠어. 30만 엔이나 들었어. 치과의사에게 지불할 돈을 담고 그 여자 품에 안겨 있을 때는 미치코 씨가 약간 불쌍했어.

혼자 살게 된 미치코 씨는 별로 고급스럽지도 않은 작은 술집에 나가며 나를 두툼하게 만들려고 열심히 일했지.

"나 옛날에 이 지갑과 함께 안에 든 12만 엔을 주웠어. 그래서 지금도 소중하게 여기고 있는 거야. 재수가 좋은 물건인걸."

이런 말을 했었어. 하지만 그때뿐이었지, 좋은 일은 없었지.

어느 날, 주인이 미용실에 갔을 때 내가 들어 있는 백을 접수처에 맡겼어. 미치코 씨가 보이지 않자 접수처의 두 여자가 웃으며 소곤소곤 이렇게 말했어.

"얘, 지금 저 손님, 봤지?"

"집에 있는 액세서리는 모두 다 하고 나온 모양이야."

"저 목걸이가 몇 개니? 인도에서 우호친선을 위해 잔뜩 멋을 부리고 온 코끼리 같아."

나도 찰랑거리며 인생이 낮은 곳으로만 흘러가버리는 여자와 인연이 있는 모양이야….

2

별로 나아지지는 않았지만 나름대로 평화롭게 살아온 우리에게 어느 날 경찰이 들이닥쳤어.

내 주인의 몇 안 되는 단골 중 한 사람이 뺑소니 사고를 당했다는 게 문제의 시작이었어. 그것도 단순한 뺑소니가 아니라 아마 '살인' 이라는 거였던 모양이야.

그리고 경찰은 그 사람의 부인이 범인이 아닌가, 의심하고 있었어. 남편이 생명보험에 들어 있었으니까.

46

8천만 엔.

대단한 돈이지. 난 똑딱 버튼이 망가져도 좋으니, 딱 한 번만이라도 그만한 돈을 안아보고 싶어.

살해된 사람의 이름은 모리모토 류이치, 33세. 부인 이름은 노리코, 28세. 그 여자는 결혼 전에 보험대리점에 근무했기 때문에 보험에 관해서는 빠삭했던 모양이야. 게다가 남편이 물렁한 사람이란 점을 틈타 제법 신나게 놀러 다녔고, 남자도 있었던 모양이래.

수상하지 않아? 내가 형사라도 의심할 거야.

하지만 안타깝게도 그 여자에겐 알리바이란 게 있어. 남편이 살해되던 시간에 자기 여자 친구하고 함께 있었던 거지.

그래서 경찰은 노리코 씨가 누군가에게 부탁해서—내 주인과 이야기한 형사는 '공모해서'라고 했지—남편을 죽인 것이 아닌가, 생각하고 있다는 거야. 경찰은 머리가 좋아.

내가 이렇게 자세하게 알고 있는 건 형사님이 내 주인에게 그 죽은 손님에 관해 물어보러 왔기 때문이야.

주인은 근무 시간에는 곤란하다고 했겠지. 형사님은 일부러 주인이 퇴근할 때까지 기다렸다가 심야 영업을 하는 가게에서 함께 라면을 먹으며 이야기를 나눴어. 그래서 나도 대화를 들을 수가 있었고.

주인이 가게에서 일할 때는 난 백에 들어 있기 때문에 자물쇠가 달린 사물함 안에 있어야 해. 난 사물이니까.

그래서 나는 모리모토라는 단골손님도 직접 알지는 못해. 주인의 이야기를 통해서만 알고 있을 뿐이지. 제법 흥미가 당기지 않아?

게다가 진짜 형사 목소리는 쉽게 들을 수 있는 게 아니잖아.

"모리모토 씨가 가게에 왔을 때 자기 부인 이야기를 하지 않았습니까? 부인의 외도를 의심한다거나, 구체적인 사람 이름을 대거나 한 적이 없었나요?"

결국 경찰은 노리코 씨나 류이치 씨를 아는 사람들을―어떤 관계이건―만나고 돌아다니며 어떻게든 남편 살해에 가담할 정도로 그 여자와 뜨거운 사이인 남자를 캐내려 하고 있었던 거지.

아, '캐낸다' 라니, 좀 전문적인 느낌이 드는 말 아니야? 내 주인을 만나러 온 형사는 무척 젊은 목소리였지만, 내 주인이 뭔가 질문을 하면 계속 어려운 말을 써가며 대답했어.

사건 내용은 텔레비전에도 자주 나왔기 때문에 내 주인도 노리코 씨가 '중요 참고인' 이라는 걸로 경찰에 불려갔다는 내용까지는 알고 있었어.

"틀림없이 그 여자가 범인인 줄만 알고 있었죠."

주인은 묘하게 정중한 말투로 주절거렸어.

"참고인은 용의자도 아니고 범인도 아닙니다."

"그냥 참고인이라면 그렇겠지만, 그 부인에겐 '중요' 라는 말이 붙잖아요?"

내 주인이 말했어.

"게다가 공범인 남자의 흰색 승용차가 목격되었다던가, 뭐라던가. 와이드 쇼에서 그렇게 이야기하는 걸 본 기억도 있습니다.

그건 어떻게 된 거죠?"

젊은 목소리 형사님의 짜증 난 표정이 눈에 선했어. 내 주인은 궁금한 게 무지하게 많은 사람이야. 그리고 '내가 알고 싶은 걸 가르쳐주지 않으면 나도 알려주지 않겠다.'는 사람이지.

형사님이 포기한 듯이 말했어.

"그건 한편으로는 '전에 노리코 부인이 남편 차가 아닌 흰색 승용차를 타고 있는 걸 보았다.'는 사람이 있고, 또 한편으로는 '류이치 씨가 살해된 현장에서 도망치는 흰색 승용차를 보았다.'는 사람이 있기 때문일 뿐입니다."

형사는 시큰둥하게 코웃음을 쳤다.

"그 정도라면 충분히 단순한 우연의 일치일 수도 있습니다. 도쿄 도내에만 해도 흰색 승용차는 셀 수 없이 많으니까요. 그걸 가지고 떠들어대는 건 매스컴뿐입니다."

무뚝뚝하게 말했지만, 진심이 아닌 것 같았어. 사실은 경찰도 그 흰색 승용차 문제로 '드디어 걸렸다!' 하는 심정이었을 테지만 조사해보니 증거나 단서가 될 만한 내용이 없었던 게 아닐까.

난 누가 자기 실수를 인정하지 않고 떼를 쓰는 걸 보면 바로 눈치 채. 그런 경우를 자주 봤으니까 말이야.

내 주인은 잠시 입을 다물었어.

웬일인가… 싶었는데, 꿈지럭꿈지럭 움직이고 나서 이렇게 물었어.

"어머, 그럼 부인은 석방되었겠군요."

형사님의 한숨 소리가 들렸지.

"잘 들으세요. 모리모토 노리코 씨는 체포되었던 게 아닙니다. 그러니 석방될 일도 없죠. 진술이 끝나서 귀가했을 뿐입니다."

"그럼 집에서 느긋하게 지내고 있겠군요."

"거기까지는 모르겠지만."

형사님은 결국 거의 애원하는 투로 말했어.

"그래, 모리모토 류이치 씨가 뭔가 이야기하지 않았습니까? 어떤 내용이든 괜찮습니다. 그 사람 단골인 데다, 가게에 오면 늘 당신과 마셨다고 하던데."

내 주인은 살짝 웃었어.

"아무것도 기억이 나지 않습니다. ─아니, 모리모토 씨는 자기 집안일을 주절거리는 사람이 아니었으니까요. 부인 이야기나 애가 없었다는 이야기도 사건이 일어날 때까지는 몰랐습니다."

그리고 혼잣말처럼 말하더군.

"그 사람이 저를 단골로 삼았던 건 제가 자기 부인과는 달리 머리도 나쁘고 세련되지 못하고, 똑똑하지 못한 여자였기 때문이겠죠, 아마도."

그날 밤 집에 돌아와 내 주인은 뭔가를 시작했어.

부스럭부스럭하는 소리가 났지. 신문을 뒤적이는 건지도 몰라. 파닥파닥하는 소리도 들렸으니 다른 것─. 그래, 앨범 같은 걸 보고 있었는지도 몰라.

여느 때 같으면 야식을 먹고 바로 잤을 거야. 집에서 내가 늘 있는 곳은 문 옆 고리에 걸린 핸드백 안이지만 주인이 어디 있어도 목소리나 움직이는 소리가 들려. 좁은 방이니까.

상당히 오래 부스럭부스럭, 파닥파닥, 하고 나서야 겨우 잠자리에 들었지. 그러고도 몇 번이나 몸을 뒤척였어.

그리고 이렇게 중얼거렸지.

"8천만 엔이라…."

3

"예, 가사이라고 합니다. 예예. 예, 그렇습니다. 남편 분께서 늘 단골로 찾아주셨습니다. …정말 마음 아픈 일입니다."

이튿날, 아직 점심식사 전인데도 일어나, 내 주인은 전화를 걸었어.

놀라운 일이지. 평소에는 누가 찾아와도 집에 없는 척하면서 잘 시간인데. 그리고 바로 깨달았어.

남편 분께서 늘 단골로 찾아주셨습니다, 라고 했다는 걸.

전화 상대는 모리모토 노리코 씨였지. 내 주인은 어젯밤, 신문과 명함첩을 뒤져서 모리모토 씨의 집 전화번호를 찾아냈던 거야.

"늦기는 했지만 향이라도 올릴 수 있을까요? 제가 부인께 드릴 말씀도 있고요…."

노리코 씨가 허락한 모양이야. 주인은 여느 때보다 시간을 들여 준비했어. 나갈 때, 내가 든 백을 힘차게 낚아챘지.

기운이 솟는 모양이야. 모리모토 노리코 씨는 목소리가 예뻤어.

달콤한 목소리라고나 해야 할까? 나는 잠깐 '미키짱' 생각이 났어.

내 주인은 허풍스러울 정도로 슬픈 목소리로 말했지. 향을 올리고 징을 두드려 명복을 빈 뒤 요란하게 코를 풀었어. 나는 주인 무릎 옆에 놓인 백 안에서 그 소리를 듣고 있었지.

노리코 부인은 내내 조용했어. 거의 말이 없었지. 이야기가 이상해지기 전까지는 말이야.

내 주인이 느닷없이 이런 이야기를 꺼낸 거야.

"8천만 엔, 뭐에 쓸 거예요?"

나는 어리둥절했어. 무슨 소릴 하려는 거지.

노리코 부인은 바로 대답하지 않았어. 하기야 당연한 일이지만.

"아직 아무 생각도 하지 못했습니다. 그보다는 남편을 죽인 범인이 빨리 잡히기를 바라고—."

"어머, 정말로요?"

주인의 얼토당토않은 질문에도 노리코 씨는 냉정했어.

"정말이냐니, 당연하죠. 그쪽도 내 입장이라면 그렇게 생각하지 않겠어요?"

"모르겠네."

내 주인은 가식적인 목소리로 웃었어. 정신이 어떻게 된 게 아닌가, 하는 생각이 들었지.

그다음 말을 들을 때까지는.

"댁의 남편한테 들은 적이 있어요."

"무얼요?"

"요즘 나를 보는 아내의 눈초리가 이상해. 남자라도 생겨서 내가 거추장스러워진 걸까…."

침묵, 침묵.

"그게 무슨 뜻이죠?"

노리코 씨의 목소리가 막대기처럼 뻣뻣해졌어.

"별거 아닙니다. 1년 정도 됐을 겁니다, 그런 이야기가 나온 건. 아, 그렇지. 이런 이야기도 하더군요. 속이 좋지 않아. 학창 시절부터 머리는 나빠도 위장만은 튼튼하다고 자신해왔는데…, 라고."

"그게 어쨌다는 거죠?"

"그래서 내가 이렇게 말했어요. 위험해. 드디어 부인이 독이라도 넣기 시작한 걸지도 몰라, 라고요."

한번은 주인이 나의 잔돈 넣는 곳에 커다란 브로치를 넣은 적이 있어. 아프고 괴로워서 몸을 가누기도 힘들었지.

그때의 일이 떠올랐어. 난 주인의 백 안에서 할 수만 있다면 몸을 부르르 떨고 싶었어.

"돌아가주세요."

방에서 나가는 발소리가 들렸어.

주인이 따라가며 소리를 질렀지. 전남편한테 맞을 때 이후로는 들어본 적이 없을 만치 큰소리로.

"너무 뻣뻣하게 나오는 거 아니야? 남편이 죽어서 좋아 어쩔 줄 모르는 주제에."

이번에는 침묵 속에서 두 사람의 숨소리가 거칠어졌어.

"당신이 죽인 거지? 남자하고 짜고."

주인 입에서 진짜 하고 싶었던 말이 튀어나온 거야.

"냄새가 풀풀 나. 그래서 경찰이 아무리 작은 것이라도 놓치지 않으려고 나 같은, 당신 남편의 단골 술집 여자한테까지 찾아오는 거지. 당신을 몰아세울 증거를 찾고 있어. 이봐, 조금이라도 꼬리를 잡히면 그걸로 끝장이야."

"그 꼬리를 당신이 잡았다는 건가?"

노리코의 목소리는 여전히 예뻤어.

"글쎄, 그게 꼬리인지 아닌지는 경찰이 판단해주겠지."

"지금 당신이 말하는 건 한 다리 건너 들은 이야기야. 정황 증거에 불과하지. 그건 알기나 해?"

주인을 바보로 취급하는 거야. 그 예쁜 목소리가 무서웠어.

"흥, 정황 증거 때문에 체포되어 정식 재판에 걸린 녀석도 있잖아?"

주인은 전에 텔레비전에서 한창 떠들었던 보험금 살인사건 이야기를 했어.

"이봐, 당신 티끌 모아 태산이란 속담 몰라? 경찰은 말이야, 지금 티끌을 모으고 있는 거야. 충분히 높은 산이 되면 당신은 그 위에서 목이 매달릴 거야. 알기나 해?"

"어처구니가 없군. 당신이 하는 소린 정말 말도 안 되는 헛소리야."

"내가 지금 말한 것 말고도 뭔가 더 알고 있다고 생각하지 않아? 그래, 난 당신 목덜미를 잡고 있는 걸지도 몰라."

나는 내 똑딱 버튼이 떨어지는 줄 알았어.

정말이야? 정말로 뭔가를 알고 있어?

노리코 씨가 털썩, 다다미에 앉는 소리가 났다.

"뭘 알고 있지? 남편이 당신한테 무슨 이야기를 했지?"

나도 그걸 알고 싶어.

"돈도 받기 전에 물건을 내주는 바보는 없지."

내 주인은 공갈꾼이 되었어.

"…얼마가 필요해?"

"글쎄."

내 주인이 킥킥, 웃었어.

"얼마일까. 이봐, 보험금은 언제 들어와?"

"당신이 무얼 알고 있는지 그걸 가르쳐주면 대답하지."

그렇게 말하고 나서 노리코 씨는 내 주인과 똑같이 웃었어.

두 사람은 함께 웃었어. 마치 아방튀르의 쇼윈도를 들여다보며 웃던 여자애들처럼. 인간들은 어찌할 바를 모를 때 키들키들 웃는 건가?

"비싸게 부르지는 않을게."

내 주인은 묘하게 저자세가 되었어.

"억지를 부리지는 않겠어. 한꺼번에 주지 않아도 되고."

"우린 공동 운명체야."

"뭐라고?"

"지갑이 하나라는 얘기야."

난 노리코 씨의 지갑이 되고 싶지 않아. 지금 이 주인의 지갑인 것만도 싫어.

"돈을 목적으로 남편을 죽였다는 의심이 벗겨지지 않는 한, 난

보험금을 탈 수 없어. 내 주머니에 돈이 없으면 당신에게 줄 수
도 없지. 그런 얘기야."

노리코 씨는 목소리를 죽이고 속삭였어.

"그러니 피차 잘해보자고. 더 이상 내가 의심을 받지 않도록
말이야."

물론 나는 볼 수 없었지만, 노리코 씨가 입술 앞에 손가락 하
나를 세우고 있을 거란 생각이 들었어.

"범인이 잡히지 않더라도 나에 대한 의심이 풀리면 되는 거
야."

"범인이 잡히지 않더라도 말이지?"

내 주인은 노리코 씨의 말을 반복하더니, 잠시 생각에 잠겼어.
그러고 나서 이렇게 말했지.

"이봐, 당신 날 방심하게 해놓고 수작 부리면 안 돼."

"어머—."

"지금 나한테 무슨 일이 일어나면 경찰이 그냥 두지 않을 테니
까. 난 당신 남편을 잘 알던 여자란 말이야."

"그런 건 나도 알아."

노리코 씨는 예쁜 목소리로 말했어. 험악한 분위기가 가라앉
자, 내 주인은 상대를 떠보려는 말투로 말했어.

"이봐, 난 오늘도 빈손으로 돌아가고 싶지는 않은걸."

"하지만 방금 이야기했잖아? 돈은 아직 못 받았어. 저금이 넉
넉하다면 보험금 따위는 타려고 하지도 않—."

노리코 씨는 거기까지 말하다 입을 다물었어. 내 주인은 소리

죽여 웃었어.

"돈이 아니라도 괜찮아."

노리코 씨는 말이 없었어.

"그런데 멋진 목걸이를 하고 있네. 그거 에메랄드지? 다이아 몬드도 박혀 있어?"

"—맞아, 맞아."

"나 목걸이 좋아해. 하지만 진짜는 비싸서 말이야. 내 벌이로 는 가짜밖에 살 수 없거든."

그래, 그렇게 해서 내 주인은 그 목걸이를 손에 넣었어.

"이건 우리가 맺은 계약의 선수금이야."

그리고 돌아갈 때, 문득 생각났다는 듯이 이렇게 말했지.

"이봐, 공모한 남자는 대체 누구야?"

노리코 씨는 당황하는 기색도 없이 대답했어.

"이봐, 작은 비밀도 지키기 어려운 법이야. 당신은 지금 알고 있는 내용을 입 밖에 내지 않는 것만 해도 버겁겠지. 일부러 비 밀을 더 늘릴 필요는 없지 않겠어?"

그 목소리도 아주 예뻤어.

집으로 돌아오는 택시 안에서 주인은 휘파람을 불었어. 기분 이 좋아서. 운전기사에게도 연신 말을 걸었지.

"이봐요, 기사 양반. 사람이란 때론 운수대통을 해봐야 하는 거야."

"손님, 경마에서 대박이라도 터졌습니까?"

"그렇지, 그런 셈이지."

그동안 난 무얼 하고 있었느냐고?

난 나와 함께 12만 엔을 주웠다고 기뻐하던 여자의 목소리를 떠올리려 하고 있었어. 그 여자는 어디로 가버린 거지?

4

한동안 변함없는 생활이 이어졌어.

내 주인은 가게에 나가고, 일을 했어. 돌아와서 식은 밥이나 인스턴트 라면으로 야식을 먹고 이부자리로 기어들어갔지.

난 여전히 홀쭉했어. 두둑해지지 않았지. 두둑해지는 건 주인의 꿈뿐이었어. 그것도 지저분한 꿈이야.

사건이 어떻게 되어가는지는 전혀 알 수가 없었어. 뉴스에서도 다루지 않았고, 형사도 찾아오지 않았지. 노리코 씨가 정식으로 8천만 엔을 손에 넣는 날이 오는 게 아닐까 하는 생각이 들었지.

그렇게 되면 안 돼. 경찰, 힘내라고.

주인은 이따금 노리코 씨에게 전화를 걸었어. 뭔가 조르는 경우도 있었고.

"너무 자주 접촉하면 안 된다고? —그야 경찰이 눈치를 채면 곤란하다는 건 알지. 하지만 이봐, 나 힘들어. 가스 요금이 밀려 있어서. 이달에도 내지 않으면 끊길 거야. 3만 엔, 아니 5만 엔 정도라면 마련해줄 수 있겠지? 약속했잖아…."

무슨 얘긴지 알지? 내 주인은 큰돈을 우려내기 전까지 찔끔찔

끔 뜯어내면서 견디기로 한 모양이야. 내겐 보이지 않지만 그 목
걸이도 하고 있겠지.

　전리품인걸.

　주인은 뜯어낸 돈을 내 안에 넣었어.

　암담하더군.

　무서운 일이 일어난 건 그 이튿날이었어.

　내 주인이 습격을 당한 거야. 차가 뒤쫓아 왔지.

　술집은 정기 휴일이었어. 주인은 청소를 하고 쇼핑을 했지. 그
리고 파친코를 하러 갔어.

　주인은 파친코에 가면 대개 문을 닫을 때까지 달라붙어 있어.
그날 밤도 그랬어.

　파친코에서 나오면 집까지 걸어가지. 주위는 조용했어. 주인
이 사는 곳은 밤이 되면 늘 이런 분위기야.

　모퉁이를 하나, 둘을 돌았을 때 갑자기 엔진 소리가 요란하게
들렸어. 내 주인은 깜짝 놀라 멈춰 섰지.

　난 주인의 코트 주머니에 있었어. 주인이 뛰기 시작하면서 나
도 계속 흔들렸어.

　주인은 달리고, 달리고, 또 달렸어. 헉헉거리면서 도중에 넘어
질 뻔하기도 하고. 죽어라 달렸어. 하지만 자동차 소리는 점점
가까워졌지.

　이제 글렀구나, 하는 생각이 들었을 때 주인은 길 왼쪽에 있는
집의 계단으로 뛰어올라갔어. 나는 쿵, 하고 한 번 흔들리며, 차
가 스쳐 지나가는 소리를 들었지.

"그년—, 그년이야."

이게 주인이 맨 먼저 내뱉은 말이었어.

"너, 날 죽이려 했어!"

"내가?"

"얼버무리지 마. 나를 차로 치려고 했잖아."

"어머, 그런 일이 있었어? 다치진 않았고?"

"속이 빤히 들여다보여….""

"어머, 그게 대체 언제 일이야?"

"어젯밤이지. 그 일이 있고 나서 계속 전화를 했는데 넌 받지 않았어. 받을 수가 없었겠지."

"무슨 소린지 모르겠지만, 난 어젯밤 친구 집에 있었어. 엄연히 알리바이가 있지."

"흥, 또 남자한테 시킨 거겠지. 하지만 미리 말해두겠는데, 지금 날 죽이면 경찰은 바로 수상하게 여길 거야. 그러니—."

"그 차 흰색이었지? 흰색 승용차는 많아. 밤길에 과속하는 차도 많고."

"…잠깐!"

"내 말 들어봐. 좋은 걸 하나 가르쳐줄게. 난 당신하고 계약을 했어. 원만하게 말이야. 나는 만족하고 있어. 그러니 당신을 죽일 이유가 없지. 하지만 당신이 교통사고를 당하거나 가스 폭발로 죽거나 하는 것까지 내가 책임질 수는 없어."

"당신 정말—."

"뭘 화를 내? 우스운 사람이네. 난 당신을 죽일 이유가 없어. 그래서 사고를 조심하라는 것뿐인데."

"남편 때와는 달리 완벽하게 사고로 위장해서 날 죽이고 싶다는 이야기지?"

노리코 씨는 소리 내어 웃었다.

"이봐, 당신이 나한테 뜯어내려는 큰돈에는 이자가 붙어 있는 거야. 바로 스릴이라는 이자지. 당신이 살아남아서 돈을 받게 되느냐, 우리가 이겨서 아무에게도 의심받지 않고 당신을 없애버리느냐, 하는 스릴."

"……."

"도저히 겁이 나서 견딜 수 없다면 경찰한테 달려가시지. 난 상관없어. 당신이 돈을 포기하고, 게다가 자기가 지은 죄까지 처벌받아도 상관없다면 그렇게 해. 당신은 범인을 알고 있으면서도 입을 다물었어. 게다가 범인한테서 돈을 뜯으려 했지. 그것만 해도 큰 범죄 아니야?"

"나는… 나는 당신처럼…."

"내 생각엔 우리하고 게임을 계속하는 편이 나을 거라고 생각해. 돈이 아깝잖아."

노리코 씨를 불러내 담판을 지을 셈이었는데, 결말은 이렇게 끝이 났어.

내 주인은 그날로 짐을 꾸리기 시작했어. 이사했지. 아니, 도망친 거야.

노리코 씨와 누군지 모를 남자의 손이 닿지 않을 곳으로.

맞아, 내 주인은 돈이 탐이 나서 목숨을 건 술래잡기를 시작했
던 거야.

5

주인은 일단 전에 살던 동네로 돌아갔어. 거기서 예전에 알고 지
내던 사람을 찾아가 돈을 빌린 뒤, 완전히 새로운 동네로 옮겼지.

그래도 이따금 노리코 씨의 상태를 살피러 도쿄에 가기는 했
어. 그 여자를 밖으로 불러내 몰래 만나 또 찔끔찔끔 돈을 뜯었
지. 그리고 누가 뒤를 밟지나 않는지, 사는 곳이 들통 나지나 않
을까 조심하면서 돌아갔지.

바보 같아. 도망친 주제에.

돈을 보내라고 할 수도 없고, 은행 통장에 넣으라고도 할 수 없
었어. 내 주인 머리로는 달리 별다른 수가 없으니 직접 만나러 갔
던 거야. 그래 놓고는 또 불안을 떨치지 못해 다시 이사를 하고.

거기다 사람을 써서(가짜 이름을 썼어. 내 주인이 언제부터 이
런 생각까지 해내는 여자가 되어버린 걸까) 노리코 씨의 생활을
조사한 거야. 물론 보험금이 들어왔는지 어떤지 알아내기 위해서.

경찰은 아직 노리코 씨에 대한 의심을 버리지 않은 모양이고,
보험회사도 경찰과 마찬가지일 테니 보험금을 타려면 아직 먼
거야.

물론 그 조사 비용도 노리코 씨한테서 뜯어냈지. 이런 걸 주머
닛돈이 쌈짓돈이라고 하는 거 아닌가?

"죽지 않도록 조심해. 내가 보험금을 손에 넣을 때까지."

노리코 씨는 이렇게 말하며 웃었어….

긴 이야기였지? 지쳤을 거야. 내가 말재주가 없거든. 하지만 이제 끝이야. 이런 상태가 계속될 리 없잖아. 술래잡기는 언젠가 끝날 거라고 난 생각하고 있었어. 그리고 내 생각은 맞아떨어졌어.

난 지금 주인의 코트 주머니 안에 있어. 당장이라도 떨어질 것 같아.

왜냐하면 지금 내 주인은 누군가의 어깨에 걸쳐진 채 운반되고 있는 중이니까.

술래한테 잡혔어. 결국은 잡혀서 놀이가 끝난 거지.

이 술래는 남자야. 노리코와 짠 남자일 거라고 생각해.

지금 내 주인이 사는 곳에는 욕실이 없어. 그래서 공중목욕탕에 다녔지. 거기 다녀오는 길이었어. 미행을 당했겠지. 어디선가 슬그머니 차가 다가오더니 안으로 낚아챘어. 그리고 바로….

한동안 달리다가 차를 세우더니 남자가 내 주인의 시체를 꺼냈어.

남자는 지금 걷고 있어. 나는 미끄러져 떨어질 것 같아.

주인이 마지막으로 한 말은 이거였어.

"잠깐만! 기다려—."

그뿐이었어. 싱겁게도—.

꺄악!

나는 땅바닥에 떨어졌어. 남자가 점점 멀어져가네. 내 주인의 흐트러진 머리카락이 남자 어깨에서 거꾸로 흘러내려 흔들렸어.

한적한 곳이야. 사방이 캄캄해. 이런 곳이라면 누구도 나나 내 주인을 찾아내지 못할 거야.

내 주인은 어떻게 버려질까? 어떻게 사고로 위장될까.

이튿날 아침 누군가가 나를 주웠어. 아직 꽤 어린 아가씨였어. 근시인지 나를 자세히 보려고 얼굴을 아주 가까이 갖다 댔어. 뺨에 솜털이 돋아 있었지.

아가씨는 조깅 중이었던 모양이야. 운동을 하는 거지.

관광버스 안내양이었어. 아직 신참이라 여러 동기생이나 선배들과 함께 기숙사에 살고 있었지.

예뻐. 이 아가씨한테서는 찰랑거리는 소리가 전혀 나지 않았어. 난 바로 결정했지. 이 아가씨를 '내 착한 아이'로 부르기로.

그런데 아가씨는 나를 파출소에 갖다 주지 않았어. 함께 있던 친구들이 갖다 줄 필요 없다고 했지.

"그렇지만 지갑인데—."

내 착한 아이는 걱정스러운 모양이었어.

"그래도 2천 엔 정도밖에 들어 있지 않잖아. 게다가 이렇게 요란하게 생긴 싸구려잖아. 합성가죽이고. 안에 든 것만 빼고 그냥 버려. 이런 거 갖다 주면 파출소에서도 싫어할걸."

살해당한 주인은 계속되는 술래잡기 때문에 요즘 내내 돈이 없었어.

내 착한 아이는 내 안을 살펴보기 시작했지. 그리고 발견했어.

"어머, 지갑 주머니 안에 목걸이가 들어 있네."

그래, 내 주인은 목걸이를 한 채 공중목욕탕에 갔다가 탈의실에서 그걸 빼 내 안에 넣어두었던 거야.

그 에메랄드 목걸이.

"어머, 예쁘네…."

"네가 가져. 이런 지갑에 들어 있으니 어차피 이미테이션일 테니까 말이야."

친구가 말했어.

친구가 시키는 대로(아마도 그 친구와 서먹해지기 싫어서였을 거야), 내 착한 아이는 기숙사 방으로 나를 가지고 돌아갔지.

"지갑은 버려."

"여기다 버리는 건 왠지 내키지 않아."

그래서 난 내 착한 아이의 방에 있게 되었어. 그리고 그 애 방에서 신경써서 뉴스를 듣고 있지만, 내 주인이 사고를 당한 시체로 발견되었다는 소식은 들리지 않았어.

어디다 묻은 걸까. 그런 생각을 하다가 겨우 깨달았어.

내 주인은 술래잡기 때문에 여기저기 옮겨 다녔어. 갑자기 세상에서 사라진다 해도 이상하게 여길 사람이 거의 없는 셈이지.

노리코 씨와 남자는 내 주인을 사고사로 위장할 필요도 없었던 거야. 갑자기 사라지게 만들기만 하면 되었던 거지.

스스로 함정에 빠진다는 게 이런 거 아닌가?

그런데 내 착한 아이가 기뻐하고 있어. 보석을 잘 아는 사람한테 보여주고, 그 목걸이가 진짜라는 걸 알게 되었으니까. 처음엔 이렇게 이야기했어.

"30만 엔이나 나가는 진짜라고? 그렇다면 역시 파출소에—."

하지만 친구의 이런 충고를 듣고 갑자기 태도를 바꾸었어.

"이제 와서 갖다 준다면 오히려 꿀꺽 삼키려고 했던 게 들통이 날 거야."

내 착한 아이는 친구에게 말했어.

"둘이 함께 쓰는 액세서리로 하자."

그리고 나를 보며 방글방글 웃었어.

"이 지갑도 버리기는 좀 그래. 누군가 갖고 싶어 할 사람이 있을지도 모르니까, 놔두자."

"30만 엔이나 되는 목걸이가 나온 도깨비 방망이인걸."

도깨비 방망이.

그래, 내 착한 아이야, 나는 도깨비 방망이야. 나를 흔들면 여자 시체가 나올 거야….

언젠가, 누군가가 나를 흔들어줄 거야.

지금 난 그걸 기다리고 있지.

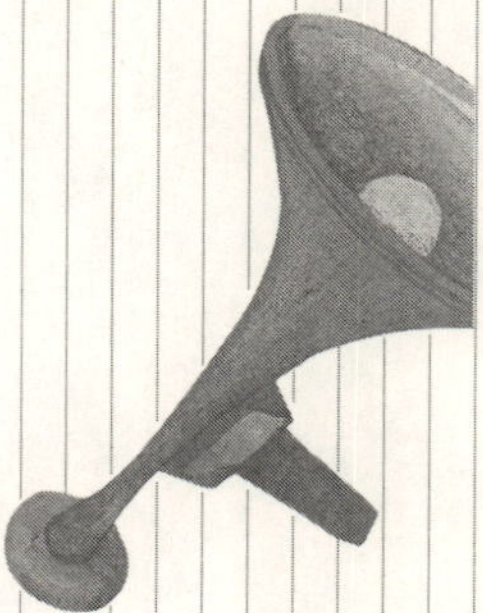

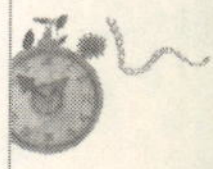

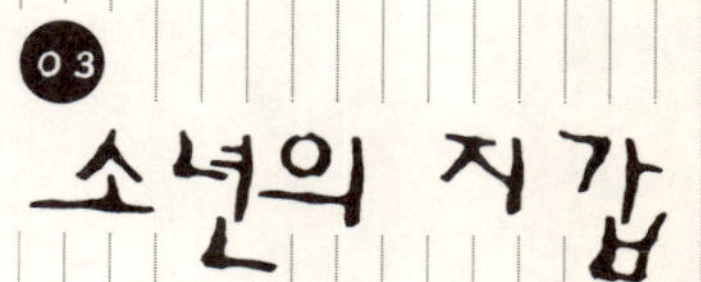

03

소년의 지갑

"힘을 내, 마사키. 힘을 내줘. 늦지 않도록."

1

요즘 내 주인은 우울병에 걸려 있다.

왠지 매일 울적해하고 있는 것이다. 나를 움켜쥐고 근처 책방에 달려가는 일도 없고, 친구와 과자를 사먹는 일도 없다. 덕분에 나는 살이 쪘다. 지금 안고 있는 돈은 4천 엔 남짓. 주인의 두 달 치 용돈이 고스란히 들어 있는 셈이다.

"마사키, 요즘 힘이 없구나. 왜 그러니?"

주인의 엄마도 걱정스러운 듯이 그렇게 말했다. 인테리어 디자이너란 일을 하고 있는 엄마는 늘 바쁘고, 때로는 일주일 이상 아들과 제대로 이야기를 하지 못할 때도 있지만, 그래도 역시 어머니. 정확하게 꿰뚫어보고 있다.

"밥도 잘 먹지 않고…. 학교에서 무슨 일이라도 있었던 거니?"

"아니, 아무것도 아니야."

마사키가 대답했다.

내 주인의 이름은 고미야 마사키. 평소엔 엄마 아빠에게 걱정끼치는 일이 전혀 없다. 비디오 게임에 좀 지나치게 빠질 때가 있다는 점만 제외하면.

그렇기 때문에 요즘 마사키가 기운이 없다는 사실을 나도 걱정하고 있다.

어떻게 된 거지? 나는 묻는다. 주인의 어깨에 걸린 책가방 안에서.

내 안에서 돈을 꺼내 만화라도 사가지고 돌아가. 아니면 역 앞에 가서 배스킨라빈스 아이스크림을 트리플로 먹는 건 어때?

하지만 마사키는 바로 집으로 돌아온다. 그리고 얼른 자기 방으로 들어가, 내가 든 가방을 휙 내던지고 비디오 게임을 시작한다. 하지만 별로 신이 나서 하는 것 같지는 않다. 실망하는 소리가 몇 번인가 나고, 이내 게임 오버를 알리는 소리가 들려온다. 요즘은 이런 일이 가끔 있다. 지금까지는 생각도 할 수 없던 일이다.

마사키, 무슨 고민을 하고 있는 거니?

말을 걸어보지만 마사키의 귀에 들릴 리가 없다. 그야 나는 마사키의 지갑이니까. 멍하니 창문이나 천장을 바라보고 있을 게 틀림없는 그의 얼굴을 떠올리며, 답답해할 뿐이다.

나는 마사키가 초등학교 4학년 때부터 함께 지냈다.

그해부터 마사키의 어머니가 직장에 나가기 시작했기 때문이다. 마사키가 어렸을 때는 일을 하러 나가지 않았다.

"아직 어리지만 4학년씩이나 됐으니 이제 자기 일은 스스로 할 수 있을 거야. 마사키가 스무 살이 넘어서 독립심을 심어주는 데 실패했다고 후회하기보다는 지금부터 제대로 키우고 싶어. 특히 마사키는 외아들이니까. 내가 계속 곁에 붙어 있으면 자립심 강한 아이로 키우는 데는 마이너스야. 엄마가 직장을 갖고 있다는 게 반드시 나쁜 건 아니라고 생각해."

이렇게 이야기하며 아빠를 설득했던 것이다.

"하긴 당신은 원래 결혼해서도 일을 하고 싶다고 했으니까."

아빠는 포기한 목소리로 말했다.

"다만 이 문제는 마사키하고 잘 의논해줘. 그 애가 상처받지 않도록."

"그럼 의논할 때 자기도 같이 있어줘야 해."

엄마는 딱 잘라 말했다.

"이런 일을 전부 나한테 미루는 건 너무해."

"하지만 문제를 만든 건 당신이잖아. 꼭 일을 해야겠다면 이런 관문은 당신이 넘어야지."

"자긴 늘 그런 식이야. 툭하면 나는 관계없다는 식으로."

분위기가 좀 심각해진 상태에서 아빠는 일부러 과장되게 하품을 하곤 '난 그만 잘게.' 하며 일어섰다.

"어유, 도움이 안 된다니까."

엄마는 탁자를 찰싹 때렸다.

내가 이런 이야기를 들을 수 있었던 것은 그때 그 탁자 위에 놓여 있었기 때문이다. 상자에 담긴 채, 포장지를 입고 리본까지 하고 있었던 것 같다.

엄마가 나를 선물했던 것이다. 마사키에게 전달된 것은 이튿날 오후였다.

"엄마는 마사키가 이제 자기 지갑을 가져도 될 나이가 되었다고 생각해."

같은 탁자에 마사키와 마주 앉아 엄마가 입을 열었다. 마사키는 상자에서 꺼낸 나를 힐끔힐끔 관찰하듯이 바라보고 있었다.

"앞으로는 용돈도 일주일에 한 번이 아니라 한 달에 한 번 줄게. 계획을 잘 세워서 써. 용돈 기입장도 쓰면 좋겠지―."

"엄마, 일하러 나가는 거지?"

마사키가 얼른 말했다. 나는 대번에 그 애가 마음에 들었다. 난 머리 좋은 애를 좋아한다.

의표를 찔린 엄마는 부모의 위엄을 되찾기 위해 잠깐 뜸을 들였다.

"왜 그렇게 생각하니?"

"요즘 아빠하고 늘 그 이야기만 했잖아."

"으음…. 그래도 밤늦은 시간에만 했는데. 그걸 어떻게 알았지?"

"오줌 누러 가다가 들었어."

마사키는 지퍼 달린 나의 포켓을 열고 안을 들여다보았다.

"엄만 나한테 자기 일은 스스로 하게 하고 싶다고 했잖아. 그 첫 단계로 우선 지갑을 사주고, 이제 자기 돈을 스스로 관리할 수 있을 정도로 컸다는 걸 깨닫게 해준 다음에 틈을 봐서 엄마가 일하러 나갈 거라는 얘기를 하겠다고."

그랬다.

엄마는 한숨을 쉬었다. 이런 경우 어머니로서는 그럴 수밖에 없지 않을까?

"그렇게 알고 있다면 됐어. 그래, 그러니까 지금까지처럼 마사키 곁에 붙어 있을 수만은 없는 거야."

마사키는 나를 탁자에 내려놓고, 고개를 끄덕였다.

"난 괜찮아. 엄마가 일하러 나가도."

그렇게 해서 나는 마사키의 것이 되었다. 그 뒤로 내내 함께 지내왔다.

내 안에는 마사키가 소중하게 여기는 물건이 여러 가지 들어 있다. 친구한테 받은 카드나 기념우표, 사나에 이모가 해외여행 다녀와서 선물로 준 프랑스 동전, 전화카드, 물론 그달 치 용돈도 꼬박꼬박 넣어둔다.

그리고 그 돈과 별도로, 제일 안쪽 포켓에 2천 엔이 들어 있다. 이건 엄마가 마사키에게 맡긴 것이다.

"잘 들어. 이건 용돈하곤 다른 거야. 아무 때나 써선 안 돼."

이 2천 엔은 만약에 무슨 급한 일이 생겨서 마사키가 엄마가 다니는 직장에 달려가야 할 때를 대비한 택시비다. 그래서 돈과 함께 엄마의 명함도 들어 있다.

"택시를 타고 운전기사 아저씨한테 이걸 보여주면 데려다줄 거야."

나는 이상했다. 그러지 않더라도 마사키는 혼자서 엄마가 일하는 직장까지 갈 수 있는데.

나는 비닐로 만든 지갑이다. 엄마는 물에 젖어도 괜찮을 것으로 골랐다고 한다. 색은 스카이블루이고 옆에 큰 글씨로 ‘HAVE A NICE DAY’라고 적혀 있다. 그리고 늘 마사키의 가방 안에 들어 있다.

"예쁜 지갑이네."

처음 그렇게 말하며 나를 칭찬해준 사람은 사나에 씨였다.

이 사람은 엄마보다 다섯 살 아래 여동생. 즉 마사키의 이모다. 마사키의 엄마는 일찍 부모님을 잃었기 때문에 내내 여동생과 단둘이 살아왔다고 한다. 그래서 자매간에 우애가 좋고, 사나에 씨는 마사키네 집에 자주 드나든다.

함께 지낸 지 그리 오래되지 않은 나도 사나에 씨가 마사키를 귀여워한다는 사실과 마사키가 이 이모를 좋아한다는 사실을 잘 안다.

엄마도 그걸 알고 있다. 이런 이야기를 한 적도 있다.

"넌 마사키가 아기였을 때 똥 싼 기저귀까지 빨아준 적이 있잖니. 엄마인 나도 내키지 않았는데."

사나에 씨는 밝게 웃었다. 언제나 건강해 보이는 옅은 갈색 피부에, 그 피부와 어울리는 목소리를 지닌 사람이다. 이모라고 불리기에는 어울리지 않을 정도로 발랄하다.

"의외로 아무렇지도 않았어. 조카라는 게 이렇게 귀엽구나, 하는 생각이 들어 나도 신기했지."

"그랬어? 그런 심정을 알려면 네가 얼른 결혼해서 살림을 차려야지."

"그래, 될 수 있으면 빨리 그러려고 노력할게."

말은 그렇게 했지만 사나에 씨는 금방 결혼하지는 않았다. 큰 상사(商事)에 근무하면서 1년에 한 번은 해외 출장을 나가고, 그

때마다 선물을 잔뜩 사가지고 마사키네 집에 오는 것이 습관이었다.

그리고 올 설 연휴엔 중국에 다녀왔다며 정성 들여 놓은 자수 식탁보를 사왔다.

"그리고, 이건 우리 마도령에게."

사나에 씨는 마사키를 '마도령' 이라고 부른다.

"뭐야?"

"열어봐."

학교에서 막 돌아온 마사키는 손도 안 씻고 양치도 미룬 채 이모가 준 선물을 열어보았다.

"어머, 예쁘네."

감탄을 한 것은 엄마였다.

"방울이네."

마사키가 말했다. 흔들어본 걸까? 한쪽 의자 위에 놓인 가방 안에서 나는 딸랑딸랑, 하는 소리를 들었다.

"멋진 방울이지? 도자기로 만든 거지만 소리가 좋아."

"마사키, 지갑에 달고 다니면 어떻겠니?"

엄마가 말했다.

"지갑에는 소리 나는 걸 달아두는 게 좋거든."

마사키는 가방에서 나를 꺼내 금속 장식 부분에 방울을 매달았다. 약간 무겁지만 마사키가 나를 움직일 때마다 맑은 소리가 났다.

"이모, 고마워."

“천만에. 정말 멋진 여행이었기 때문에 선물로 행운을 나눠주
는 거야.”

그 말투가 뭔가 중요한 의미를 살짝 풍기고 있는 느낌이었다.

엄마는 민감했다.

“뭐야? 무슨 좋은 일이 있었니?”

후후, 하고 사나에 씨가 웃었다.

“궁금하게 만들지 말고 어서 가르쳐줘.”

조르는 엄마에게 사나에 씨는 오히려 질문을 했다.

“언니, 형부를 처음 만났을 때 찌릿, 하고 느끼는 게 있었지?”

“엥? 무슨 소리야?”

“그러니까 아, 나는 장차 이 사람의 아내가 될 거다, 하는 느낌
이 왔냐는 거지.”

잠깐 뜸을 들이고 나서 엄마는 웃음을 터뜨렸다.

“애는, 무슨 소리를 하나 했더니. 마사키도 있는데.”

“어머, 어때서 그래? 마도령도 이제 어린애가 아니지?”

마사키의 대답은 들리지 않았다. 어떤 표정을 짓고 있을까, 하
는 생각이 들었다.

“애, 사나에….”

엄마가 천천히 말했다. 틀림없이 사나에 씨의 얼굴을 들여다
보고 있을 것이다.

“너, 혹시―.”

사나에 씨는 또 누가 간지럼이라도 태운 듯이 웃었다.

“그래, 언니. 나 그런 사람을 만났어. 얼굴을 본 순간 눈이 번

76

쩍하던걸.”

“여행, 함께했던 사람?”

“응. 꿈을 꾸듯 즐거웠어.”

사나에 씨는 힘차게 선언했다.

“나 그 사람하고 결혼하게 될 거야, 분명히.”

사나에 씨의 직감은 맞았다. 혼담이 빠른 속도로 진행되어 봄에는 약혼을 했다. 사나에 씨는 태양처럼 밝게 빛나, 그 주변엔 어디를 둘러봐도 흐린 구석 하나 없었다.

결혼식은 6월. 사나에 씨는 6월의 신부가 되는 것이다. 여동생의 결혼에 엄마도 들떠 있었다.

다만 마사키만 우울병에 걸려 있었다.

2

그 병의 원인을 알게 된 것은 사나에 씨의 결혼식이 일주일 앞으로 다가온 토요일이었다.

장마가 잠깐 그치고, 살짝 해가 난 모양이다. 학교에서 돌아오는 길, 나는 가방 안에서 마사키가 친구와 나누는 얘기를 들었다.

“오래간만에 해가 나니 눈이 부시네.”

“너무 더워.”

“얼른 여름방학이 왔으면 좋겠다.”

나는 사나에 씨의 결혼식 날도 이런 날씨였으면 좋겠다고 생각했다. 그리고 마사키가 지금까지 한 번도 친한 친구한테 ‘이제

곧 이모가 결혼할 거다.' 라는 이야기를 하지 않았다는 사실을 깨
달았다. 사내아이라서 그런 얘길 하지 않는 걸까.

"다녀왔습니다."

마사키가 문을 열자, 엄마의 목소리가 들려왔다.

"지금 오니? 들어와, 손님 오셨다."

바로 다른 목소리가 들렸다. 자연스러운, 윤기 있는 음성.

"안녕? 반갑구나. 마사키, 잠깐 보지 못한 사이에 컸네."

누구지, 하는 생각이 들었다. 마사키도 마찬가지인지 걸음을
멈춘 채 대답이 없다. 엄마가 웃었다.

"어머, 기억 안 나니? 도야마 씨야. 보험회사 다니는. 화재보
험 계약서 고쳐 쓸 게 있어서 오셨어."

"한 해에 한 번밖에 못 만나니 잊을 만도 하지."

도야마 씨라는 보험회사 직원도 맞장구를 쳤다. 하지만 마사
키는 아무 말 않고 방으로 갔다.

"점심 먹었니?"

엄마의 목소리가 따라왔다.

"지금은 먹고 싶지 않아."

마사키는 계단을 올라가면서 작은 목소리로 대답했다. 그대로
방에 들어가 가방을 내던졌다. 침대 스프링 삐꺽거리는 소리를
냈다. 침대에 누운 모양이다.

시간이 제법 흐르고 나서 문을 노크하는 소리가 들렸다.

"마사키, 엄마야. 들어가도 되니?"

문이 열린다.

"자고 있니?"

마사키의 목소리는 들리지 않았다. 엄마가 방에 들어와 마사키의 의자에 걸터앉는 소리가 났다.

"얘, 마사키."

엄마가 침대 쪽으로 몸을 기울였는지 의자에서 끼익, 하는 소리가 났다.

"엄마랑 잠깐 이야기 좀 하지 않을래? 요즘 너 왜 그렇게 기운이 없니?"

마사키는 아무런 대답도 없다.

"그 문제로 얘길 하고 싶어. 좀 전에 도야마 씨하고 대화를 나누다 네가 요즘 좀 이상하다는 얘기를 했어. —도야마 씨한테 들었는데, 그분은 벌써 손녀까지 있는 분이라 이런 문제를 잘 아실지도 몰라서."

무슨 이야기일까?

"얘, 마사키. 너 이모가 시집간다고 해서 섭섭한 거 아니야? 이모를 빼앗기는 기분이 들어서 그러지? 그래서 기운이 없는 거지? 아니야?"

잠시 후, 마사키가 일어나는 기척이 났다.

"그분이 그런 말을 했어?"

"그래. 애들이 그렇게 샘을 내는 경우가 흔히 있대. 엄마는 그런 생각은 하지도 못했는데….."

마사키는 잠시 말이 없었다.

"그런 거니? 마사키, 쓰카다 씨한테 이모를 빼앗기는 것 같아서 마음이 아프니?"

쓰카다 씨는 사나에 씨와 결혼할 사람의 이름이다. 쓰카다 가즈히코.

지금까지 여러 번 집에 놀러 왔다. 사나에 씨에겐 마사키의 엄마와 아빠가 부모나 마찬가지니 당연하다. 안타깝게도 나는 볼 수는 없었지만, 또렷또렷한 말투에 상당히 남자다운 목소리를 지닌 사람이다.

"저어, 엄마."

"뭐?"

"엄마는 쓰카다 씨 좋아?"

엄마는 잠시 말이 없었다. 어떻게 대답해야 할지, 생각하고 있는 것이다.

"좋은 사람이라고 생각하는데. 왜?"

마사키는 마치 '엄마, 나 오줌 쌌어.' 라고 할 때처럼 시무룩하게 중얼거렸다.

"난 그 사람이 도무지 마음에 들지 않아."

엄마가 흐음, 하는 소리를 냈다. 또 의자가 삐꺽거렸다.

"왜 마음에 안 들지?"

이번에도 마사키의 대답이 들릴 때까지 제법 시간이 걸렸다.

"왠지 무서워. 그 사람 뭔가 이상한 생각을 하는 것 같은 기분이 들어서…."

"이상한? 예를 들면 어떤?"

마사키가 또 침대에 누운 모양이다. 이불을 뒤집어썼나? 다음 말이 웅얼거리는 것처럼 들렸다.

"몰라. 모르겠지만, 이모가 그 사람하고 결혼하면 안 된다는 생각이 들어. 절대 안 돼. 나는 알아. 무서워."

무서워. 그 말이 거짓말이 아니라는 걸 나는 안다.

마사키는 개를 싫어한다. 어렸을 때 이웃집에서 기르던 셰퍼드한테 물린 적이 있어서, 그 뒤로는 개만 보면 자꾸만 도망가고 싶다고 친구에게 말한 적이 있다.

'그냥 무서워. 정말이야, 무서워.' 라며 진지한 목소리로 말했었다.

지금의 '무서워.' 란 말은 그때하고 똑같은 말투였고, 똑같은 느낌이 들었다. 마사키에겐 어른들은 없는 민감한 레이더가 있어. 쓰카다 가즈히코란 사람 안에 자기를 쫓아와 문 개처럼 무서운 면이 있다는 걸 느끼는 걸까?

"저어, 마사키."

엄마가 조용히 말했다. 슬픈, 애절한 목소리였다.

"엄마는 그게 네가 샘을 내는 거라고 생각해…. 네 마음은 이해하지만 근거도 없이 누군가를 두려워하는 건 좋지 않아."

"알아. 하지만 도저히 안 돼. 그 사람을 만나면 무서워서 견딜 수가 없는걸."

"그런 이야기를 이모한테도 했니?"

대답은 들리지 않았지만 마사키는 고개를 저었을 것이다. 엄마는 이렇게 말했다.

"그래, 잘했어. 이모한테 그런 이야기 하면 분명 무척 슬퍼할 거야. 마사키, 쓰카다 씨에 대해서는 엄마 아빠가 다 조사했어."

그건 처음 듣는 이야기였다.

"하나뿐인 동생을 시집보내는 거니까 상대방이 어떤 사람인지 엄마 아빠도 걱정이 되어서. 그래서 쓰카다 씨는 성실한 사람이라는 걸 알아. 좋은 대학을 나왔고, 든든한 직장에 다녔고, 돈을 모아서 그 돈을 자금으로—자금이라는 게 무슨 말인지 알지?—지금은 친구와 둘이서 큰 레스토랑을 경영하고 있어. 부모님도 성실한 분들이셔. 아무 걱정 할 것 없어. 그러니까 그런 생각 하지 마. 알았지?"

마사키는 대답을 하지 않았지만, 엄마는 방을 나갔다.

그날 밤 늦게 아빠와 엄마가 함께 마사키의 방을 들여다보러 왔다. 마사키는 새근새근 잠들어 있었다.

"놀랐네."

아빠가 목소리를 죽여 말했다.

"이 녀석이 그런 문제로 고민하고 있었다니?"

"슬슬 사춘기라 그런가?"

"글쎄, 사춘기가 오는 징조일까? 하기야 처제가 워낙 귀여워 했으니."

"쓰카다 씨를 질투하는 거라고 생각해요?"

"그래, 그럴 수도 있을 거야. 나도 옛날에 비슷한 기억이 있어. 일곱 살 위인 사촌누나가 시집갈 때 말이야."

"에헤~."

엄마가 놀렸다. 아빠가 얼른 가로막았다.

"그렇게 괴상한 소리 내지 마. 마사키가 깨잖아."

"그때 자긴 어떻게 했어? 누구하고 의논했어?"

"아니. 시간이 지나면서 자연히 극복되었지."

"사나에한테 부탁해서 마사키에게 이야기를 해달라고 부탁할까 생각하는데…."

"이야기를? 처제가 결혼해도 여전히 마사키 이모다, 라는?"

"응."

"그만둬."

아빠가 바로 말했다.

"그러면 처제가 괜히 걱정만 하게 될 거야. 지금은 별로 소용없어. 저 녀석이 스스로 해결하는 수밖에 없어. 놔둬. 그게 제일 나아. 그러다 보면 쓰카다 씨하고도 사이가 좋아지고, 잊게 될 거야."

"그럴까?"

두 사람은 살며시 문을 닫았다. 나와 마사키는 어둠 속에 남겨졌다.

그래도 아빠에게는 아빠 나름대로 생각이 있었다.

이튿날 아빠가 마사키에게 말했다.

"우리 오래간만에 야구 보러 갈래? 밖에서 맛있는 것도 사먹고 오자. 엄마 혼자 푹 쉬게."

그래서 아빠와 마사키는 함께 외출했다. 시끄러운 지하철을 타고 진구(神宮) 구장이란 곳으로 갔다. 나는 마사키의 바지 주머니 안에 있었다.

  야간 경기를 관람하고, 아빠는 마사키에게 페넌트가 달린 모자를 사주었다.

  "나도 용돈 있어."

  "오늘은 괜찮아. 아빠가 선물하는 거야."

  그 뒤, 두 사람은 레스토랑에 들어갔다.

  "야구 재미있었지?"

  스테이크 세트를 주문하고 아빠가 말했다.

  "어때, 기분이 좀 나아졌니?"

  엄마에게는 '놔둬.' 라고 했지만, 아빠는 남보다 먼저 선수를 쳐서 공로를 세우기 좋아하는 사람이었다. 한 시간가량 자기 경험담도 섞어가며 아빠는 차분하게 마사키를 설득했다.

  "네 마음은 충분히 이해가 돼. 하지만 이모는 네 이모만인 건 아니야. 앞으로 더 행복해지려는 거야. 서운하겠지만 너도 조금은 참아야 해."

  "난… 서운해서 그런 게 아니야…. 정말로 쓰카다 씨가 무서워. 이모가 그 사람과 결혼하는 건 잘못이라고 생각해."

  "으음, 그거 어려운 문제로구나. 아빠도 옛날에 지금 너처럼 똑같은 생각을 했었어. 나 혼자만 사촌누나가 그런 남자하고 결혼하면 행복해질 수 없다고 생각했지. 딴 사람들은 몰라도 나는 안다면서."

  "정말?"

  "정말이지. 마사키, 사람 마음이란 건 말이야, 자기가 믿고 싶은 걸 믿어버리게 되어 있거든.”

아빠의 목소리는 부드러웠다.

“쓰카다 씨는 수상한 사람이 아니야. 이모가 좋아하는 사람이고, 훌륭한 사람이지. 걱정하지 않아도 돼.”

꽤 오랫동안 나는 마사키의 주머니 속에서 레스토랑 안에 흐르는 음악을 들었다. 이윽고 마사키가 중얼거렸다.

“응…. 그렇게 생각하도록 해볼게.”

마사키는 그 약속을 지켰다. 밤에 침대에서 뒹굴뒹굴 몸을 뒤척이기는 했지만, 조금씩 노력해서 마음을 바꾸려 한다는 게 내게도 느껴졌다.

엄마 아빠도 그걸 느낀 모양이다. 될 수 있으면 밝은 화제를 꺼냈고, 주말에 있을 결혼식 이야기는 피하려 했다.

수요일에 이모가 왔다.

“오늘은 쓰카다 씨하고 오지 않았니?”

“그 사람 여러모로 바빠서. 경영자니까.”

“그래, 신혼여행은 어떻게 하기로 했어?”

쓰카다 씨의 스케줄을 조정할 수가 없어 신혼여행은 당분간 미뤄야 할 것 같다고 했다.

“당장은 무리지만, 다음 달 초에는 잘하면 시간이 날 것 같아. 그 사람 친구가 여행사를 하고 있어서 거기서 준비를 해줄 거야.”

“어디로 갈 건데?”

아빠가 물었다.

“사이판요. 우린 지금 둘 다 스쿠버다이빙에 빠져 있거든요.

실컷 잠수하고 올 거예요.”

그때 마사키는 학원에 갈 준비를 마치고, 가방을 든 채 어른들이 모여 있는 거실 구석에 앉아 있었다. 나가려는데 이모가 왔기 때문에 나갈까 말까 하고 있었던 것이다.

“마사키, 이제 가야지. 늦겠다.”

엄마가 재촉해서, 마사키는 일어섰다. 그리고 말했다.

“이모.”

“응?”

“많이 행복해야 해.”

마사키가 그 말을 마치자마자 달려 나갔기 때문에 그 뒤 집에서 어떤 이야기가 오갔는지 나는 모른다. 하지만 사나에 씨는 분명 눈물을 흘렸으리라. 내기를 해도 좋다.

마사키도 그 말을 하곤 마음이 좀 풀린 것 같았다.

3

결혼식 날이 밝았다.

딱 한 가지 걱정거리였던 날씨도 좋아, 대기실에 모인 친척들은 ‘다행이야, 날이 좋아서.’ 라며 기뻐했다. 이윽고 준비를 마친 신부가 나왔는지 그런 대화가 들리지 않을 정도로 사람들이 웅성거렸다.

마사키의 옷차림에 대해 엄마는 ‘오늘은 정장이야.’ 라고 했다. 그런데 마사키는 바지 주머니에 나를 숨겼다. 정확하게는 나보다 나한테 달려 있는 방울 때문일 거라고 생각하지만.

보드라운 주머니 안에서 나는 결혼식이나 피로연에서 오가는 이야기들에 귀를 기울였다. 쓰카다 씨의 경력은 엄마가 이야기한 것과 같았지만, 사회를 보는 사람은 그걸 훨씬 과장해서 말했다. '보기 드문 수재'이며 '젊은 경영의 천재'라고 했다. 처음 사업을 시작한 게 대학 3학년 때였다고 하니, 사업 수완이 있는 것은 틀림없을 테지만.

하지만 지금 쓰카다 씨와 레스토랑 '주느비에브'를 공동 운영하고 있는 하타나카라는 사람의 축사는 시원치가 않았다. 쓰카다 씨보다 꽤 나이가 많은 것 같은데, 목소리에서 관록이 느껴지지 않았다. 웅얼거리는 목소리라 알아듣기 힘들었고, 축하 연설이라기보다는 부정 승차를 하다 들킨 승객이 역무원에게 변명을 하는 듯한 말투였다.

다만 신부의 아름다움은 완벽에 가까웠던 모양이다.

"와아, 예쁘다!"

이런 탄성을 나는 몇 차례나 들었다.

"정말 잘 어울리는 한 쌍이군요!"

사회자가 소리를 질렀다. 신랑 친구는 이런 소리를 하기도 했다.

"쓰카다, 서른여섯 살까지 기다린 보람이 있구나."

부럽다는 듯한 축하의 말이었다.

촛불 의식이 끝난 뒤 마사키는 자리에서 일어섰다.

"왜 그러니?"

엄마가 물었다.

“화장실.”

마사키는 뚜벅뚜벅 걸었다. 카펫이 두꺼워서인지 발소리가 들리지 않았다. 화장실까지 와서야 겨우 발소리가 들렸다. 마사키는 외출용 구두를 신고 있었다.

용변을 마치고 나왔을 때, 뒤에서 누가 불러 세웠다.

“얘, 나 좀 볼래?”

속삭이는 듯한 목소리. 여자였다. 마사키는 뒤를 돌아보았다.

“안녕?”

같은 목소리로 말했다. 상대가 다가왔는지, 마사키는 약간 뒷걸음질을 쳤다.

“너 쓰카다 씨 결혼식에 온 거지?”

마사키는 대답하지 않았다. 상대방의 목소리에 웃음이 묻어났다.

“그렇게 놀라지 마. 난 신랑 친구야. 저어, 심부름 좀 해주지 않을래? 이걸 쓰카다 씨한테 전해주면 좋겠는데. 착한 아이지? 할 수 있지?”

그러고는 얼른 마사키의 손에 뭔가를 쥐여준 모양이다. 마사키는 놀라서 아무 말도 못하고 우두커니 서 있다.

상대방 여자는 뛰듯이 멀어져갔다. 카펫이 깔려 있는데도 그 발소리가 들렸다. 콩, 콩, 하는 하이힐 소리.

마사키는 가만히 있었다. 그리고 여자애가 건네준 밸런타인데이 초콜릿을 숨기듯, 손 안에 든 것을 바지 주머니에 집어넣었다. 그게 내 옆으로 미끄러져 들어왔다.

아마도 명함인 모양이다.

그 여자는 누굴까. 이건 무슨 일일까.

나는 알 수가 없었다. 그건 마사키도 마찬가지였을지 모른다. 갑자기 기운이 없어졌는지, 마사키는 피로연이 끝날 때까지 한 마디도 입을 열지 않았다.

마사키는 결국 이상한 여자에게 부탁받은 명함 같은 것을 쓰카다 씨에게 전해주지 않았다. 까먹은 것은 아니었다. 이따금 주머니에 손을 넣고는, 그게 거기 있다는 걸 확인했으니까. 그런데도 전달하지 않았던 것이다.

이상하다. 뭘까?

집에 돌아오기 전에 마사키는 다시 화장실에 가서 그 명함 같은 것을 내 안에 집어넣었다. 버릴 수도 없고 잃어버릴 수도 없는 것이다. 그래서 그건 내내 내 안에 있었다. 명함 같은 이상한 것. 사연이 있는 듯한 하이힐 신은 여자. 쓰카다 씨의 친구라고 했는데, 그렇다면 왜 직접 축하의 말을 전하지 않은 거지?

그 이상한 것으로부터 무슨 나쁜 병이라도 옮은 듯, 마사키는 다시 우울해졌다. 신혼부부가 되어 마사키네 집을 방문한 쓰카다 씨와 이모의 환한 분위기와는 정반대였다.

"역시 또 섭섭한 기분이 드는 걸까?"

엄마는 아빠에게 속삭였다.

"좀 두고 보자고. 곧 기운을 차릴 거야."

그런 아빠와 엄마가 눈치 못 채게, 밤이 아주 깊도록, 마사키는 잠을 이루지 못한 채 이부자리에 누워 뒤척이고 있었다….

4

"보험을?"

"응. 신혼여행 가기 전에 들어두자고, 그 사람이."

결혼식 일주일 뒤, 사나에 씨가 마사키네를 찾아와 엄마와 이야기하고 있었다.

마사키가 학교에서 막 돌아왔을 때였다. 사나에 씨가 왔다는 걸 알자, 마사키는 자기 방에 가방을 두러 가지도 않고 바로 엄마와 이모 옆에 앉았다. 어떤 표정을 짓고 있을까.

사나에 씨가 보험을 들고 싶다고 했다. 쓰카다 씨가 결혼을 계기로 둘이 함께 보험에 들자고 제안했다고 한다.

"쓰카다 씨는 당연하다 해도 너는 다르지 않니? 이제 회사도 그만둘 테고. 보험료도 제법 될 텐데."

엄마가 말했다. 나도 그렇게 생각한다. 하지만 사나에 씨는 웃으며 이렇게 말했다.

"그건 걱정할 것 없어. 낼 수 있어. 어차피 드는 거 큰 걸 드는 게 낫지. 봐, 그냥 생명보험뿐 아니라 입원비 같은 것도 보장되는 거야. 아무래도 그 사람은 경영자니까. 만약에 병이라도 나서 쓰러지면 곤란하고, 나도 무슨 일이 생겼을 때 그 사람에게 부담을 주고 싶지 않아."

"하지만 그렇게 서둘 것 없잖아."

"신혼여행 가기 전에 들어두고 싶어. 마음이 놓이잖아, 언니."

엄마는 생각에 잠긴 모양이다. 이윽고 사나에 씨가 마음이 상하지 않도록 하려고 신경을 썼는지, '날씨 참 좋네.' 라고 하듯

자연스럽게 중얼거렸다.

"결혼하자마자 생명보험 이야기를 꺼내다니, 난 별로 내키지 않네."

사나에 씨는 킥킥 웃었다. 원래 화를 내거나 뾰로통해지거나, 언성을 높이는 일이 절대 없는 사람이다.

"언니도 참. 텔레비전 드라마를 너무 봤어. 보험 이야기를 꺼낸 건 그 사람이 아니라 나라니까."

"네가?"

"그래, 맞아. 그 사람은 그런 쪽은 잘 몰라. 하타나카 씨도 그렇게 말하면서 웃던걸. 지금까지 보험 하나 든 게 없어. 건강보험 하나면 충분하다는 소릴 할 정도야."

정말일까…. 나는 그제야 비로소 사나에 씨의 이야기에 의문을 품었다. 쓰카다 씨가 그렇게 허술한 사람으로는 생각되지 않는다. 그리고 사나에 씨가 저렇게 열심히 이야기하는 걸로 보아 자기가 생각한 걸 실행하려는 모습으로는 보이지 않는다. 오히려 누군가가 꼬드겨서 조급하게 구는 것 같은 느낌이 들었다. 어린이는 그런 일에 민감하다. 그야 늘 어른들에게 컨트롤당하기 때문에 어떻게든 거기서 빠져나가려고 애쓰니까.

"보험회사에 아는 사람도 없으니 계약은 나한테 맡기겠다고 했어. 그래서 언니가 신세를 지고 있는 그분—."

"도야마 씨?"

"그래, 맞아. 도야마 씨. 그분한테 부탁할까 해. 소개해주지 않을래?"

엄마는 '나 참, 애는 못 말린다니까.' 하듯이 웃었다.

"그래, 연락해볼게. 그쪽도 바쁜 분이지만 다음 주쯤에 만나는 걸로 하자."

"고마워, 도와줘서."

그렇게 말하고 나서, 사나에 씨는 마사키에게 말을 걸었다.

"마도령, 왜 그래? 어디 아프니? 이모가 사온 케이크, 맛있지 않아?"

마사키는 아까부터 내내 할 말을 잊은 듯 아무 말이 없었다. 이때도 대답은 들리지 않았다. 분위기가 약간 어색해졌다.

남편한테 '처제에겐 이야기하지 마.' 라는 소리를 들었지만, 엄마는 사나에 씨에게 슬쩍 마사키의 복잡한 심경을 이야기했는지도 모른다.

하지만 엄마와 이모는 결혼식장에서 만난 이상한 여자 일은 모른다. 문제는 그건데.

마사키, 그렇지? 그렇게 침울한 건 결혼식장에서 그 이상한 여자에게 받아서, 지금도 내 안에 숨기고 있는 명함 같은 것 때문이지?

물론 마사키의 대답을 들을 수는 없다. 그 수수께끼는 더 엉뚱하고 뜻하지 않은 형태로 풀리게 되었다.

5

그 주 토요일 오후, 마사키는 신주쿠로 나갔다. 새 비디오 게임 소프트웨어가 발매되는 날이었기 때문이다.

그렇지만 마사키는 별로 내키지 않았다. 이럴 때가 아니라는 심정이었을 것이다. 하지만 그 게임 소프트웨어는 무척 인기가 높은 것이라, 예약 번호가 없으면 살 수가 없다. 예약한 것을 그냥 날리고 싶지 않았고, 엄마에게도 따끔하게 야단을 맞았다.

"마사키, 사러 가지 않을 거니? 너 그거 사려고 돈 모았잖아? 그렇게 기다리더니. 그래서 엄마도 힘들게 예약을 했는데, 이상한 애네."

그래서 나가게 된 것이다.

예약권이 있었기 때문에 붐비는 사람들 사이를 쓱쓱 피해 마사키는 게임 소프트웨어를 손에 넣었다. 평소 같으면 다른 매장을 기웃거렸을 테지만, 가게를 나오자마자 바로 역으로 갔다. 내겐 보이지 않지만, 고개를 숙이고 있지 않았을까….

신주쿠에서 전차를 타고 집 가까운 역에서 내렸다. 개찰구를 빠져나오자, 마사키는 약간 머뭇거리며 BGM이 요란하게 흘러나오는 방향으로 걸어갔다. 스테이션 빌딩이었다. 화장실에 갈 생각인 모양이었다.

그런데 그 화장실 안에서 무서운 녀석들에게 잡혀버렸다.

아마 신주쿠에서부터 내내 따라왔을 것이다. 노린 것은 방금 산 게임 소프트웨어.

정말로 이런 녀석들이 있다니, 나는 깜짝 놀랐다. 예약권을 구하지 못했는지, 아니면 애당초 남의 것을 훔칠 생각이었는지는 몰라도, 어쨌든 녀석들은 마사키를 둘러쌌다. 세 명 정도 되는 모양이다. 마사키를 화장실 벽에 밀어붙였다.

"내놔."

소프트웨어를 빼앗았다. 목에 잔뜩 힘을 주었지만 아직 어린 목소리였다. 기껏해야 중학생 정도 되었을까.

"야, 지갑도 내놔."

아니, 이 녀석들이! 화를 낼 틈도 없이 나는 녀석들 중 한 놈의 손에 들어갔다.

"싫어. 그건 돌려줘!"

소리치는 마사키의 목소리는 아랑곳하지 않고, 나를 빼앗은 놈들은 우르르 도망쳤다. 도망가면서 그 녀석이 '꼴좋다!' 하며 크게 웃는 소리가 들렸다.

그 녀석은 자기 집에 도착할 때까지 나를 바지 주머니 안에 넣어두었다. 과자 부스러기가 구석에 달라붙은 지저분한 바지였다. 이 녀석의 엄마는 마사키 엄마와 달리 깔끔한 걸 좋아하지 않는 모양이다. 이 녀석은 집에 도착해서도 어른들에게 다녀왔다는 인사도 하지 않았다.

곧바로 친구들과 방에 틀어박혀 게임을 시작했다. 내 안에서 뺀 돈으로 뭔가를 사다가 우적우적 먹었다.

나는 어디에 있었느냐고? 그 방 쓰레기통.

녀석들은 돈만 빼내고 나머지는 손대지 않았다. 그래서 나는 마사키의 엄마 명함과 그 이상한 여자가 준 명함 같은 것과, 기념우표나 전화카드 같은 것을 안은 채 쓰레기통에 묻혀 있었다.

거기서 나온 것은 월요일 아침이었다. 나를 빼앗은 녀석의 어머니로 보이는 사람이 와서 쓰레기를 비닐봉투 안에 비웠던 것이다.

그뿐이었다면 조그만 나는 종이 쓰레기에 섞여버렸을 것이다. 하지만 내게는 사나에 씨가 준 방울이 달려 있었다.

딸랑, 하는 소리가 나자, 어머니는 나를 찾아냈다.

다음에는 큰 소동이 벌어졌다. 서로 고함을 치기 시작했다.

"너, 대체 이게 뭐야! 또 그랬어?"

"몰라. 엄마하곤 관계없잖아, 씨!"

"엄만 너를 그렇게 키우지 않았어!"

아아, 콩가루 집안이다.

녀석에게 자세한 내용을 듣더니, 어머니는 내 내용물을 살펴보았다. 엄마 명함에 있는 번호로 전화를 해주면 좋을 텐데— 하는 생각을 했을 때, 어머니가 나를 핸드백 안에 집어넣고 밖으로 나갔다.

어디에 도착했는지 바로 알 수는 없었다.

"어서 오십시오."

그런 목소리가 들리고, 깔끔한 음악이 흐르는 곳.

"저어… 여기 쓰카다 씨란 분 계십니까?"

녀석의 어머니가 그렇게 말하는 바람에, 나는 깜짝 놀랐다. 그런가? 여기는 쓰카다 씨가 경영하는 레스토랑 주느비에브인 것이다.

그런데 왜 그 사람을?

"무슨 말씀이신지 잘 알겠습니다."

조용한 곳에서—아마 쓰카다 씨의 사무실일 것이다—녀석의 어머니 이야기를 듣더니, 쓰카다 씨는 바로 말했다.

"아주머니 아드님이 훔친 이 지갑은 처조카인 마사키 것입니다."

"어머, 훔친 게 아니에요."

녀석의 어머니는 뻔뻔스러운 소리를 했다.

"애들 사이에 있었던 일인데, 약간 장난이 지나쳐서. 그래서 이렇게 게임 소프트웨어도 돌려드리는 거죠. 그러니 이 문제는—."

"알겠습니다. 문제 삼지 않겠습니다."

녀석의 어머니는 기분 나쁜 웃음소리를 냈다.

"이리 오기를 잘했네요. 명함이 두 장 있어서 어느 쪽으로 갈까 망설였는데."

명함이 두 장 있었다? 한 장은 마사키 엄마의 것이다. 그렇다면 또 한 장은?

당연히 그 여자가 '쓰카다 씨한테 전해줬으면 좋겠는데.' 하며 마사키에게 맡긴 것이다. 그건 바로 쓰카다 씨의 명함이었다.

"그런데, 댁의 명함 뒤에 뭔가 의미심장한 내용이 적혀 있어서요. 그래서 이쪽에 먼저 보여드리는 게 낫지 않을까 하는 생각이 들었습니다."

녀석의 어머니는 창문을 손톱으로 긁을 때 나는 소리 같은 목소리를 냈다. 웃고 있는 것이다.

"거기… '나는 약속을 잊지 않았어. 당신을 사랑하는 N.' 이라고 적혀 있던데. 이게 뭘까? 하지만 얼른 아아, 이건 이 명함 주인의 부인에게는 보여줄 수 없겠구나, 하는 생각이 들었죠. 제가 그런 거엔 눈치가 빠르거든요.”

“별다른 의미가 있는 건 아닙니다.”

쓰카다 씨는 어색하게 웃었다.

“어머, 그러세요? 그럼 공연한 억측이었나? 그런데 돈 말입니다. 이걸 갖고 있던 꼬마가 얼마 정도를 지갑에 넣어두고 있었는지 알 수가 없네요.”

“아뇨, 그건 됐습니다. 제가 알아서 하죠.”

“어머머! 죄송해서 어쩌죠.”

지독하다. 녀석의 어머니는 처음부터 자기 자식이 마사키한테서 빼앗은 돈을 돌려줄 생각 따위는 없었던 것이다.

아니, 그뿐만이 아니다. 가만히 있으면 모를 일인데 일부러 이야기를 하러 온 것은 나를—정확하게 말하면 내 안에 든 문제의 명함을—전해줄 경우 잘하면 사례금 정도는 받을 수 있을지도 모른다고 생각했기 때문이리라.

그 부모에 그 자식이다.

쓰카다 씨는 이 일을 문제 삼지 않겠다고 약속하고 뭉그적거리는 녀석의 어머니를 방에서 내보냈다. 혼자 남자 손바닥으로 책상을 쾅, 하고 두드렸다. 내 몸이 들썩였다.

그러고 나서 전화를 걸었다. 하지만 상대는 받지 않고, 부재중인 모양이었다. 쓰카다 씨는 고함을 지르듯이 메시지를 남겼다.

“이봐, 왜 그런 짓을 했어! 그 명함은 어떻게 된 거야. 자칫하면 큰일 날 뻔했잖아. 잘 들어, 난 신혼이란 말이야. 계획대로 너는 내 주변에서 어슬렁거리지 마. 알았지?"

내동댕이치듯이 수화기를 내려놓았다. 그리고 호흡을 가다듬고 나서 다시 한 번 전화를 걸었다.

"아, 마사키니?"

30분 정도 지난 뒤, 쓰카다 씨가 입을 열었다.

"잘 왔어."

마사키가 전화를 받고 여기까지 온 것이다. 나는 다시 그를 만나게 되었다는 기쁨과 일이 어떻게 되어가는 걸까 하는 불안감에 휩싸여 숨을 죽이고 있었다.

"네 지갑과 게임 소프트웨어야. 큰일 날 뻔했네."

마사키는 아무 말도 없었다. 목 안에 무거운 추라도 달린 것처럼 입을 다물고 있었다. 잠시 후, 낮은 목소리로 물었다.

"어떻게 이걸 갖고 계시죠?"

"이 안에 들어 있던 내 명함을 보고 가져왔어. 너한테서 이걸 빼앗은 애의 어머니가 말이야. 사과하러 찾아왔지."

쓰카다 씨의 책상 위에 놓인 나를 마사키는 손바닥으로 감싸듯이 집어 들었다.

"너 지갑하고 게임기 잃어버린 걸 부모님께 말씀드리지 않았니?"

마사키는 고개를 끄덕였다.

"걱정 끼쳐드리고 싶지 않아서? 착하구나."

그때까지 졸고 있던 집 지키는 개가 갑자기 고개를 들 듯 마사키가 날카로운 목소리로 말했다.

"아니."

"뭐가 아니란 거니?"

"내가 지갑 빼앗긴 걸 말씀드리지 않은 건 경찰에 신고해서 범인이 잡히고 지갑에 들어 있던 아저씨 명함에 적힌 내용이 식구들한테 알려지는 게 두려웠기 때문이야. 특히 이모한테."

쓰카다 씨는 얌전한 고양이 같은 목소리로 말했다.

"내 걱정을 해준 거니?"

"이모를 슬프게 만들고 싶지 않았을 뿐이야. 아빠 엄마는 아저씨가 좋은 사람이고, 이모는 행복하다고 했어. 나도 그렇게 생각하고 싶고, 망가뜨리고 싶지 않았어. 결혼했는데 다른 여자가 그런 걸 적은 메모를—."

"그걸 받은 게 언제지? 누구한테 받았어?"

마사키는 받게 된 과정을 설명했다. 쓰카다 씨는 크게 한숨을 내쉬었다.

"너도 어른이 되면 이해할 테지만, 결혼이란 건 중요한 일이야. 여러 가지 힘든 일이 있어."

책상을 돌아 마사키 곁으로 다가왔다. 마사키는 뒤로 물러섰다.

"나는 네 이모야말로 진짜 내 아내라고 생각해. 이모를 만나게 된 걸 감사하게 생각하고 있지. 하지만 말이야, 만나게 되기까지 그냥 앉아서 기다릴 수는 없어. 다른 여자들과도 사귀었지. 그 정도는 너도 이해하지? 그리고 그런 여자들 가운데 나하고 이모의 행복을 질투하는 사람이 있는 거야. 너한테 그걸 준 사람도 그런 여자지."

거짓말하지 마! 나는 소리치고 싶었다. 'N'이 누구지? 약속이란 게 뭐지?

"하지만 걱정 마. 믿어줘. 난 그 여자하곤 이제 아무 관계도 없어. 사랑하는 건 네 이모 한 사람뿐이야. 물론 누구도 이모에게 손가락 하나 대지 못하게 할 거야. 맹세해. 약속할게. 그러니 이 문제는 잊어줄래? 나도 이 명함은 태워버릴 테니까. 알겠지?"

마사키는 대답 대신 고개를 끄덕거렸다. 그게 무얼 의미하는지 나는 안다. 일단 받아들이는 척은 하지만, 진심은 아니야, 라는 뜻이다.

그 증거로 마사키는 방을 나온 뒤 한동안 가만히 숨을 죽인 채 복도에 서 있었다. 나는 마사키의 웃옷 가슴 주머니 안에서 그의 심장 뛰는 소리를 들었다.

그때 쓰카다 씨 방 안에서 전화벨이 울렸다. 마사키는 얼른 몸을 돌려 뭔가의 뒤로 숨었다.

쓰카다 씨의 방문이 열리더니 바로 쾅, 하고 닫혔다. 분명 복도에 누가 있는지를 확인한 것이리라.

마사키는 얼른 되돌아갔다. 문에 귀를 대고 있을 것이다. 몸을 문에 딱 붙였기 때문에 마사키가 듣는 소리를 나도 들을 수가 있었다.

"대체 무슨 생각을 하는 거야? 그 꼬마는 사나에의 조카야. 주절주절 떠들어서 뭘 어떡할 생각이었어!"

침묵. 전화 상대도 지지 않고 말대답을 하고 있는 모양이다.

'N' 이다. 그 여자다.

"잘 들어. 모든 일이 순조롭게 진행되고 있어. 사나에는 나한
테 홀딱 빠져 있고, 그 여자 언니나 그 남편도 나를 마음에 들어
하고 있어. 그러니 쓸데없는 짓은 하지 마. 나도 약속을 잊은 게
아니야. ―바보 같은 소리, 내가 진짜로 반했을 리가 없잖아. 여
잔 너 하나뿐이야."

나는 할 수만 있다면 몸을 부르르 떨고 싶었다. 마사키가 덜덜
떨기 시작했다.

"그런데, 그쪽은 어때? 보험금 말이야. 뺐어? 그래? 좋아, 됐
어. ―아니, 이쪽은 아직 멀었어. 결혼하자마자 바로 그러는 건
너무 위험하니까. 그렇지만―."

그걸로 충분했다. 마사키는 밖으로 달려 나갔다.

6

마사키가 모든 사실을 털어놓고, 해피 엔드.

이런 대사를 듣고 싶으십니까? 그렇다면 저는 당신을 실망시
켜드리게 되겠군요.

마사키는 모든 이야기를 털어놓았다. 처음부터 끝까지. 결혼
식장에서 만난 그 여자 이야기, 쓰카다 씨의 명함, 그 뒤에 적혀
있던 말, 그걸 넣어둔 지갑, 즉 나를 빼앗겼던 이야기, 그걸 되찾
게 된 경위, 그리고 쓰카다가 'N' 에게 전화한 사실.

하지만 아무도 믿어주지 않았다.

물론 처음에는 엄마 아빠도 깜짝 놀랐다. 이야기가 너무 구체적이었기 때문에 그 시점에서는 '꾸며낸 이야기일 리가 없다.'고 생각했다.

하지만 소용이 없었다. 쓰카다 가즈히코가 식구들을 말로 구워삶았다. 이 뱃속 시커먼 거짓말쟁이는 아무렇지도 않게 거짓말을 술술 해댔다.

"예, 마사키가 제 가게에 놀러 왔었죠. 게임 소프트웨어를 구했다면서 보여주러 왔습니다. 빼앗겼을 리가 없습니다. 왜 그런 이야기를 하는 걸까요?"

그렇게 되자 형세는 완전히 불리해졌다.

증거가 없다. 마사키는 자기 이야기를 증명할 아무런 증거도 없었다. 그래서―.

"요즘 마사키가 마음이 불안정했어."

"텔레비전 서스펜스 드라마에 보험금 살인 이야기가 자주 나오지. 그러고 보니 그 녀석이 갖고 있는 게임 소프트웨어 중에도 그런 살인사건을 형사가 해결한다는 식의 내용이 있었지. 게임도 좀 그만하게 해야겠군."

그리고 결론은 하나. 고쳐질 때까지 가만 놔두자.

사나에 씨가 보험 계약을 하는 날, 마사키는 학교에 가지 않았다. 최후의 수단이었다. 사나에 씨에게 직접 이야기를 하려는 것이었다.

하지만 그 시도는 사전에 차단되고 말았다. 사나에 씨가 집에

오기 조금 전, 엄마가 마사키를 의사에게 데려갔던 것이다. 치과 의사에게.

"원래는 좀 더 일찍 왔어야 하는데, 오늘은 제대로 예약을 해 두었으니 치료 잘 받고 와라."

치과의사의 손에서 빠져나갈 수 있는 애는 아무도 없다.

집에 남겨진 나는 마사키의 방에서 이따금 들려오는 여자들 목소리에 신경을 집중했다.

"이제 안심하고 여행할 수 있겠네."

사나에 씨가 말했다.

"하지만 조심해. 외국은 물이 좋지 않으니까."

엄마가 말했다.

"보험이란 게 말이에요, 이상하게도 가입한 사람에겐 그게 필요한 일이 일어나지 않는 법이에요."

도야마 씨가 웃었다.

그 주 주말부터, 사나에 씨는 신혼여행을 떠났다. 2주일 후에 돌아올 예정인데, 그때까지 마사키는 밤에 제대로 잠을 이루지 못했다.

'결혼하자마자 바로 그러는 건 너무 위험하니까. 그렇지 만—'

귀국한 두 사람을 마중 나갔을 때, 마사키가 어떤 눈빛으로 쓰카다를 노려보고 그가 어떻게 마주 보았는지 나는 알 수 없다.

알기도 두렵다.

지금 마사키는 한 가지 확신에 따라 움직이고 있다. 하는 거다, 분명히 찾아낼 수 있다, 반드시 찾아내겠다, 고 하는 신념.

마사키한테서 게임 소프트웨어를 빼앗은 녀석들을 찾는 거다. 녀석들은 아직 중학생이고, 그리 멀리서 오지는 않았을 것이다. 그런 짓을 하는 녀석들이기 때문에 또 같은 짓을 저지를지도 모른다. 분명히 언젠가는 그물에 걸려들 것이다.

녀석들을 찾아낼 수만 있다면 그건 증거가 된다, 그 'N' 이란 서명이 있던 명함에 대한. 그렇게 하면 마사키가 꾸며낸 이야기를 하고 있다고 믿는 어른들도 생각이 조금은 바뀔 것이다.

지금 생각하면 마사키의 계산은 옳았다. 쓰카다는 무서운 사람이다.

애들 눈은 날카롭기 때문에 남의 머릿속 생각까지 들여다볼 수 있다. 특히 그 생각이 시커먼 것이라면 더욱더.

아아, 그렇지만 안타깝게도 나는 마사키의 주머니 안에서 기도할 수밖에 없다.

힘을 내, 마사키. 힘을 내줘, 늦지 않도록.

사나에 씨가 살해당하지 않도록….

04
탐정의 지갑

"나의 탐정은 나를 단순히 자신의 소유물이라고
생각하는 모양이지만, 사실은 그가 나의 것이다."

1

 "품행 조사를?"
 나의 탐정이 물었다.
 "부탁드립니다."
 탐정의 의뢰인이 대답했다.
 내겐 귀에 익은 대화다.
 이 의뢰인은 여성이다. 목소리로 미루어 나이는 아직 20대일 것이다. 만약 의뢰인이 미인이라면 그 여자가 방 안에 있는 동안만은 이 탐정 사무소에도 아름다운 것이 딱 하나 존재한다는 이야기가 된다.
 오늘은 나의 탐정 목소리가 좀 쉬었다. 어젯밤 늦게까지 사무실에 남아 뭔가를 조사했던 모양이다. 지쳤는지도 모른다.
 "저에 대해서는 어떻게 아셨습니까? 누구 소개죠?"
 의뢰인은 바로 대답하지 않았다. 거짓말을 하려는 건지, 사실대로 이야기하면 누군가에게 폐가 될 거라고 생각하는 건지, 아니면—.
 "그냥 찾아온 겁니다."

의뢰인이 대답했다.

"밖에서 간판을 보고 문득 생각이 나서 와본 거예요."

나의 탐정은 살짝 헛기침을 했다.

"용감하시군요."

의뢰인은 말이 없었다.

"아니면 충동적인가?"

나의 탐정이 그렇게 말하고 자리에서 일어선 모양이다. 낡은 회전의자가 삐꺽거리는 소리를 냈다. 반년 정도 전, 어느 파산 회사의 채권 회수 업무를 맡았을 때, 한 세트인 책상과 함께 그 회사의 재산 관리인으로부터 거의 공짜나 다름없는 값에 사온 것이다.

원래는 그 파산 회사의 경영자가 쓰던 것이라고 하니, 운수가 좋은 물건은 아니다.

그렇지만 나의 탐정은 운수 같은 건 따지지 않는다. 탐정은 그런 걸 따져서는 안 되는 법이다. 운수나 점, 종교로는 해결할 수 없는 문제를 지닌 의뢰인들을 상대하니까.

"돌아가세요."

탐정이 말했다.

"출구는 아시죠?"

"하지만—."

"돌아가세요."

그러나 의뢰인은 일어서는 기척이 없었다.

"맡아주실 수 없는 건가요?"

작은 목소리였다. 그 목소리는 아까부터 내내 작고, 때로는 제대로 들리지도 않을 정도였다. 자기가 말한 내용이 부끄러운 건지도 모른다.

"그렇다면 왜 제 이야기를 들으신 건가요?"

탐정은 쓴웃음을 지었다.

"하지만 전 손님 이름을 묻지도 않았습니다."

그게 내 탐정의 업무 방식이다. 먼저 이름을 대고 나서 용건을 이야기하는 의뢰인은 신용한다. 반면 상담 내용은 이야기하면서도 계약할 때까지 이름을 대지 않으려는 의뢰인은 상대하지 않는다.

하기야 요즘—지난 2년간은, 어느 쪽 의뢰인이건 거절해버리는 경우가 많기는 했지만.

나의 탐정은 말했다.

"손님의 의뢰 내용 자체는 빤합니다. 저쪽 벽에 캐비닛이 있죠? 제가 직접 세어본 적은 없지만 내기를 해도 좋습니다. 저 안에 들어 있는 사건 기록의 반 정도는 당신이 의뢰한 것과 같은 내용입니다."

탐정이 좁은 사무실을 가로질러, 창문을 연 모양이다. 3층 아래 있는 거리의 소음이 방 안으로 흘러들어왔다.

"손님께서 이 사무실을 나가시면 바로 저는 손님에 대해서 잊을 겁니다. 얼굴도, 목소리도, 입고 있던 옷도, 그리고 지금까지 한 이야기의 내용까지. 그러니 안심하고 돌아가세요."

의뢰인은 아직 움직이지 않는다.

"다만, 남편에 대한 의심을 저 같은 탐정에게 이야기한 것에 대해 찜찜하게 느끼는 감정은 스스로 다스려야 할 겁니다."

"심술궂게 말씀하시는군요."

"탐정은 다들 심술궂습니다."

"거짓말이라도 좋으니 이야기한 것만으로도 속이 좀 풀렸을 거라거나, 그런 고민을 품고 있는 부인들은 많지만 대개는 혼자만의 오해나 착각이라 조사해볼 필요도 없다거나 하는 식으로 말씀을 해주셔도 괜찮은 거 아니에요? 어차피 거절하실 거라면."

"전 손님 보호자가 아닙니다. 손님의 친구도 아니고."

의뢰인은 발소리를 내며 걸어갔다. 문을 여는 소리가 들린다. 이 사무실 문은 여닫을 때마다 금속 장식이 서로 닿는 소리를 낸다.

의뢰인의 발소리가 멈추고, 목소리가 들렸다.

"왜 맡아주지 않는 거죠?"

탐정이 대답했다.

"지나가다 탐정 사무소 간판을 보았다는 이유만으로 남편 분의 품행을 조사해야겠다고 생각한 여성은 믿을 수가 없기 때문이죠."

의뢰인은 다시 문을 열었다. 나가는 기척이 나지 않았으니 문에 기대어 멈춰 서 있는 것인지도 모른다.

"하루 생각해보고 제 마음이 변하지 않으면요? 그렇다면 받아주실 건가요?"

나의 탐정은 입을 다물고 있다. 의뢰인이 '그럼, 전화 드리겠습니다.' 라고 말했다. 나의 탐정도 어쩔 수 없이 고개를 끄덕였으리라.

"전화로는 안 됩니다."

"왜죠?"

"쉬우니까요. 한 번 더 여길 찾아오는 수고를 아껴서 마치 피자라도 주문하듯이 전화 한 통으로 끝낼 생각이라면, 사흘도 지나지 않아 저를 고용한 걸 후회할 겁니다."

의뢰인은 살짝 떨리는 목소리로 말했다.

"정말 심술궂네."

그렇게 말하고 그 여자는 나갔다.

혼자 남아서도 나의 탐정은 한동안 의자로 돌아오지 않았다. 조금 있다가 묵직한 발소리를 내며 다가오더니 내가 들어 있는 서랍을 열었다.

나의 탐정은 잠시 움직이지 않았다. 이윽고 나를 집더니 동전 몇 개를 꺼내고 원래 있던 자리에 놓은 뒤 서랍을 닫았다.

서랍 안에 든 나는 어둠에 싸여 나의 탐정이 늘 나와 함께 넣어두는 큼직한 페이퍼 나이프, 낡은 수첩과 함께 방을 나가는 그의 발소리를 들었다.

아마 내가 나의 탐정에게 온 뒤, 정확하게 두 번째로 금연 맹세를 깨기 위해 아래층 자동판매기로 가는 것이리라. 그는 마음이 두근거리는 일 앞에서는 늘 담배를 찾는다.

첫 금연 맹세가 깨진 것은 탐정의 아내가 세상을 떠났을 때였다. 이번에는 무슨 일이 있는 걸까. 나는 궁금했다.

나는 탐정의 지갑이다.

나는 탐정의 정확한 나이를 모른다.

목소리나 얼굴로 보면 아마도 마흔 고개에 막 다다른 남자라는 건 짐작이 간다. 지금까지 이십대, 삼십대를 제법 고생하면서 살아온 사내일 거라는 사실도.

늘 앓고 난 것처럼 보이고, 항상 입 가장자리를 살짝 아래로 늘어뜨리고 있다. 혹시 넥타이를 매야 할 일이 있더라도 항상 느슨하게 풀어놓는다.

나를 사서 탐정에게 준 것은 그의 아내였다. 아내는 나를 산 지 얼마 되지 않아 갑작스러운 사고로 세상을 떠났다. 그때부터 나의 탐정은 내내 혼자 살며, 혼자 사무실을 운영하고 있다.

곁에 누구도 없는 사람은 나이를 먹기는 하지만 세월을 헤아리지는 않는다. 생일을 기억해주는 사람이 없기 때문이다. 사람은 아무도 자기 자신을 위해 나이를 먹지는 않는다. 그래서 나의 탐정은 나이를 잊었고, 나 역시 그의 나이를 알 수 있는 기회가 없었다.

탐정이 세고 있는 것은 아내가 죽은 뒤의 햇수다. 아내가 죽었을 때 그도 죽었다. 그는 이미 2년이나 죽어 있다. 앞으로도 계속 죽어 있을 작정이다. 나는 죽은 사람의 돈을 보관하는 지갑인 것이다. 신나게 돈을 쓴다는 건 나하고 인연이 없었다.

그가 언제부터 탐정을 했는지도 나는 모른다. 나는 그의 과거를 모른다. 과거 또한 그의 아내와 함께 죽어버렸는지도 모른다.

자식도 없었다. 친형제 같은 사람을 만난 일도 없다. 나의 탐정은 홀로 관(棺)에 들어간 그의 아내와 마찬가지로 고독하게 살고 있다.

　나의 탐정—이라고 나는 부른다. 그는 나를 단순히 자신의 소유물이라고 생각하는 모양이지만, 사실은 그가 나의 것이다.

　아내가 죽었을 때 그는 그녀의 추억이 묻어 있는 것을 모두 처분했는데, 나는 버리려 하지 않았다. 나는 유일하게 아내의 손이 닿은 적 있는, 그녀의 유물이었다.

　그렇게 부르는 게 간지러운 호칭이라고는 생각하지 않는다. 그의 아내가 예전에 그랬듯이 그렇게 부를 뿐이다. 나의 탐정, 이라고.

2

　해질녘에 손님이 왔다.

　탐정의 몇 안 되는 친구 가운데 한 명이다. 나의 탐정은 그를 '사사키'라 부르고, 사사키는 나의 탐정을 '고노'라고 부른다.

　두 사람이 어느 정도 친한 사이인지, 나는 가늠할 수가 없다. 이따금 함께 술을 마신다. 이야기도 한다. 사사키가 말하는 경우가 많다. 그의 직업은 신문기자다. 늘 정보를 다뤄야 하기 때문에 과묵한 남자는 할 수 없는 일일 것이다.

　사사키는 탐정의 아내가 죽었을 때, 그가 '혼자 있게 해줘.'라고 할 때까지 곁에서 떠나지 않았다. 그래서 나는 사사키를 신뢰하고 있다.

　"파리 날리는군."

문을 열고 들어서며 사사키가 말했다.

"이런 상태로도 용케 사무실을 꾸려가네."

"꾸리는 게 아니라 겨우 유지하는 거지."

"간신히 유지해서야 되겠어?"

"큰 신문사하고 어디 같은가?"

사사키는 손님용 소파에 앉았다.

"그 얘기, 생각해봤나?"

나의 탐정은 대답하지 않았다.

"나쁜 제안은 아니라고 생각해. 저쪽도 응할 생각이야. 실력 있는 조사원을 원하고 있어."

끼익, 하고 의자 소리가 나더니 나의 탐정이 대답했다.

"이제 와서 누구 밑에 들어갈 거면 독립 같은 건 하지도 않았어."

약간 뜸을 들이고 나서 사사키가 말했다.

"그때하고 지금은 사정이 달라."

"경기는 지금이 나아. 경기가 좋을 때는 이런 일이 번창하는 법이야."

사사키가 웃으며 말했다.

"그런 정도는 나도 알아. 하지만 중요한 건 자네 자신이 변해 버린 거야. 그때는 나기코 씨가 있었지. 지금은 없어."

나기코는 탐정의 아내 이름이다. 또 의자가 삐꺽거렸다.

"이봐, 슬슬 재기해. 아내가 죽은 건 자네 때문이 아니야."

사사키가 말했다.

"알아."

“알긴 뭘 알아? 말로만 안다고 하지. 자넨 마치 좀비 같아. 하지만 요즘 좀비는 우스갯소리 소재밖에 되지 않아.”

그렇게 말하고 사사키는 입을 다물었다.

그는 보름쯤 전에 나의 탐정에게 취직 이야기를 들고 왔었다. 상당히 큰 보험회사 사무소에서 일손을 필요로 한다─는. 단정할 수는 없지만, 사사키의 이야기로 미루어보건대 나의 탐정은 예전에 그런 곳하고 같은 일을 하는 사무소에서 일했고, 적당한 시기를 보아 독립해서 이 사무소를 차린 모양이었다.

“어?”

사사키가 말했다.

“뭐야?”

“누가 떨어뜨린 모양이네.”

일어서서 이쪽으로 다가오는 소리가 난다.

“소파 아래 떨어져 있었어. 귀걸이군.”

사사키의 목소리가 아주 약간 부드러워졌다.

“여자?”

나의 탐정은 냉담하게 대답했다.

“의뢰인이야.”

“소파 옆에다 귀걸이를 떨어뜨리고 가는 의뢰인?”

“그래, 흥분했으니까. 떨어진 걸 눈치 못 챘겠지.”

“흥분했다?”

“화를 낸 거야. 의뢰를 거절했더니.”

사사키는 굵은 한숨을 토했다.

"또? 자네, 일할 마음이 없군."

사사키가 소파 쪽으로 돌아가는지 발소리가 났다.

"그렇게 거절만 해서 어떻게 먹고살려고 그러나. 그래서 일을 하라는 거야. 봉급쟁이가 되면 싫어도 일하게 돼."

"너처럼?"

사사키는 웃었다.

"멋대로 지껄여. 그래, 왜 거절했어? 여자가 들고 온 사건이면 별로 까다로운 일은 아닐 텐데."

꽤 오랫동안 나의 탐정은 입을 다물고 있었다. 사사키는 이런 일에 익숙할 것이다. 대답이 나오기를 기다렸다.

"나기코를 닮았어."

나의 탐정이 대답했다.

사사키의 한숨 소리가 들려왔다.

"놀랐어. 너무 닮아서. 물론 젊은 시절의 나기코이긴 하지만."

사사키가 약간 말투를 바꾸어 말했다.

"그 여자, 귀걸이를 찾으러 올까? 그거 싸구려는 아닌데."

"오지 않을 거야. 그런 옷차림이라면. 비싸 보이고, 잘 어울리더군. 단벌 옷을 꺼내 입고 온 게 아니지. 부자라는 이야기야. 이 귀걸이 같은 건 한 다스는 더 갖고 있을걸."

"귀걸이를 양쪽 다 잃어버렸다면 포기하겠지. 한쪽만 잃어버렸으니 찾으러 올 거야. 그게 여자지."

그렇게 말하고 사사키는 소파에서 일어섰다.

"한잔하러 가지. 좋은 가게를 찾아냈어."

그러더니 이렇게 말했다.

"그거 잘 넣어둬. 그 여자가 찾으러 올 거야."

나의 탐정은 웃었다.

"내기를 할까? 올 리가 있겠어?"

하지만 그 여자는 왔다.

3

이튿날 오후의 일이다.

노크 소리가 나서 나의 탐정이 '들어오세요.' 하자 문이 삐걱거렸다. 그리고 그 여자의 목소리가 들려왔다.

"맡아주시겠습니까?"

내 탐정은 잠시 의자에서 움직이지 않았다. 여자를 뚫어지게 바라보고 있을 것이다. 나는 서랍의 어둠 속에서 세상을 떠난 아내의 얼굴을 떠올리며 젊은 시절의 그녀와 꼭 닮은 여자가 나의 탐정에게 지지 않고, 턱을 치켜들고 입술을 꾹 다문 채 서 있는 모습을 그려보려 했다.

나의 탐정이 의자에서 약간 움직였다. 그리고 기침을 했다.

"감기로군요."

그 여자가 말했다.

"어제도 목소리가 쉬었던데."

"감기 걸릴 계절은 아니라고 생각하는데요."

"아뇨, 지금 유행입니다. 악성이고, 목부터 시작되는 감기가.

그냥 두면 열이 높아지죠. 조카가 다니는 학교도 감기 때문에 수업을 하지 않는 학급까지 생길 정도예요.”

조금 뜸을 들였다가 여자가 말을 이었다.

“들어가도 괜찮습니까?”

“들어오시죠. 다만—.”

“다만?”

“감기가 옮을지도 모릅니다.”

의뢰인의 이름은 쓰카다 사나에라고 했다. 27세. 남편인 쓰카다 가즈히코는 36세로, 레스토랑 경영자라고 한다.

두 사람은 결혼한 지 두 달밖에 되지 않았다. 시내에 가까운 아파트 단지에 살고 있다고 한다.

“남편의 태도가 수상하다고 생각하기 시작한 건 언제쯤부터죠?”

나의 탐정은 사나에 맞은편에 앉아 있을 것이다. 목소리가 약간—좁은 사무실이기 때문에 아주 약간이지만—멀리서 들렸다.

“수상하다고는 해도….”

“그럼 표현을 바꾸죠. 다른 여자가 있는 게 아닌가, 생각한 건 언제부터죠?”

사나에는 힘없이 웃었다.

“심술궂은 말투로군요.”

“어제는 손님 자신이 그런 표현을 썼습니다.”

한숨 소리가 들렸다.

"알겠습니다. 좋아요. 다른 여자가 있다는 걸 눈치 챈 것은 결혼식을 하고 사흘 뒤였습니다."

나의 탐정은 입을 다물었다.

"놀라지 않으시네요?"

사나에는 불만인 모양이었다. 나의 탐정이 입을 다물고 있는 것은 너무 놀라서 할 말을 잊은 게 아니라 뭔가를 적고 있기 때문이리라.

"사흘 뒤라면 나은 편입니다. 제가 다룬 의뢰 건 가운데는 결혼식 피로연을 하던 중 같은 호텔 객실에서 애인을 기다리게 한 케이스도 있었습니다. 그래서요? 눈치 챘다는 것은 구체적인 증거를 잡았다는 뜻입니까?"

사나에의 목소리가 작아졌다.

"전화를 걸고 있었습니다. —여자에게."

"결혼식 사흘 뒤에?"

"예. 6월 27일입니다."

"댁에서요?"

"아뇨. 그 사람이 경영하는 레스토랑 사무실에서였어요."

그 레스토랑의 이름은 주느비에브. 아자부에 있다. 그날 사나에는 친구와 약속이 있어, 미나미아오야마까지 나온 김에 남편 직장에 들러 깜짝 놀라게 해주려 했다고 한다.

"어린애 같은 짓이지만—. 발소리가 나지 않도록 조심조심 사무실 문 앞까지 갔습니다. 그랬더니 그 사람 목소리가 들려와서…. 전화를 하고 있구나, 하는 생각에 통화를 마칠 때까지 복도에서 기다리려 했습니다.”

“그래서 통화 내용을 들었다?”

“예.”

나의 탐정은 또 기침을 했다.

“사무실은 혼자 씁니까?”

“그렇습니다.”

“혼자 경영하는 건가요?”

“아뇨. 공동 경영입니다. 하타나카 씨란 분과 둘이서. ―아니, 공동 경영이라고 들었습니다.”

“무슨 말씀입니까?”

“실제로는, 남편은 전혀 자금을 대지 않았습니다. 그런 의미에서 주느비에브는 하타나카 씨 한 사람의 것이죠. 남편은 그냥 ‘공동 경영자’ 일 뿐입니다.”

“그걸 어떻게 알게 되었죠?”

“토지와 건물의 등기부를 보았습니다. 양쪽 다 하타나카 씨만의 명의로 되어 있었어요. 그걸 담보로 해서 돈을 빌렸기 때문에 줄줄이 저당권자의 이름이 적혀 있었지만 그건 전부 금융기관들뿐이에요. 남편 이름은 없었죠.”

“그러면 주느비에브는 회사 조직으로 되어 있습니까?”

“예.”

“남편 되시는 분은 이사님?”

“그렇습니다.”

“당신은?”

"아뇨, 저는 관계없어요."

나의 탐정은 잠시 생각에 잠긴 듯 틈을 두었다가 말했다.

"토지와 건물의 명의만 가지고는 뭐라고 말할 수 없습니다. 다른 형태로 자금이 들어갔을지도 모르죠. 어쩌면 극단적인 이야기지만, 능력만으로 공헌해왔던 건지도 모르고요. 하타나카 씨의 브레인으로서 말이죠."

"그건 알고 있습니다."

사나에는 그렇게 말하고, 아직 뭔가 더 이야기하고 싶은 기색이다. 나의 탐정도 사나에가 말을 잇기를 기다리고 있는 모양이다.

"하지만 제게는 하타나카 씨가 남편을 신뢰하고 있는 걸로 보이진 않습니다."

나의 탐정은 기침을 했다. 이건 헛기침이었다.

"이야기를 되돌립시다. 남편의 전화 말입니다. 어떤 내용이었습니까?"

사나에는 말하기 힘든 모양이었다.

"사랑하는 건 너뿐이야, 알지? 라고."

"그리고?"

"시간을 내서 만나러 가겠다는 이야기도."

"그래서요?"

이런 이야기는 주문을 받는 웨이트리스처럼 사무적으로 묻는 것이 좋다.

"사나에는 눈치 채지 못하고 있어. 하지만 조심하는 게 최고지―, 라고 했습니다."

"그뿐인가요?"

"전화를 끊을 때 다시, 사랑한다고 했습니다."

조금 있다가 나의 탐정이 약간 가벼운 말투로 입을 열었다.

"하지만 상대방이 여자란 증거는 없군요."

사나에도 그 질문의 숨은 의미를 이해한 모양이었다.

"남편은 정상입니다. 부부생활은 제대로 하니까요. 그리고—."

"그리고?"

"전화를 끊을 때 정확하게 말했습니다. 사랑해, 노리코, 라고."

내 탐정의 목소리가 날카로워졌다.

"노리코라는 이름을 듣고 짐작이 가는 것은?"

"없습니다."

"한 사람도? 비교적 흔한 이름인데."

"한 명, 제 친구가 있습니다만, 지난달에 결혼했죠. 레스토랑 웨이트리스나 남편의 주변을 보더라도 제가 아는 한 노리코란 여자는 찾을 수가 없습니다."

사나에는 그 밖에도 몇 가지 보충 설명을 했다. 집으로 아무 말도 하지 않는 전화가 자주 걸려온다는 사실, 쓰카다 가즈히코가 일주일에 한 번 정도 귀가가 늦다는 사실, 자기가 쓰는 것하고 전혀 다른 색의 루주가 가즈히코의 와이셔츠 칼라에 묻어 있던 적이 있다는 사실—.

"최근에는 분명한 여자 목소리로 '가즈히코 씨 있습니까?' 하는 전화가 왔습니다."

사나에의 목소리에 지친 기색이 드러나기 시작했다.

"낮 시간이라 가게에 있습니다, 라고 대답하자, 그 여자는 '그렇군. 그런데 당신이 사나에?' 라고 했습니다."

"그래서요?"

"제가 상대방 이름을 묻자 '곧 알게 될 거야.' 라고만 하고 끊어버렸습니다."

나의 탐정은 목소리에 힘을 주었다.

"분명히 '당신이 사나에?' 라고 했습니까? '사나에 씨' 라거나 '부인' 이 아니라?"

"아닙니다. 경칭은 쓰지 않았습니다. 그게, 그저께 일입니다. 그래서 제가 여기로 들어온 거죠—."

사나에는 입을 다물었다. 조금 있다가 작은 목소리로 말했다.

"사실은 친정으로 돌아갈까, 싶어서 밖으로 나왔어요. 하지만… 걱정을 끼치는 게 싫어서. 역 이름도 보지 않고 내려 이리저리 돌아다니다 정신이 든 게 이 건물 앞이었어요. 그러다 간판을 발견하고…. 우연이지만 탐정 사무소 간판이 눈에 들어온 게 무슨 의미가 있는 것 같아서."

내 탐정의 목소리가 지금까지와는 달리 부드럽게 울렸다. 거의 온화한 목소리라고 해도 좋을 정도로.

"지금까지 말씀하신 내용을 누군가에게 이야기했습니까? 가족이나 친구들에게?"

사나에는 고개를 가로저은 모양이다. 나의 탐정이 물었다.

"아무에게도?"

"예. 아무한테도 하지 않았어요."

"용케 혼자 가슴에 품고 계셨군요."

사나에는 의외의 말을 했다.

"무서웠어요."

상당히 긴 시간, 사무실은 정적에 휩싸였다. 이따금 에어컨이
돌아가며 찬 공기를 토하는 소리만 들릴 뿐.

사나에가 반복했다.

"무서웠어요. 남편이 무섭습니다."

말꼬리가 떨렸다.

"처음에는 이런 사실을 믿고 싶지 않아서 애써 잊으려 했어요.
그렇게 또렷하게 그 사람이 전화로 이야기하는 걸 듣고도, 바보
처럼 믿고 싶지 않았던 거예요."

나의 탐정은 조용히 말했다.

"바보 같지 않습니다."

"하지만… 그런 생각으론 아무 해결도….."

"무섭다는 생각을 하게 된 계기는 뭡니까?"

사나에는 목소리를 높여 말을 이었다.

"신혼여행입니다. 지난달 초에 열흘간 사이판에 갔었습니다.
결혼하고 곧바로 휴가를 낼 수 없는 상황이라고 해서 약간 늦어
졌죠."

"그런 경우야 흔히 있죠."

"사이판에서 우린 함께 스쿠버다이빙을 했어요. 그 사람은 상
당히 베테랑이라 거의 강사 수준이죠. 하지만 저는 햇병아리라

이퀄라이징도 제대로 못해서―. 이퀄라이징이라고 아시죠?"

"직접 해본 적은 없지만 알고는 있죠. 수압 때문에 고막이 터지는 걸 막는 거죠? 입을 다물고 코를 막은 채 숨을 내쉬는."

"네, 맞아요. 그렇게 하지 않으면 귀에 물이 들어가 방향 감각을 잃을 수도 있어요. 자기는 물 위로 올라가고 있다고 생각하는데 실제로는 점점 깊은 쪽으로 가라앉거나―."

이퀄라이징이 서투르다는 사나에는 사이판 바다에서 잠수했을 때 실제로 그런 상태에 빠졌다고 한다.

"저는 완전히 패닉 상태였어요. 당황해서 어떻게 해야 좋을지, 몸을 컨트롤할 수가 없었죠. 그래서 바로 옆에서 잠수하고 있던 그 사람에게 손으로 신호를 보내 도와달라고 했어요. 몇 번이나, 몇 번이나. 하지만―."

나의 탐정은 이번에는 사나에를 재촉하지 않았다. 여자의 불규칙한 숨소리가 들려왔다. 기억을 떠올리며 이야기하다보니 패닉 상태가 재현된 모양이다.

"그 사람은 저를 보고 있으면서도 도와주지 않았어요. 도와주려고 하지도 않았습니다. 그냥 보고만 있었어요. 마치 관찰하듯이."

결국 근처에 있던 다른 다이버가 사나에를 구해 배로 끌어 올려주었다고 한다. 그리고 뒤이어 올라온 가즈히코는 그녀가 그런 상태에 빠졌다는 걸 전혀 눈치 못 챘다고 말했다―.

"미안하다고 몇 번이나 사과를 하고, 저를 껴안고 쓰다듬었습니다. 하지만 저는 그 사람 말을 믿을 수가 없었죠. 바다 속에서, 다 죽어가는 절 바라보던 그 사람 모습을 잊을 수가 없어요."

사나에는 몸을 떨고 있을 게 틀림없다.

"그건 오해일 거라고 수없이 생각했지만, 그래도 안 되더군요."

나의 탐정은 크게 한숨을 내쉬고 나서 물었다.

"사이판에서 남편이 당신을 죽이려 했다—, 일부러 죽게 만들려 했다—. 그렇게 생각하시는 겁니까?"

자기 마음속에 품고 있던 불안을 남의 입을 통해 듣게 되자, 사나에는 울기 시작했다.

"예, 그렇습니다. 게다가 그때만이 아니에요. 그 뒤로 내내—. 내내 저를 지켜보고 있는 듯한 기분이 들어요. 기회를 노리고 있는 듯한 기분. 뒤를 돌아보면 그 사람이 무서운 표정으로 바라보고 있다가, 저하고 눈이 마주치면 얼른 웃어 보이는 거예요."

여자는 헐떡이듯 숨을 들이켰다.

"그 뒤로도 몇 번인가 잠수하러 가자고 졸랐어요. 결혼 전에는 둘이서 자주 여기저기 돌아다녔죠. 하지만 이제는 도저히 그러고 싶은 마음이 들지 않아요."

"하지만 사이판에서 있었던 일 말고 구체적으로 위험한 경우를 당하지는 않았잖아요? 다이빙을 제외한 일상생활에선."

사나에는 부들부들 떠는 듯 한숨을 흘렸다.

"예, 아직까지는. 하지만 계속 겁이 나요. 그저께 여자한테서 온 전화를 받고는 정말 두려워졌어요."

나의 탐정은 말이 없었다. 이번 건은 단순한 품행 조사가 아닐 것 같았다.

"좋습니다. 이야기를 정리합시다."

나의 탐정이 말했다.

"손님께선 남편에게 애인이 있는 게 아닌가, 의심하고 있다. 그렇죠?"

"예, 그렇습니다."

"그리고 그 사람이 당신이 죽는 걸 가만히 지켜보고만 있었던 적이 있다고 생각한다."

"그렇습니다. 다른 다이버가 없었다면 저는 이미 죽었을 겁니다."

사나에의 흥분한 말투에도 나의 탐정은 흔들리지 않았다.

"당신은 이 두 가지를 연결시켜 생각하고 있다. 남편에게는 다른 여자가 있다, 그리고 당신이 거추장스러워 당신을 죽이려 하고 있다. 그렇습니까?"

사나에는 단호하게 대답했다.

"틀림없어요."

"그럼 그 사람은 왜 당신하고 결혼을 한 걸까요? 결혼한 지 아직 두 달밖에 안 되었잖아요?"

살짝 훌쩍이고 나서 사나에가 말했다.

"결혼하자마자 바로 생명보험에 들었어요."

침묵.

"병에 걸려 죽으면 5천만 엔, 사고로 죽으면 그 두 배인 1억 엔. 남편이 받는 걸로 되어 있죠."

나의 탐정은 신중했다.

"남편이 보험에 들라고 했습니까?"

울음 섞인 목소리로 사나에가 대답했다.

"아닙니다."

"그럼 당신이 자발적으로 들었다?"

사나에는 흐느끼기만 할 뿐, 대답이 없었다. 나의 탐정은 목소리를 약간 높였다.

"당신이 자진해서 든 겁니까?"

"그래요!"

갑자기 목소리가 커졌다. 사나에는 분명 마음이 흐트러져 있었다. 홍수처럼 말을 쏟아냈다.

"그 사람이 그렇게 몰아갔어요. 모든 게 그런 식이죠! 전부 그랬어요. 누구나, 모두 다 그 사람한테 말려드는 거예요! 제 친척도 모두 속고 있어요! 제가 무슨 이야기를 해도 분명 믿어주지 않을 거예요. 남편이 천연덕스럽게 '집사람이 피곤한 모양입니다.' 라고 하면 다들 그 말을 믿고, 아무도 제 말에 귀를 기울여주지 않아요!"

마지막 부분은 거의 절규에 가까웠다.

사나에는 본격적으로 울기 시작했다. 여자의 괴로워하는 목소리만이 사무실 안에 가득 찼다.

사나에가 진정되어 다시 조용해지자, 나의 탐정이 천천히 말했다.

"누구하고도 상담한 적이 없다는 말, 거짓말이죠?"

아마 사나에가 고개를 끄덕인 모양이다.

"아무도 믿어주지 않아서, 탐정을 쓰려고 한 거예요."

사나에는 코가 막힌 목소리로 말했다.

"탐정이라면 제 이야기를 듣고 병원에 가보라느니, 스트레스에 노이로제가 겹쳤다느니 하는 소리는 하지 않을 거라고 생각해서."

"그런 소린 하지 않습니다. 잘 조사해보고 당신의 의심에 근거가 없다는 결과가 나오기 전까지는 말이죠."

사나에는 작은 목소리로 '고맙습니다.' 라고 했다. 그리고 애원하는 목소리로, 내가 오래도록 잊지 못할 목소리로 이렇게 덧붙였다.

"그 사람이 저를 죽이지 못하게 해주세요. 제발, 부탁입니다…."

4

나의 탐정은 일주일 동안 쓰카다 가즈히코를 철저하게 조사했다.

당연히 나는 나의 탐정과 행동을 함께했다. 하지만 그가 무얼 보고, 어떤 보고서를 쓰고 있는지는 알 수 없다. 미행할 땐 말이 없기 때문에 들리는 것이라고는 거리의 소음, 그리고 차의 엔진 소리뿐이었다.

그 이외에 내 탐정이 한 일은 사사키에게 도움을 청해 쓰카다 가즈히코의 전과 기록을 조사해달라고 한 것뿐이다.

사사키가 말했다.

"아, 그건 간단한 일이지. 그런데 취직 문제는 어떡할 거야?"

"사양하겠어."

나의 탐정이 대답했다. 애매하게 말을 흐린 것이 아니라, 또렷하게. 하지만 사사키는 내가 생각하기에 기뻐하는 것 같았다.

"웬일이야? 좀 생기가 도는 것 같군. 이제 기운이 나는 건가?"

나의 탐정은 웃었다.

"글쎄, 모르겠네. 나도 모르겠어. 피해망상에 걸린 의뢰인에게 휘둘리고 있는 건지도 모르지."

"하지만 그렇지 않을 가능성도 있다?"

"반반이야."

하지만 깊은 밤, 사무실에서 혼자 있을 때, 탐정의 태도로 미루어보건대 '반반이야.' 라고 생각하는 것 같지는 않다.

사무실 안을 왔다 갔다 하며 서성거렸다. 이따금 종이를 뒤적이는 소리도 들린다. 이렇게 신경을 곤두세우고 있는 모습을 보는 것은 오래간만이다.

사나에에게 첫 번째 보고를 하기로 한 전날 밤, 나의 탐정은 사사키를 만났다.

"쓰카다 가즈히코, 전과는 없더군."

사사키가 말했다.

"하지만 3년 전에 한 번 운전면허 정지를 먹은 적이 있어. 음주운전에 속도위반이야."

나의 탐정은 기록 같은 것을 읽고 있는 모양이다. 팔락팔락, 하는 소리가 들려왔다.

"쓰카다와 사나에가 결혼하기 전에, 언니 부부가 주로 주느비에브의 경영 상태와 쓰카다 개인의 경제 상태에 관해서 조사 사무소에 부탁해 알아보았는데.”

“뭐가 나왔나?”

“아니, 거기서는 수상한 점이 전혀 없었어. 사나에도 그 조사 보고서를 봤지. 나도 봤는데….”

보고서에 따르면 사나에가 말한 대로 쓰카다 가즈히코는 주느비에브에 전혀 돈을 투자하지 않았다. 말 그대로 머리만 투자하고 있을 뿐이라는 얘기다.

“원래 하타나카는 쓰카다가 예전에 일하던 이벤트 회사의 고객이었어. 그게 또 수상한 회사였던 것 같은데, 그야 어찌 되었든, 그 회사에 있는 동안 쓰카다가 하타나카를 구워삶아 공동 경영자가 되었다는 거야.”

“기분 나쁜 녀석이군.”

사사키가 얼굴을 찌푸리며 말을 이었다.

“말재주가 좋은 모양이야.”

“머리가 좋은 거지, 분명히. 지금도 쓰카다는 하타나카를 꽉 잡고 있어. 실제로 쓰카다가 주느비에브 경영에 관여하고부터 가게 이미지가 한결 나아졌다는 이야기도 있는 모양이야. 매상도 올라갔고.”

나의 탐정은 슬쩍 쓴웃음을 지었다.

“다만, 쓰카다는 이 정도 가게의 경영자로 일생을 마칠 생각은 아닌 모양이야. 손을 더 넓혀 큰 사업을 하고 싶겠지. 주느비에브 종업원들한테 계속해서 허풍을 떠는 모양이야.”

사사키의 눈매가 날카로워졌다.

"그렇게 하려면 많은 자금이 필요하겠군."

그래서 아내를 죽여 보험금을―. 이런 식으로 생각할 수도 있다. 하지만 나의 탐정은 그 말에는 대답하지 않고, 또 뭔가를 팔락팔락 넘기고 나서 이렇게 말했다.

"사나에 씨 허락을 받아서 쓰카다의 가족 관계 같은 걸 다시 조사해봤는데."

"그런데?"

"본적을 옮기거나 해서 파악하기 힘들게 해두었지만, 놈은 초혼이 아니었어."

"뭐라고?"

나의 탐정은 고개를 들고 천천히 말했다.

"녀석은 전에 한 번 결혼했다 1년이 채 안 되어 이혼했어."

"사나에 씨는 그걸―?"

"몰라."

"하지만 지난번 조사 과정에서 그런 사실이 드러나지 않았을 리가 없을 텐데."

"내가 조사했더니 바로 드러나더군. 지난번 조사원도 마찬가지였을 거야."

"그럼…."

사사키의 목소리가 심각해졌다.

"손을 써서 뭉개버린 건가?"

"아마 그렇겠지. 쓰카다가 손을 썼겠지."

나의 탐정이 말했다.

"이혼 경력이 있다, 아주 초보적인 기만행위인데…."

사사키는 휘익, 하고 휘파람을 불었다.

"사나에 씨의 예감이 맞아 들어가는 것 같군."

"이것만으로는 뭐라 할 수가 없지."

"그래, 미행 쪽은 어땠어?"

"아무것도 나오지 않았어. 미행한 지 아직 일주일밖에 안 됐고. 현재 가즈히코는 칼 퇴근이야. 품행 방정하고 여자에게도 전화를 걸지 않아."

"역시 외도를 하는 것 같다는 건 사나에 씨의 망상 아닐까?"

"몰라."

나의 탐정은 한숨을 내쉬었다.

"모르겠어. 다만, 쓰카다의 태도를 보면 아무래도 이쪽에서 캐고 있다는 걸 눈치 챈 것 같은 느낌이 들어. 이따금 길을 걷다가 느닷없이 뒤를 돌아보기도 하고 말이야."

"자네, 그 정도로 미행이 서툴렀나?"

"아니. 사나에가 조사를 의뢰했다는 걸 그 사람이 눈치 챈 건지도 모르지."

사사키가 아하, 하는 소리를 냈다.

"그러니 쓰카다 입장에서는 조심하겠지. 슬쩍 도청을 해볼까 생각했는데 저쪽에서 조심하고 있다면 의미가 없어. 좀 방심할 때까지 잠시 내버려둬야지. 그보다, 쓰카다의 전처 이야길 들어보고 싶군."

"사나에 씨는 괜찮을까? 만에 하나, 모든 게 그 여자의 망상이 아니라면 보통 일이 아니잖아.”

나의 탐정은 툭 내뱉었다.

“그렇지….”

“남편이 눈치 채지는 않았습니까?”

사나에가 들렀을 때, 나의 탐정은 먼저 이렇게 물었다.

“저를 고용한 걸 눈치 채지 않았습니까?”

“예.”

사나에는 대답하기 전에 두어 차례 ‘그게….’ 라고 했다.

“우리 문제로 잠깐 다른 사람과 의논을 했다고는 했어요.”

지금까지와 달리 묘하게 또렷치 않은 말투였다.

나의 탐정은 낙담했겠지만, 그걸 입 밖에 내지는 않았다.

“그랬더니, 남편께선?”

“누구와 의논했는지 알고 싶어 했지만 가르쳐주지 않았어요. 당신 요즘 피곤한지 좀 허둥대는 것 같으니 다른 사람하고 이야 길 나누면 마음이 편해질지도 모르겠군, 그렇게 말하더군요. 그 뒤로는 눈에 띄게 사근사근하게 굴더군요.”

사나에의 말투가 약간 날카로워졌다.

“특히 우리 말고 다른 사람이 있을 때는 유난히 상냥하게 굴죠.”

나의 탐정은 요 일주일간의 ‘성과’ 를 이야기하고, 가즈히코가 과거에 이혼 경력이 있다는 사실을 설명했다. 사나에는 쇼크를 받은 모양이지만, 흐트러진 모습을 보이지는 않았다.

“미리 말해두지만, 이건 남편의 외도 증거는 아닙니다. 남편이

당신에게 이 사실에 대해 거짓말을 했을 뿐이라는 얘기죠. 그리
고 거짓말을 한 것은, 사실대로 말하면 당신이 떠나버릴 거라고
생각했기 때문일지도 모릅니다. 당신을 잃고 싶지 않아서 거짓
말을 했을지도 모른다. 아시겠습니까?"

"알겠습니다. 앞으로 어떻게 하실 거죠?"

사나에가 물었다.

"그 사람의 전처를 만나볼 생각입니다. 다만 이 제적등본에 적
혀 있는 그 여자의 결혼 전 본적지를 보니 홋카이도라서. 거기서
부터 거꾸로 더듬어 현주소를 찾아내려면 제법 어려움이 따를지
도 모릅니다."

의자에서 삐꺽거리는 소리가 난 것으로 보아 몸을 앞으로 내
민 모양이다.

"현재, 남편은 조심을 하고 있는 것 같습니다. 적어도 여자를
만나려고 하지는 않고 있습니다. 아마 당신이 다른 사람과 의논
했다고 했기 때문이겠죠."

"예, 알겠습니다."

나의 탐정은 신중하게 말을 골랐다.

"사나에 씨 말씀대로 남편이 당신 목숨을 노리고 있을 가능성
도 배제할 수 없으니 몸조심하세요. 잠시 친정에 가 계시는 건
어떻습니까? 친정 나들이라고 하면 이상하지는 않겠죠."

"그렇게 하겠습니다. 실은 지난 주말에도 하루 묵고 왔어요.
친정이라고 해봐야 부모님은 이미 돌아가셨기 때문에 언니 부부
네 집이지만요."

그러더니 문득 생각났다는 듯이 '실은—.' 하며 말을 이었다.

"조카가— 언니 아들이— 역시 저와 같은 생각을 하고 있었던 모양이에요."

"쓰카다 씨가 위험한 사람이라고요?"

"예. 확실하게 그런 이야기를 하는 걸 들은 적은 없지만, 제가 지난 주말에 갔더니 왠지 안심이 된다는 표정을 짓더군요. 그리고 돌아올 땐 마치 다시는 못 볼지도 모른다는 듯 괴로운 눈빛으로 저를 바라봤어요. 이따금 머뭇거리면서 '이모, 길 건널 때 차 조심해.' 라는 소릴 하기도 하고⋯."

"조카가 몇 살입니까?"

"열두 살이에요. 초등학교 6학년."

내 탐정은 생각에 잠긴 모양이다. 그걸 눈치 챘는지, 사나에가 얼른 말했다.

"그 애한테 제 망상이 전염된 건지도 모르지만요."

나의 탐정은 씁쓸하게 웃었다.

"그렇게까지 생각하신다면 저는 아무 말 않겠습니다."

그리고 웃음을 거두었다.

"앞으로 일주일가량 이쪽에서 긴급하게 연락을 취하고 싶을 때는 어디로 전화를 하면 될까요?"

"친정으로. 소마치과라고 해주시겠어요? 자주 가는 곳이에요. 예약 접수를 맡은 사무원이 남자 분이라 전에도 전화를 받은 적이 있어요."

사나에는 번호를 가르쳐주었다.

"너무 근심하지 말고 마음 편하게 지내세요."

나의 탐정이 그렇게 말하자 사나에가 살짝 중얼거렸다.

"언니도 같은 말을 하더군요."

"사나에 씨가 반대 입장이라도 그렇게 말씀하시지 않았을까요?"

사나에는 겨우 살짝 웃었다.

"그렇겠죠. 아직 구체적인 증거는 아무것도 나오지 않았는걸요. 남편이 여자에게 전화를 건 것도, 스쿠버다이빙할 때의 일도 제가 잘못 생각한 거나 헛것을 본 건지도 모르죠."

나의 탐정이 말했다.

"그래요. 그럴 가능성도 배제할 순 없습니다. 다만 헛것이나 망상이 아닐 가능성도 있죠. 그러니 될 수 있으면 혼자서는 있지 않도록 하세요."

사나에가 돌아갈 즈음이 되어서야 나의 탐정이 말했다.

"아 참, 잃어버리고 간 물건이 있습니다. 처음 여기 왔을 때 귀걸이를 떨어뜨리고 갔죠."

분명 그건 사나에의 것이었다. 하지만 사나에는 받지 않았다.

"그거, 맡아주시지 않겠어요?"

"왜죠?"

"의미는 없어요. 그냥— 미신이에요. 모든 게 다 정리되어 제 마음이 다시 평온해지면, 그때 돌려주세요. 웃으면서 그 귀걸이를 돌려받을 수 있는 결과가 나올 날을 기다리겠습니다."

그러고는 쓸쓸하게 웃었다.

“예를 들어, 그 귀걸이를 하고 정신과 의사 선생님을 찾아다니
게 되는 결말이라도 좋으니까요.”

나의 탐정은 승낙했다.

“엄마가 결혼 10주년 기념으로 아버지에게 귀걸이를 선물 받
은 적이 있어요. 이것보다 훨씬 싸구려지만 어쨌든 진짜 다이아
몬드가 박혀 있었죠. 처음 그걸 하고 외출할 때 엄마는 따라나선
언니와 저한테 귀걸이가 떨어져 잃어버리지 않게 잘 지켜보라고
부탁했어요. 저는 네 살, 언니는 아홉 살이었죠.”

나의 탐정은 말이 없었다.

“언니가 제게 말했죠. 사나에, 넌 아래를 봐. 언니는 위를 볼
게. 우리 자매는 엄마의 귀걸이를 지켜보느라 내내 바보처럼 그
렇게 따라다녔어요.”

잠시 틈을 두었다가 살짝 웃었다.

“우습죠? 하지만 엄마가 그 귀걸이를 소중하게 여긴다는 걸
알기 때문에 우리도 진지해질 수 있었던 거죠.”

“재미있는 이야기군요.”

“제겐 남편한테 받은 물건 가운데 어머니의 귀걸이처럼 소중
한 것은 아무것도 없습니다.”

나의 탐정은 부드럽게 말했다.

“이제 결혼하신 지 두 달밖에 안 되었잖아요.”

“저를 보세요. 남편은 저를 치장해주죠. 진짜 주머니 사정은
저한테 가르쳐주지 않지만 돈은 꽤 있는 것 같아요. 갖고 싶다는
이야기도 하지 않았는데 뭐든 사다 주죠.”

사나에가 문을 열었다. 삐꺽거리는 소리가 났다.

"이거 보세요. 제 왼손 약지. 반지를 끼고 있죠?"

사나에가 왼손을 들어 보인 모양이다.

"이건 남편한테서 받은 결혼반지가 아니에요. 이번 문제가 제대로 결말이 날 때까지 저는 그 사람한테 받은 걸 몸에 하고 싶지 않아요. 하지만 결혼반지를 빼고 있으면 그 사람이 왜 뺐느냐고 귀찮게 물어볼 거예요…. 그래서 예전에 취직했을 때 첫 월급으로 산 낡은 반지를 꺼내 대신 끼고 있는 거죠. 이렇게 끼고 있으면 가즈히코 씨는… 남편은 다른 반지라는 것도 몰라요."

나의 탐정은 사나에를 배웅하고 문을 닫으며 말했다.

"언니 곁에서 편하게 푹 쉬세요."

사나에가 나간 뒤, 나의 탐정은 의자에 가만히 앉아 있었다. 이따금 다리를 바꿔 꼬기만 했을 뿐, 오랫동안 생각에 잠겨 있었다.

5

다음 주, 나의 탐정은 서둘러서 홋카이도로 향했다. 당연히 나도 그와 동행했다.

한 사람의 삶의 기록을 거슬러 올라간다는 것은 그야말로 뿌리 찾기다. 쓰카다 가즈히코의 전처가 사는 곳을 찾는 작업이 바로 그러했다.

나의 탐정은 많이 걸었다. 많은 사람들과 이야기했다. 사정을 하기도 했고, 고압적인 태도를 보이기도 했다. 홋카이도에 몇몇 아는 탐정 사무실이나 조사 사무소도 있는지, 그쪽에 부탁해 서류를 가져오게 하기도 했다.

주중에 일단 도쿄로 돌아와 사나에에게 전화를 했다.

사나에는 무사했고, 잘 지낸다고 한다. 남편의 태도도 이상한 점은 없다고 했다. 나의 탐정은 친정에 좀 더 머무르는 게 낫겠다고 권하고 전화를 끊었다.

쓰카다 가즈히코의 전처 주소를 알아낸 것은 그 주 금요일이었다. 하지만 나의 탐정은 그 여자를 만날 수가 없었다.

왜냐하면 그 여자는 이미 죽었으니까.

여자의 이름은 오타 이쓰코. '오타'는 쓰카다와 결혼하기 전에 쓰던 옛 성(姓)이다. 결국 그와 이혼한 뒤 재혼을 하지 않았다는 얘기다.

나의 탐정은 그 여자의 아버지를 만날 수 있었다. 기운 없는 쉰 목소리의 노인이었다. 자식을 앞세우면 부모란 다들 이렇게 되는 건지도 모른다.

"따님은 쓰카다 씨와 결혼해 1년도 되지 않아 헤어졌더군요."

이쓰코와 쓰카다 가즈히코가 결혼한 곳은 도쿄로, 살림도 그쪽에서 차렸다. 이쓰코는 그와 이혼한 뒤에 홋카이도로 돌아왔다.

"가즈히코에게 다른 여자가 있었기 때문이네."

이쓰코의 아버지는 내뱉듯이 말했다. 나의 탐정이 먼저 '쓰카다 가즈히코에 대해 조사하고 있다.'고 말했을 때부터 매우 협조적이었지만, 가즈히코의 이름을 입에 올릴 때마다 더럽다는 듯이 공격적인 말투가 되었다.

"가즈히코는 자기가 조사받고 있다는 걸 눈치 채고 있는 모양 일세."

"무슨 말씀이죠?"

"어제 전화를 했더군. 애교 떠는 목소리로 자기에 대해 물으러 오는 사람이 있을 텐데, 쓸데없이 너무 많은 이야기는 하지 말아 달라고."

나의 탐정은 할 말을 잃었다.

나도 놀랐다. 하지만 이해가 가지 않는 것도 아니었다. 또 사 나에였다. 그 여자가 이야기를 했을 것이다.

이런 의뢰인이 있기는 하다. 말하지 않고는 견딜 수 없다는 충 동에 무릎을 꿇는 타입.

확실하게 조사를 할 거야. 알아? 사람을 써서 전 부인도 만나 게 할 거야. 그러니 숨겨봤자 소용없고, 이젠 거짓말도 안 통해.

나의 탐정은 어떻게든 마음을 가다듬으려고 질문을 했다.

"그 쓰카다 씨가 숨겨두었던 여자를 아십니까?"

"누군지는 잘 모르지. 그냥 그때 가즈히코가 그 여자를 '노리 코'라고 불렀던 것만 알아."

내 탐정의 어깨가 꿈틀 움직였다. 와이셔츠 가슴 주머니 안에 있는 내게도 그게 느껴졌다.

"얼굴은 아십니까?"

"이쓰코와 의논하러 도쿄에 갔을 때, 그 여자 사진을 보여줘서 기억하네. 이쓰코하곤 같은 직장에 다녔다지. 딸을 불행하게 만든 여자 얼굴이야. 잊을 수가 없네. 게다가―."

이쓰코의 아버지 말투가 점점 더 험악해졌다.

"속 뒤집어지게 작년 11월 딸이 죽었을 때, 장례식에 얼굴을 내밀었네. 옷을 차려입고 부조금까지 들고서."

"따님은 어쩌다 세상을 떠났습니까?"

"사고일세."

홀로 남은 아버지가 대답했다. 그 이야기를 오래 하기는 너무도 고통스럽다는 듯 말이 빨라졌다.

"아니, 살인이야. 뺑소니 사고였으니까. 밤길을 걷다가 치였네."

"범인은―."

"잡히지 않았어."

내뱉듯 말했다.

"끔찍한 이야기야. 이쓰코의 몸은 엉망이 되었고, 입고 있던 코트에서 단추까지 뜯어져나갔지."

나의 탐정은 잠시 생각에 잠겼지만, 이윽고 머뭇머뭇 입을 열었다.

"혹시 그 노리코라는 여자 사진―. 이젠 없습니까?"

노인은 바로 대답했다.

"사진은 없지만 비디오는 있네."

"예?"

"이쓰코 장례식 때 장례업체 사람이 찍었네. 거기 노리코란 여자도 찍혀 있더군."

6

　이쓰코의 아버지 호의 덕분에 나의 탐정은 그 자리에서 비디오를 볼 수 있었다.

　"이 여잘세."

　노인이 노리코를 손가락으로 가리켰다.

　"이상하군요."

　나의 탐정이 말했다.

　"어디선가 본 적이 있는 얼굴인데요."

　"아는 사람인가?"

　"아뇨. 그런 뜻이 아니고, 텔레비전이나 잡지 같은 데서. 최근 이 여자 얼굴을 그런 데서 본 적 없습니까?"

　노인은 없다고 대답했다.

　"난 텔레비전이나 잡지나 신문을 잘 보지 않네. 이쓰코가 죽은 뒤로는 말이야. 기분 나쁜 뉴스는 내가 겪은 일만으로도 지긋지긋하지."

　나의 탐정은 이쓰코의 아버지한테 비디오테이프를 빌려 집을 나왔다. 바로 택시를 잡았다.

　"이 근처에 큰 도서관 있습니까?"

　"있죠. 역 근처에."

　나의 탐정이 도서관으로 가는 동안, 내내 켜져 있는 택시의 라디오를 통해 공항에서 도쿄행 여객기가 이륙에 실패해 승객 20여 명이 중경상을 입었다는 뉴스가 흘러나왔다.

　도서관에서 나의 탐정은 많은 신문을 뒤지고, 잡지를 열람했다. 그리고 30분 정도 지나 신음하는 듯한 목소리를 냈다.

"이럴 수가."

그리고 서둘러 도서관을 나왔다. 전화를 걸었다. 상대방이 받지 않는지, 요란한 소리를 내며 수화기를 내려놓았다. 다시 걸었다.

이번에는 연결되었다.

"사사키? 지금 하고 있는 일 다 팽개치고 내 부탁을 들어줘. 주소를 가르쳐줄 테니까 쓰카다 사나에의 친정을 살펴보게. 그 여자, 전화를 받지 않는군. 무사한지 어떤지 확인하고, 내가 돌아갈 때까지 지켜봐줘. 알았지?"

사사키가 뭐라 말을 했다. 그걸 가로채듯, 나의 탐정이 말했다.

"그래, 그 모리모토 노리코. 작년 말, 남편인 모리모토 류이치가 살해되고, 그 여자도 한 번 취조를 받았어. 그 노리코야. 남편이 죽고 8천만 엔이나 되는 보험금을 받은 여자. 틀림없어. 나도 텔레비전에 나온 그 여자 얼굴을 자주 봤지. 그래서 기억이 났어. 그 사건, 범인은 아직 안 잡혔지? 그리고 모리모토 노리코한텐 남자관계 소문도 있었어. 그렇지?"

수화기 저편에서 사사키의 고함치는 소리가 내게도 들렸다.

"당장 이리 돌아와!"

하지만 도쿄로 돌아온 나의 탐정을 기다리던 것은 쓰카다 사나에가 행방불명되었다는 소식이었다.

사나에의 시체는 다다음 날 밤, 하네다 공항 근처에 있는 창고의 주차장에서 발견되었다. 맞아 죽었다. 누군가에게 둔기 같은 것으로 머리를 엉망으로 맞았다고 한다. 손목시계나 핸드백 내용물에는 손을 대지 않았으니 물론 도둑의 소행은 아니다. 다만 이상하게도 왼손 약지에서 결혼반지—사나에가 나의 탐정에게 이야기한 바에 따르면 결혼반지로 보이기 위해 끼고 있던 것—를 뽑아갔다.

그녀의 언니 이야기에 따르면 사나에는 그저께—그러니까 나의 탐정이 노리코의 정체를 알게 된 날, 그녀에게 연락을 하기 직전 다른 누군가의 전화를 받고 나갔다고 한다.

"동생은 뭘 부탁한 사람이 홋카이도 공항에서 일어난 사고에 휘말려 크게 다친 것 같다고 했습니다."

그 사람, 당분간 입원해야 하는 모양이야. 하지만 나한테 바로 넘겨주고 싶은 자료가 있다고 해서—.

사나에, 어떻게 하려고?

전화해준 건 그 사람 동료야. 대신 갖다 주겠다고 하니 하네다 공항까지 받으러 갈 거야.

"그리고 돌아오지 않았어요."

속은 것이다. 속아서 함정에 빠진 것이다—.

"당했군."

사사키가 말했다.

나의 탐정 사무실이다. 두 사람이 머리를 감싸 쥐고 있는 광경이 눈에 선하다.

"이용당한 거야. 자네 움직임을 다 알고 있었던 것 같아."

그렇게 말하고 나서 사사키는 말투를 부드럽게 했다.

"사나에 씨가 남편에게 그렇게 주절주절 이야기할 줄은 몰랐어."

"예상했어야 하는 건데."

나의 탐정이 중얼거렸다.

"하지만 손이 빠르군. 빈틈없어. 아무리 자네가 홋카이도에 있다는 걸 파악했다 해도 공항에서 일어난 돌발 사고를 이용해 사나에 씨를 불러낼 줄이야."

사나에는 언제쯤 나의 탐정에 관해 가즈히코에게 이야기를 한 걸까. 어쩌면 나의 탐정을 고용하고 나서 바로 털어놓았을지도 모른다.

조사를 부탁했어….

그렇다면 가즈히코 쪽에서 거꾸로 사나에를 미행해—노리코를 시켜서—이 사무실을 알아내는 것은 쉬운 일이다. 분명히 그랬을 것이다.

사나에를 꾸짖을 수는 없다. 그 여자는 두려워하고 있었다. 남편한테 자기에게도 아군이 있다는 이야기를 하지 않고는 견딜 수 없었을 것이다. 그렇기 때문에 난 그리 쉽게 죽거나 하지는 않을 거라고….

하지만 가즈히코와 노리코는 그 여자보다 단수가 높았다.

"하지만 너무 무모한 짓이었어."

"저쪽도 초조했겠지."

"사나에 씨 살해 사건과 관련해서 가즈히코에겐 알리바이가 있어. 하타나카와 함께 이즈에 갔었대. 1박으로 말이야."

그렇게 말하고 사사키는 약간 위로하는 말투로 이렇게 덧붙였다.

"하지만 경찰도 이번에는 그리 간단하게 물러나진 않겠지. 정황 증거에 불과하지만 그 녀석과 모리모토가 애인 관계에— 공범 관계에 있다는 게 드러났으니까."

"모리모토 류이치 살해 사건에서 도저히 발견할 수 없었던 노리코의 '남자' 가 가즈히코라는 걸 알게 되었으니."

"그래, 수사는 진척이 있는 셈이야."

"하지만 확증은 없지. 두 사람이 애인 관계라 해도 각자의 남편과 아내를 죽였다는 증거는 눈곱만큼도 없잖아?"

"지금은, 아직은 그렇지."

침묵이 흘렀다.

"자네 이제 손을 뗄 건가?"

나의 탐정이 내뱉었다.

"농담하지 마."

혼자 남게 되자 나의 탐정은 자리에서 일어나 무서운 기세로 자기 의자를 걷어찼다.

그리고 서랍을 열고 잠시 생각한 뒤, 사나에가 남기고 간 귀걸이를 내 안의 작은 포켓에 넣었다.

내가 맡아둘게, 나의 탐정.

사나에의 탐정—.

05

목격자의 지갑

"나는 젊은 아가씨를 불안하게 만드는 거친 세상으로부터
그녀를 지키는 작은 요새입니다. 하지만 지금
내 힘으로는 지켜줄 수 없는 일이 일어날 것만 같습니다."

1

　'자매' 라고 하는 말의 의미를 나는 모릅니다. 모른다고 해도 별로 곤란할 일이 없는걸요. 제게는 자매가 없으니까요.
　하지만 요즘 내 주인은 자주 자매란 말을 씁니다.
　'자매처럼 사이좋게 지내왔는데.' 라거나 '정말 자매처럼 생각해왔는데.' 라거나. 그다음에는 슬픈 듯이 한숨을 쉬기도 하죠.
　내 주인은 올해 겨우 열아홉 살이 되었습니다. 코 언저리에 주근깨가 있고, 뺨이 오동통해서 무척 귀엽죠. 기숙사 축제 때 같은 방 아가씨와 둘이서 세일러복을 입고 노래를 해서 대단한 인기를 끌었습니다.
　내 주인은 관광버스 안내양입니다. 도쿄 출신은 아니지만, 지금은 도쿄를 안내하는 일을 맡고 있습니다. 몸에 꼭 맞는 미니스커트 정장에 예쁜 모자를 비스듬히 쓰고, 깃발을 들고 돌아다니죠. 도쿄 타워로, 아사쿠사에 있는 가미나리몬(雷門)으로, 니주바시(二重橋)로.
　그리고 발에는 물집이 잡혀 있습니다. 이 물집은 누구에게도 보여주지 않습니다. 아직 그녀의 발에 생긴 물집까지 예쁘다고 생각해줄 남자가 나타나지 않았으니까요.

딱 한 번—그렇군요, 두 달 전이었나?—그렇게 될 뻔한 남자가 있기는 했지만, 잘되지 않은 모양입니다.

음악을 들으며 운 적이 있어요. 코맹맹이 목소리로 노래하는 여자 가수의 노래. 같은 방을 쓰는 애가 '실연당했다면 이게 BGM으론 딱이야.' 라고 가르쳐주었던 겁니다.

인간 중에서도 젊은 여자애는 참 이상합니다. 울기 위해 음악이 필요하다니. 도대체 '운다'는 게 어떤 걸까요. 스스로를 텅 비우는 걸까요? 그리고 그 자리를 음악으로 채우는 걸까요?

그 무렵 내 주인은 몇 번인가 나한테서 돈을 꺼내 그 가수의 'CD'라는 걸 샀습니다. 옷을 살 때는 늘 신중하게 생각하고 돈을 쓰는 아가씬데, 그때만은 분별이 없었습니다. 너무 괴로웠거나, 아니면 그 가수의 노래에 중독되었거나 둘 중 하나겠죠.

그렇게 시간이 흘러 실연당한 걸 이미 잊었는데도 그 노래만 들으면 자동적으로 훌쩍거립니다. 이건 좀 이상했어요.

그래도 나는 웃지 않았습니다. 내 주인 편이니까요. 그녀는 혼자 이 도쿄에서 살기 위해 가장 필요한 것을 내게 맡기고 있는걸요.

맞아요. 나는 내 주인의 지갑입니다. 월급날을 기다리며 불안하게 나를 들여다보는 그녀의 눈빛을 알고 있습니다. 백화점과 부티크에서 사고 싶은 정장이나 블라우스 가격표를 확인하고, 화장실에서 살짝 내 안에 든 것을 셀 때의 그 보드라운 손가락 감촉을 알고 있습니다. 그다음에 손가락을 꼽으며 앞으로의 생활비를 생각하면 얼마까지 돈을 쓸 수 있을까를 계산하는 그 작은 목소리도 듣고 있습니다.

나는 내 주인의 지갑. 젊은 아가씨를 불안하게 만드는 거친 세상으로부터 그녀를 지키는 작은 요새.

하지만 지금 내 힘으로는 지켜줄 수 없는 일이 일어날 것만 같은 느낌이 듭니다….

"여자의 우정이란 믿을 만한 게 못 된다더니, 정말이야."

내 주인이 말했습니다. 기숙사에서 쉬고 있는 밤이었습니다. 욕실로 들어가 발에 생긴 물집에 크림을 바르면서.

같은 방을 쓰는 아가씨는 얼굴에 뭔가 새하얀 걸 바르고 있습니다. '팩'이라고 하는 모양인데, 그녀가 이걸 할 때마다 나는 늘 깜짝 놀라곤 하죠.

"그 친구 말이지? 미사키라고 했던가?"

"맞아, 사키짱이야. 정말 자매처럼 사이가 좋았는데."

"어쩔 수 없지."

같은 방 아가씨가 억양 없는 목소리로 말했습니다. 팩을 하고 있을 때는 얼굴을 움직이면 안 되는 모양이에요.

"남자가 생긴 거겠지? 그렇다면 이제 여자 친구에겐 신경 쓸 틈이 없을 거야."

"하지만 난 아주 고민스럽다고 이야기했는데. 의논하고 싶었어."

"뭐가 고민스럽다는 거야?"

"그거 있잖아…."

같은 방 아가씨는 마술처럼 평소 얼굴로 돌아왔습니다. 팩을 벗겨낸 거죠.

"아아, 시원하다."

흰 가죽 같은 것을 쓰레기통에 던져 넣었습니다.

"아, 그거 말이야? 그 수상한 남자 이야기?"

내 주인은 고개를 끄덕이며 희고 둥근 얼굴에 불안하다는 듯 흐린 표정을 지었습니다.

"지난번에 또 봤어. 나 무서워."

같은 방 아가씨는 약간 어처구니없다는 표정으로 내 주인을 바라보았습니다.

"마코짱, 그 문제라면 나하고 충분히 이야기했고, 신경 쓰지 않기로 했잖아? 그런데 다른 사람과 더 의논할 게 뭐 있어?"

내 주인은 '마코짱' 이라고 불립니다. 마코짱은 손톱을 들여다 보면서 중얼거렸습니다.

"응, 그렇기는 하지만…."

"걱정 마. 그 남자가 무슨 짓을 할 리가 없어."

"하지만 그 사람은 분명히 그 목걸이를 찾고 있었어."

마코짱은 아주 진지한 태도로 침대 위에서 앉은 자세를 바꾸 었습니다.

"맞아, 우리가 그걸 주웠다는 사실도 눈치 채고 있을 거야. 그래서 돌려받으려고 주변을 어슬렁거리고 있는 걸 거야."

"그럴 리가 없다니까."

같은 방 아가씨가 소리 내어 웃었습니다.

"마코짱, 너무 심각하네. 너 정말 새가슴이야."

마코짱은 입을 다물어버렸죠.

내 주인은 분명히 배짱이 두둑한 편은 아닙니다. 연수 기간 중에도 동기 아가씨들 가운데 제일 울보였습니다. 정말로 관광버스 안내양이 될 수 있을지, 나도 걱정이 되어 견딜 수가 없을 정도였습니다.

하지만 결코 머리가 나쁜 아가씨는 아닙니다. 계획을 세워 돈을 쓴다는 게 그 증거죠. 그리고 특히 이 건에 관해서는 마코짱의 불안이 적중하고 있습니다. 그래서 나 역시 무섭고, 그녀를 제대로 지켜낼 수 없을 거라고 생각하는 거죠.

문제가 생긴 것은 보름쯤 전, 마코짱은 매일 아침 하는 조깅 도중에 지갑을 주웠습니다.

처음 마코짱이 그 지갑을 갖고 돌아왔을 때, 나는 재봉선이 터지는 줄 알았습니다. 천박하고, 조악하고, 야할 정도로 새빨간 바탕에 반짝거리는 장식이 잔뜩 붙어 있었습니다. 척 보기에도 싸구려, 물론 합성피혁일 게 빤합니다. 나도 그리 비싼 지갑은 아니지만 그래도 일단은 진짜 가죽입니다.

그 지갑은 돈도 별로 없었어요. 2천 엔 정도. 그래도 마코짱은 파출소에 갖다 주려고 했지만, 같은 방 아가씨가 말렸죠.

안에 든 것만 빼고 그냥 버려. 이런 거 갖다 주면 파출소에서도 싫어할걸.

마음이 약한 마코짱은 같은 방 아가씨의 의견을 무시할 수가 없었죠. 그래서 시키는 대로 했습니다. 주운 물건을 슬쩍 자기가 가진 겁니다. 나도 그건 별문제 없다고 생각하지만, 어쨌든 그 지갑은 가능하면 빨리 멀리하고 싶었죠.

하지만 그 새빨간 지갑에는 돈 이외의 것이 들어 있었습니다. 그게 목걸이였던 거죠.

마코짱과 같은 방을 쓰는 아가씨도 처음엔 이미테이션인 줄로만 알았습니다. 하지만, 하지만 진짜였어요. 18금에 에메랄드, 다이아몬드를 박은 테두리. 시가로 30만 엔가량 나가는 물건이라는 거 아니겠어요?

이렇게 비싼 거라면 역시 파출소에 가져가는 게—.

이젠 늦었어. 모르는 척하면 되잖아.

이렇게 해서 에메랄드 목걸이는 마코짱과 같은 방을 쓰는 아가씨의 공동 재산이 되었습니다. 한껏 멋을 부릴 때만 하는 소중한 보물이죠.

멋진 목걸이를 준 지갑이니 버리지는 말자.

마음씨 고운 마코짱은 그렇게 말하며 그 지갑을 서랍에 넣었습니다. 나는 그녀가 불쑥 변덕을 부려 나 대신 그 지갑을 사용하려는 게 아닌가 하는 생각에 가슴 졸였죠.

하지만 잘 사귀어보니 그 지갑도 나쁜 녀석은 아니었습니다. 분명히 천박하기는 했지만 나보다 훨씬 어른스러워, 우리는 금방 무척 친해졌습니다. 마치 친구처럼 말입니다.

그리고 그녀—그래요, 그 지갑도 '여자' 였죠—가 굉장한 이야기를 해주었어요.

그녀의 지난번 주인이던 여자가 살해당해서 이 기숙사 근처 어딘가에 묻혀 있다는 겁니다.

2

근본 원인은 어느 보험금 살인사건이라고 했습니다. 살해당한 사람은 '모리모토 류이치.' 범인은 그 남자의 부인인 '노리코.' 물론 그 여자 혼자 한 짓이 아니죠. 남자가 얽혀 있어요. 애인입니다. 둘이 공모해서 방해가 되는 남편을 처치하고, 게다가 보험금을 타낼 계획이었던 겁니다.

그리고 요란한 지갑의 주인은 살해된 '류이치' 씨의 단골 술집 호스티스로, 아마 사건의 열쇠가 될 '무엇인가'를 쥐고 있었는데—적어도 '쥐고 있어.'라고 주장하며 '노리코'를 협박했다고 합니다. 결국 공갈을 쳤다는 이야기죠.

그런 바보 같은 짓을 했으니 죽었지, 라고 요란한 지갑이 말했습니다.

그 여자의 시체가 어디론가 운반되는 도중에 내가 떨어진 거야.

'노리코'와 그 공범은 아직 잡히지 않았어?

당연하지. 경찰도 한때는 잔뜩 의심하며 수사에 열을 올린 것 같지만, 결정적인 증거가 없는 모양이야.

그것만 해도 충분히 무서운 이야기인데, 남은 이야기가 더 있었습니다.

내 안에 들어 있던 그 목걸이 말이야, 지난번 주인이 '노리코' 한테서 뜯어낸 물건이야.

그 이야기를 들은 나는 지퍼가 망가지는 게 아닐까 싶을 정도로 깜짝 놀랐습니다. 나의 마코짱이 그런 목걸이를 걸다니—.

요란한 지갑도 그 문제를 진심으로 걱정해주었습니다. 그녀도 마코짱을 좋아했던 거죠.

예뻐. 난 지금까지 한 번도 그렇게 착한 아가씨를 주인으로 만나본 적이 없어.

그 지갑은 어떻게 되었느냐고요? 이제 여기 없습니다. 계속 놔둘 필요가 없다며 같은 방 아가씨가 지난주 쓰레기 치우는 날에 마코짱에겐 말도 하지 않고 버렸거든요.

마지막으로 그녀는 이렇게 말했습니다.

제발 조심해. 네 착한 아가씨한테 무서운 일이 일어나지 않도록 말이야. 부탁해.

하지만 대체 내가 무엇을 할 수 있을까요?

그래도 난 여러모로 궁리를 했습니다. 예를 들면 이런 거죠. 마코짱이 한 번이라도 좋으니 그 목걸이를 벗어서 내 안에 넣어주면 좋겠다고요. 나는 마코짱과 헤어지기 싫지만, 그때는 참아야겠죠. 꼭 참고서, 어떻게 해서든 마코짱의 백 안에서 튀어나와 어디든 길바닥에 떨어져버리는 겁니다.

하지만 아직 그런 기회는 오지 않았습니다. 그리고 요란한 지갑이 걱정했던 일이 일어나기 시작한 겁니다.

그저께 아침의 일이었습니다. 조깅에서 돌아온 마코짱과 같은 방을 쓰는 아가씨가 이야기했습니다.

"어쩌지? 거짓말을 했어."

"괜찮아. 들킬 리가 없다니까."

아무래도 두 아가씨가 조깅 도중에—바로 그 지갑을 주웠던 부근에서 낯선 젊은 남자가 말을 걸었던 모양입니다. 2주 정도 전에 이 근처에서 지갑을 줍지 않았습니까? 누가 주웠다는 이야기 듣지 못했습니까, 라고.

그 요란한 지갑을 이야기하는 게 틀림없습니다. 나는 부들부들 떨었습니다. 안에 들어 있던 동전이 짤랑짤랑 소리를 낼 정도로.

그 지갑을 찾고 있는 거라면 그녀의 전 주인을 죽인 남자가 틀림없겠죠. 그리고 그는 아마 목걸이를 찾고 있을 겁니다. '노리코'의 목걸이를.

그 남자는 잘생겼고 비싸 보이는 양복을 입고 있었다고 합니다. 하지만 새카만 선글라스를 끼고 있었고, 말투는 정중하면서도 속임수를 쓰는 세일즈맨처럼 마음을 놓을 수 없는 인상이었다고 합니다.

당연해, 마코짱. 그놈은 살인자인걸.

자기들을 협박하던 여자를 처지한 뒤, '노리코'와 그 애인은 공갈꾼에게 빼앗겼던 목걸이를 도로 찾으려고 집을 뒤졌겠죠. 하지만 목걸이는 나오지 않고, 지갑도 발견되지 않았습니다. 그래서 시체를 옮길 때 어딘가에 떨어뜨렸을 거라 생각하고 현장을 찾아온 거겠죠.

아아, 큰일 났습니다.

마코짱은 신중한 아가씨라 남자가 말을 걸어도 그리 쉽게 받아주지 않습니다. 하지만 거짓말을 하는 덴 서툰 아가씨죠. 지갑을 줍지 않았습니까, 하는 질문을 받고 전혀 모르는 척할 수는 없었을 겁니다. 마코짱은 분명 당황했을 거고, 그런 당황한 모습이 얼굴에 그대로 드러났을 거라고 생각합니다.

짐작은 맞아떨어졌습니다. 그날 아침부터 오늘까지, 마코짱은 두 번이나 기숙사 근처에서 그 남자의 모습을 보았다고 합니다.

지키고 있는 거야—라고 마코짱은 생각했습니다.

큰일입니다. 무서워요. 같은 방 아가씨는 웃어넘기고 있지만, 두려워하는 마코짱이 옳은 겁니다.

이튿날 아침, 출근하느라 바쁜 시간에 마코짱은 또 사키짱에게 전화를 걸었습니다. '자매처럼 사이좋게 지내던' 그 친구니까요.

"의논할 게 있어. 그래, 어제도 이야기했잖아. 그래—."

하지만 반응은 무뚝뚝했나 봅니다. 마코짱이 실망한 듯 '그래, 그럼 어쩔 수 없네.' 하며 수화기를 내려놓곤, 내가 든 백을 집어 들고 일을 하러 나갔습니다.

마코짱, 사키짱한테 의지할 때가 아니야. 더 믿음직한 사람과 의논해. 나는 백 밑바닥에서 기도했습니다. 그 밖에는 아무것도 할 수 없으니까요….

3

그날 저녁, 나는 마코짱과 함께 어딘지는 몰라도 아주 소란스러운 곳에 있었습니다.

백 밑바닥에 있어서 주위를 둘러볼 수 없기 때문에 어딘지 알 수가 없습니다. 이런 분위기는 처음입니다.

사람들 발소리가 납니다. 전화벨이 울립니다. 활기 있게 대답

하는 목소리가 들립니다. 바로 옆에서 '저어… 차가 발견되었다
는 전화를 받았는데요.' 라고 누군가가 조심스럽게 말하고 있습
니다.

여긴 어딜까?

그때 다른 누군가가 말을 걸어왔습니다.

"아가씨, 무슨 일로 오셨습니까?"

마코짱은 화들짝 놀랐습니다.

"아, 아뇨, 아무것도 아닙니다."

그대로 밖으로 뛰쳐나와버렸습니다. 시끌시끌한 역이 가까워
질 때까지 내내 종종걸음이었습니다.

밤중에 기숙사로 전화가 걸려왔습니다. 사키짱이었습니다.

"이 시간에? 지금 어디 있니?"

바로 갈게, 라고 대답한 뒤 나갈 준비를 했습니다. 백을 들지
않고, 저만 손에 들고 달려갔습니다.

기숙사 근처에 있는 커피숍이었습니다. 마코짱이 이따금 케이
크를 먹으러 오는 가게입니다.

사키짱이 구석 쪽 칸막이가 된 자리에 앉아 있었습니다. 기분
이 그다지 좋아 보이지 않는 표정이지만 멋을 부린 옷차림이었
습니다. 새빨간 미니스커트에 기장이 짧은 재킷을 걸쳤고, 커다
란 귀걸이 때문에 얼굴이 더 눈에 띄었습니다.

"데이트가 취소됐어."

시무룩한 얼굴로 말했습니다.

"바쁜 애인은 사귈 만한 게 못 돼."

그래서 마코짱을 만나러 올 시간이 났다는 겁니다.

사키짱은 마코짱과 같은 고향 출신입니다. 고등학교까지 쭉 함께 다녔고, 그다음에 갈라졌습니다. 마코짱은 취직을 했고, 사키짱은 지금 단기대학(短期大學) 학생입니다. 대학 이야기는 나온 적이 없어서 무얼 배우는지 마코짱도 잘 모르는 모양입니다.

"그래, 의논할 게 뭐야?"

사키짱이 단도직입적으로 말했지만, 왠지 건성으로 묻는 것 같았습니다. 마코짱이 끈질기게 전화를 하니 마지못해 만나러 온 듯한 느낌을 받았습니다.

사키짱의 태도가 이렇게 변한 것은 두 달 전부터였습니다.

마코짱과 같은 방을 쓰는 아가씨는 그저 '남자가 생겨서 그래.'라고 잘라 말했지만, 내가 보기에는 원인이 그것만은 아니라는 생각이 듭니다. 사키짱은 지금까지 여러 명의 남자 친구를 만났고, 그 사람들 이야기를 마코짱에게 했습니다. 그걸 자랑하듯 이야기하는 게 사키짱의 즐거움 가운데 하나였다는 사실을 나는 알고 있습니다.

그런데 이번엔 좀 달랐습니다. '애인이 생겼다'고 하지만, 누군지 자세한 이야기를 하려고 하지 않았습니다. 전에 남자 친구를 사귈 때처럼 마코짱에게 소개하고, 자랑하려 들지도 않았습니다.

더 이상한 건 마코짱이 실연했다는 걸 알고 있을 텐데, 그 일에 관해서는 한마디도 하지 않는다는 것이었습니다.

마코짱이 실연당한 남자에 대해 나는 잘 모릅니다.

두 사람이 알게 된 곳은 사키짱이 사는 맨션이었습니다. 더블 데이트라고나 할까요? 사키짱이 남자 친구를 식사에 초대했는데, 그가 친구 한 명 데려온다고 해서 그렇다면 마코짱을 불러 2 대 2로 만나자, 이렇게 되었던 겁니다.

그날 내가 들어 있던 백은 다른 방에 놓여 있었기 때문에 이따금 즐겁게 웃는 소리가 들려왔을 뿐, 마코짱이 어떻게 그 사람과 친해지게 되었는지 알지 못합니다. 다만 그 뒤 두세 번 기숙사로 전화가 걸려왔고, 그때마다 마코짱이 무척 좋아했기 때문에 아아, 잘되어가는구나, 하고 생각했죠.

그런데 갑자기 깨져버렸습니다. 어떻게 된 건지 전혀 알 수 없습니다. 무슨 일이 있었는지, 내게는 수수께끼입니다. 알고 있는 거라곤 그때 마코짱이 사키짱과 의논을 한 것 같다는 사실뿐. 무척 오랫동안 전화통화를 했습니다.

이야기가 샛길로 빠졌습니다. 그래요, 지금 마코짱은 요즘 들어 '사람이 변한' 사키짱과 마주 앉아 있습니다.

마코짱은 조심스러운 말투로, 사키짱에게 사정 이야기를 했습니다. 사키짱은 가느다란 담배를 피우며 말없이 듣고 있습니다.

그리고 말했습니다.

"너무 예민하게 받아들이는 거 아니니?"

"그런가―?"

"그래. 어른이 그런 싸구려 지갑 하나 때문에 계속 신경을 쓸리가 없잖아."

일반적이라면 그럴 겁니다. 하지만 그 남자는 살인자예요. 보통 일이 아니죠.

"그렇지만 목걸이가…."

"30만 엔 정도 나가는 에메랄드라면, 별것 아니야. 신경 쓸 것 없어."

하기야 사키짱이라면 그렇게 생각할 수도 있을 겁니다. 사키짱은 부자거든요.

결국 뭐 하러 의논을 한 건지 알 수도 없게, 이야기가 시들해져버렸습니다. 나는 이렇게 되리라고 짐작했지만, 마코짱은 무척 실망한 듯했습니다.

하지만 마코짱은 착한 아가씨입니다. 친구를 생각해주는 걸 잊지 않습니다.

"미안해. 이런 이야기를 해서."

"괜찮아. 털어놓으니 속 시원하지?"

"응, 그래."

그렇게 간단한 이야기가 아니란 말이야. 나는 이렇게 소리 지르고 싶은 심정입니다.

"사키짱, 그 남자하곤 잘되어가는 모양이네."

"그냥."

사키짱은 어물어물 대답했습니다.

"결혼… 생각하는 거니?"

사키짱은 비로소 킥킥 웃었습니다.

"응. 그 사람이라면 좋겠다는 생각은 해."

"결혼하기엔 네가 너무 어리다고 생각하지 않아?"

"전혀. 난 노처녀가 되고 싶진 않아."

"흐음. 그 사람, 어떤 사람이니? 직업이 뭐야?"

사키짱은 어색할 정도로 얼른 대답했습니다.

"그런 건 아무래도 상관없잖아. 너하곤 관계없지."

마코짱은 깜짝 놀라 내가 보기에도 딱할 정도로 쭈뼛거렸습니다.

"그렇구나. 관계없다고 하면 그렇기는 하지만…. 미안해. 나중에 내키면 소개해줘."

사키짱은 대답을 하지 않았습니다.

기숙사로 돌아오는 길. 마코짱은 혼자 가벼운 발소리를 내며 걷고 있습니다.

주위는 캄캄한 어둠. 마코짱이 일하는 관광버스 회사의 기숙사와 차고는 도심에서 좀 떨어진 곳에 있습니다. 아직 야트막한 언덕과 잡목이 우거진 숲이 군데군데 남아 있는 곳에.

시체를 버려도 좀체 눈치 챌 수 없을 만한 곳.

나는 불안해졌습니다. 마코짱, 더 빨리 걸어야 해, 하며 재촉하고 싶었습니다.

그런 내 마음이 통한 것은 아닐 테지만, 마코짱은 점점 걸음이 빨라졌습니다. 그렇습니다. 마코짱도 기분이 좋지 않았던 겁니다.

빨리, 빨리.

이윽고 마코짱은 뛰기 시작했습니다. 숨이 가빠집니다. 나는 이제 기숙사 불빛이 보일 때가 되지 않았을까, 거기에만 신경이 쓰였습니다.

그때, 마코짱이 갑자기 걸음을 멈췄습니다. 그리고 나는 들었습니다. 마코짱의 발소리보다 약간 늦게 누군가 다른 사람의 발소리가 우뚝 멈추는 소리를.

잡목이 우거진 숲의 나뭇가지가 떨리는, 메마른 소리가 들려옵니다. 마코짱의 거친 숨소리도 들려옵니다.

마코짱은 떨고 있습니다. 나를 쥔 손에 땀이 배었습니다.

어디선가 멀리서 뿌득, 하고 뭔가 부러지는 소리가 났습니다. 마코짱은 화들짝 놀라 속도를 더 높여 계속 달렸습니다. 이번에는 멈추지 않았습니다. 기숙사 정면 현관으로 달려들어가 등 뒤로 손을 돌려 문을 닫을 때까지 결코 멈추지 않았습니다.

겨우 고개를 돌려 유리문 너머로 밖을 바라보았습니다. 고요한 어둠 속에서 가로등 불빛이 반짝이고 있습니다. 머리빗 모양의 달이 나뭇가지에 걸려 있었습니다.

물론 아무도 쫓아오진 않았습니다. 하지만 마코짱은 더 이상 밖으로 나가 확인하려고 하지 않았습니다.

4

이튿날 저녁, 마코짱은 그 소란스러운 곳을 다시 찾아갔습니다.

이번에는 머뭇거리지 않았습니다. 하지만 상당히 용기를 내야 했는지, 많은 사람들의 기척이 나는 곳으로 다가가 말을 할 때의 그 목소리는 처음으로 혼자서 관광버스 손님을 안내하게 되었을 때보다 훨씬 더 상기되어 있었습니다.

"저어―, 실례합니다. 보안과에 계신 사와이 씨를 찾아왔습니다."

"사와이 씨 말씀입니까?"

상대방이 확인했습니다. 여성이지만 무척 씩씩한 말투였습니다.

"약속을 하셨습니까?"

"아뇨, 하지 않았습니다. 그냥, 의논드릴 일이 있어서….."

상대방은 잠깐 생각하는지, 뜸을 들였습니다. 그리고 물었습니다.

"성함이?"

"사토 마사코라고 합니다. 사와이 씨하곤 전에 뵌 적이 있습니다."

마코짱은 잠시 그 자리에서 기다려야 했습니다. 그사이 옆을 지나가는 사람들의 대화를 듣고 나는 깜짝 놀랐습니다.

"골치 아프군. 겨우 집행유예로 넘어가긴 했는데 다음에 들통 나면 틀림없이 교도소행이겠지?"

"저 형사도 어처구니없는 모양이야."

여기는 경찰서였던 겁니다.

"기다리게 해서 미안합니다."

사와이 형사가 말했습니다. 젊은 남자인데, 운동을 하는지 힘찬 목소리였습니다.

마코짱은 나를 넣은 백을 무릎에 얹었습니다. 그래서 손수건을 꺼내려고 백을 열었을 때 얼핏 마코짱의 얼굴을 볼 수 있었습니다.

긴장하고 있었습니다. 하지만 무척 예뻐 보이기도 합니다. 굳

이 이야기하자면 얼굴은 수수하지만, 뺨이 살짝 상기되어 있고
눈이 반짝거립니다.

나는 '어라?' 하는 생각이 들었습니다.

"불쑥 찾아와 미안해요."

마코짱이 고개를 숙였는지, 무릎이 흔들렸습니다.

사와이 형사는 부드러운 목소리로 질문을 했습니다. 머리를
쓰다듬으면서 이야기하는 듯한 부드러운 말투였습니다. 이런 목
소리를 낼 수 있는 젊은 남자를 나는 딱 한 사람 알고 있습니다.
그 사람은 전에 마코짱의 같은 방 친구가 위경련을 일으켜, 밤중
에 택시로 응급실에 갔을 때 진찰을 해준 의사 선생님입니다.

마코짱은 사정 설명을 했습니다. 중간에 또 백을 열어 다른 손
수건을 꺼냈습니다.

"이게 그 목걸이입니다."

"잠깐 실례. 한번 보겠습니다."

사와이 형사는 그렇게 말하고, 목걸이를 보는 모양입니다.

"저… 부끄러운 짓을 했어요."

당장이라도 울음을 터뜨릴 것 같은 목소리로 마코짱이 말했습
니다.

"도둑질을 했다고?"

잠깐 뜸을 들였다가, 사와이 형사가 말했습니다.

"주운 것을 경찰서에 가져오지 않은 건 분명 법에 저촉되는 일
이지만…."

어흠, 하고 헛기침을 하며 목소리를 죽이더니 이렇게 말했습

니다.

"공개적으로 이야기할 순 없지만, 흔히 있는 일입니다."

"하지만 벌을 받겠죠?"

"아직 뭐라 할 수 없군요. 싸구려 가짜일지도 모르니까요."

사와이 형사가 웃으며 말했습니다.

"진짜라고 했습니다. 감정을 받았더니…."

사와이 형사가 쉿, 하는 소리를 냈습니다. 입술 앞에 손가락을 하나 대고 있을 겁니다.

"그 문제는 지금 고민하지 않아도 괜찮아요. 나는 아직 업무로서가 아니라 친구로서 이야기를 듣고 있을 뿐이니까요."

마코짱의 무릎에서 힘이 빠졌는지 백이 살짝 흔들렸습니다.

"그보다 마사코 씨를 감시하고 있는 걸로 보이는 그 남자에 대해 이야기해주세요."

마코짱은 솔직하게, 가능한 한 자세하게 설명을 했습니다.

"얼굴을 보면 알아볼 수 있겠습니까?"

"예, 아마도."

"그래요…?"

사와이 형사는 생각에 잠긴 듯 틈을 두었다가 다시 입을 열었습니다.

"앞으로 그 남자를 만나게 되면 어떤 옷을 입고 있는지, 어떤 차를 타고 있는지, 신경 써서 관찰하세요. 만난 장소도 기억해두고, 바로 나한테 연락을 주세요. 하지만 그 남자에게 말을 걸어서는 안 됩니다. 모르는 척하면서 아무것도 아니라는 표정을 짓는 겁니다. 알겠어요?”

“알겠습니다.”

“그리고 밤에는 혼자 다니지 말도록. 기숙사 주변이 별로 번화한 곳은 아니죠?”

어라, 잘 아네? 이 사람, 마코짱의 친구라는데, 어떤 ‘친구’일까?

그러다 문득 이런 생각이 들었습니다. 혹시 이 사와이 형사가 마코짱을 차버린 장본인 아닐까?

하지만 소극적인 마코짱이 자기를 찬 남잘 일부러 찾아올 리는 없을 텐데….

“목걸이에 뭔가가 새겨져 있군요.”

사와이 형사가 말했습니다.

“보세요, 여기 연결되는 부분에. 번호하고 무슨 마크가 새겨져 있어요.”

“이걸 판 가게 표시일까요?”

“그럴지도 모르죠. 보석 가게 중엔 상품에 번호를 새겨 고객을 관리하는 곳도 있으니까요.”

“주인을 찾을 수 있는 실마리가 될까요?”

“어쩌면요.”

나는 가슴이 두근두근했습니다. 이 형사님, 상당히 영리한 사람인 모양입니다. 이 목걸이의 주인이 ‘모리모토 노리코’라는 사실을 밝혀낸다면….

대단한 공을 세우는 거죠! 그야 ‘모리모토 노리코’는 남편 살해 혐의를 받은 적이 있는 여자이고, 그 사건은 아직 해결이 되지 않았으니까. 큰 소동이 날 겁니다. 기숙사 근처 어딘가에 묻혀 있을, 그 여자를 협박한 여자의 시체를 드디어 찾아낼 수 있을지도 모릅니다.

"이건 일단 맡겨두세요. 개인적으로 보관증을 써드릴 테니까요. 어디까지나 개인적입니다. 아직 사건으로 접수하긴 좀 그렇고. 시간을 내서 주인을 찾을 수 있을지 어떨지 조사해보겠습니다."

안심시키려는 듯 사와이 형사가 말했습니다. 이거 너무 사근사근하지 않아? 이런 생각도 들었지만 마코짱한테 친절하게 대해주니 뭐든 용서할 수 있습니다.

"용케 저를 생각해주셨군요."

사와이 형사가 약간 멋쩍은 듯 말했습니다.

"이미 잊은 줄 알았죠."

마코짱은 말이 없습니다. 어유, 이럴 때 예쁜 대사를 날려야 하는 거란 말이야.

"미사키 씨 집에서 모였던 게 언제죠? 벌써 꽤 됐네요."

아하! 나는 정말 깜짝 놀랐습니다. 이 사람, 그 더블데이트 때 왔던 사람이야?

그럼 역시 마코짱을 찬 사람? 아니면 사키짱의 남자 친구?

마코짱을 찬 남자라면 지금 한 말은 너무 무심하죠. 하지만 사키짱의 남자 친구라면 이곳을 찾아오기 전에 그녀한테 '사와이 씨하고 의논해보고 싶은데.' 라는 말 한마디 정도는 했어야 하지 않을까요?

도무지 이해가 되지 않았습니다.

"조심하세요. 알았죠? 밤길을 혼자 다니면 안 됩니다. 조깅도 친구와 함께하는 게 좋겠어요. 될 수 있으면 당분간은 하지 않는 게 더 나을 것 같군요."

그렇게 말하고 사와이 형사는 마코짱을 돌려보냈습니다.

기숙사로 돌아가는 마코짱의 발걸음은 그다지 가볍지 않았습니다. 생각에 잠긴 듯 이따금 걸음을 멈추었습니다.

왜 그러는 거야, 마코짱…?

5

이삼 일 뒤의 일입니다.

나는 여느 때와 마찬가지로 그녀의 백 안에서 마코짱과 함께 일을 하러 갔습니다. 마코짱은 기운을 되찾은 모양입니다.

관광버스 안내양 일은 출발 전에 손님을 맞이하는 것부터 시작됩니다. 문 옆에 서서 '안녕하십니까?' 하고 밝게 인사를 건네는 겁니다.

그날의 투어는 당일치기 도쿄 명소 안내였는데, 지방에서 온 단체 손님을 대상으로 한 것은 아니었습니다. 개인별로 신청한 손님들이었습니다.

도쿄에 사는 사람일수록 도쿄를 모릅니다. 흔히 있는 일이죠. 도쿄는 큰 코끼리 같은 도시이기 때문에 그 등 위에 살고 있으면 눈이나 코, 발, 꼬리가 어떻게 생겼는지 제대로 알 수 있는 기회가 없는 거죠. 그래서 '도쿄 관광을 해볼까?' 하는 생각이 드는 걸 겁니다.

"안녕하세요?"

마코짱은 예쁜 목소리로 인사를 했습니다. 나는 기분 좋게 그 목소리를 듣고 있었습니다.

그런데 어느 순간, 갑자기 마코짱의 목소리가 흐트러졌습니다. 숨을 삼키듯이, 인사가 툭, 끊어졌습니다.

어떻게 된 걸까? 그런 생각을 하고 있는데 손님이 차 안으로 올라가는 발소리가 들리고, 마음을 가다듬은 마코짱이 다시 인사를 하기 시작했습니다.

하지만 그 목소리에는 생기가 없었습니다.

게다가 그날의 가이드는 엉망이었습니다. 중의원과 참의원 건물을 거꾸로 소개하자, 손님이 실수를 지적하기도 했습니다. 생각도 못한 일이었습니다.

그리고 그날 일이 끝나자마자, 마코짱은 득달같이 사와이 형사에게 전화를 걸었기 때문에 나도 그 이유를 알게 되었습니다.

"왔어요, 그 남자가."

마코짱은 울음 섞인 목소리였습니다.

"손님으로 버스를 탔어요!"

사와이 형사는 기숙사까지 달려와주었습니다.

"그래, 마사코 씨한테 뭐라던가요?"

"아무 말도. 하지만 저를 뚫어지게 쳐다봤습니다. 무서웠어요."

"말을 걸던가요?"

"아뇨, 그냥 쳐다보기만 했습니다."

"투어 신청서 기록은 있습니까?"

형사는 그걸 받아들고, 로비에 있는 공중전화로 가 거기 적힌 번호로 전화를 걸었습니다.

"엉터리 번호로군요."

그렇게 말하며 수화기를 내려놓았습니다.

"사용하지 않는 번호라고 나오는군요."

나는 정말 겁이 났습니다. 대체 그 남자는 누굴까요?

아니, 누군지 알고 있어요. 나는 알아요.

살인자에, 남편을 죽인 '모리모토 노리코'의 애인.

"이름도 가짜일 테고…."

사와이 형사의 목소리가 약간 심각해졌습니다.

"수고스럽겠지만 내일 다시 경찰서로 나와줄래요? 될 수 있으면 하루 휴가를 내서요. 아무래도 느낌이 좋지 않게 전개되는군요. 저도 윗분한테 보고하고 의논을 해보죠. 어떻게 하는 게 제일 좋을지 생각해봅시다."

이튿날, 마코짱은 사와이 형사가 시킨 대로 경찰서로 갔습니다. 사와이 형사의 상사는 나이가 든 걸걸한 목소리였습니다. 주운 지갑을 신고하지 않은 걸 잠깐 꾸짖기는 했지만 귀찮을 정도로 잔소리를 늘어놓지는 않았습니다.

그들은 마코짱에게 여러 사람의 사진을 보여주었습니다. 그 남자를 찾기 위해서였죠. 나는 몇 시간이나 종이 넘기는 소리를 들었습니다. 하지만 마코짱 입에선 '아, 이 사람이에요!' 하는 말이 나오지 않았습니다.

"지금 단계에선 별도리가 없겠군."

사와이 형사의 상사가 걸걸한 목소리로 말했습니다.

"그래도 신경 쓰이지 않습니까?"

사와이 형사가 말했습니다.

"분실된 지갑이 그렇게 신경 쓰인다면 더 직접적으로 그 여자를 다그쳐보는 게 나을 겁니다. 감시 같은 건 할 필요도 없고요. 문제의 지갑이 요란하게 생긴 여성용이었으니."

"그렇게 흥분하지 마."

상사는 웃으며 말했습니다.

"지금 당장 무슨 일이 일어나지는 않을 거야. 그리고 이 아가씨는 기숙사에 살고 있으니 그 점은 마음이 놓이는군."

"목걸이에 새겨진 각인으로 주인을 알아낼 수 있으면 제일 좋을 텐데요."

사와이 형사의 말에 나는 '그렇지!' 하고 외쳤습니다. 그 목걸이 뒤에는 무서운 사건이 숨겨져 있어요!

어쨌든 다음에 그 남자를 보면 바로 알릴 것, 혼자 돌아다니지 말 것. 이 두 가지 주의사항을 듣고 마코짱은 경찰서를 나왔습니다.

마코짱 입장에서는 그저 기다릴 수밖에 없는 날들이 시작되었으나, 사와이 형사는 거의 매일 전화를 걸어주었습니다. 한번은 상사와 함께 찾아와 마코짱의 안내를 받아 문제의 지갑을 주운 현장으로 가보기도 했습니다. 나는 따라가지 않았지만, 기숙사로 돌아온 사와이 형사가 말하는 이야기를 들어 알게 되었습니다.

"외진 곳이군요. 당분간 가까이 가면 안 됩니다."

마코짱은 바로 알겠다고 대답했습니다.

"저어, 제가 노이로제에 걸린 건지도 모르겠네요."

"왜 그러세요?"

"오늘 그곳에 갔을 때, 누군가가 지켜보고 있는 느낌이 들지 않던가요?"

두 형사는 그런 느낌은 받지 않았다고 대답했습니다.

"너무 골똘히 생각하지 않는 게 좋아요."

마코짱은 자기가 말려든 사건에 대해 같은 방 아가씨에게 털어놓지 않았습니다. 하지만 그 친구는 대단한 수다쟁이인 데다 이런 일에는 민감했기 때문에 사와이 형사가 '공무' 이상으로 친절했다는 소문이 금세 났습니다.

"형사? 괜찮지 않아?"

"지방 경찰 형사면 전근도 없잖아?"

"잘됐네, 마코짱."

그런 소리를 들으면서도 마코짱은 기운찬 목소리로 대답하는 일이 별로 없었습니다.

며칠간, 표면적으로는 너무도 평온한 시간이 흘러갔습니다. 태풍의 여파로 큰비가 내려 예정된 투어가 취소되었기 때문에 마코짱은 느긋하게 쉴 수 있었습니다. 나는 마음이 놓였습니다.

갑자기 더 추워진 느낌이 드는 밤이었습니다. 오래간만에 사키짱한테서 전화가 왔습니다. 그 커피숍에 있으니 지금 나올 수 없느냐고 했습니다.

마코짱은 그 뒤의 일들에 대해선 사키짱에게 말하지 않았습니다. 내 입장에서야 굳이 이야기할 필요 없다고 생각하지만, 지금까지 아무리 사소한 일이라도 모두 그녀에게 털어놓던 마코짱인지라 이상하다는 생각이 들었습니다. 왠지 꺼리는 느낌도 들어 신경이 쓰였습니다.

"미안해. 지금 욕탕에 들어갈 거야. 오늘은 나갈 수가 없어."

그렇게만 말하고 전화를 끊었습니다. 밤에는 나가지 말라는 충고를 잘 지킨 거죠. 그리고 목욕을 한다는 말은 사실이었습니다.

하지만 마코짱이 욕탕에 몸을 담그고 있는 동안 또 전화벨이 울렸습니다. 같은 방 아가씨가 받았는데, 통화 내용으로 보아 아무래도 사와이 형사인 것 같았습니다.

욕실에서 나온 마코짱에게 그 아가씨가 이렇게 말했습니다.

"사와이 씨 말이, 급한 일이 생겼대. 바로 만나고 싶다네."

장소는 그 커피숍이라고 합니다. 이 근처에서 야간에 문을 여는 가게는 거기뿐이라 부자연스러울 건 없었습니다. 하지만 가능하면 나다니지 말라고 주의를 줬던 사와이 형사인데, 이상하다는 생각이 들었습니다.

마코짱도 머뭇거리는 것 같았습니다.

"저어, 미안하지만 함께 가주지 않을래?"

같은 방 아가씨한테 부탁했더니 싫다고 했습니다. 그녀가 웃으며 말했습니다.

"자진해서 훼방꾼이 되고 싶지는 않아."

그런 걸 이러쿵저러쿵 따질 상황이 아닌데, 정말 한심한 아가씨입니다.

"혼자 가. 괜찮아. 요즘 그 수상한 남자는 그림자도 보이지 않잖아. 아무 일도 없을 거야."

그래서 마코짱은 혼자 나갔습니다. 나를 넣은 파우치 하나를 들고서.

하지만 커피숍 안에서는 사와이 형사의 모습을 찾아볼 수 없었습니다.

마코짱은 한동안 기다렸습니다. 커피 한 잔을 다 마시도록 그가 나타나지 않아 어쩔 수 없이 밖으로 나왔습니다.

나는 기분 나쁜 예감이 들었습니다. 늦었지만, 이제야 깨달은 것입니다. 같은 방 아가씨는 사와이 형사의 목소리를 잘 모른다는 사실을.

그래서 전화 건 남자가 '사와이입니다.' 라고 하면 그대로 믿을 거라는….

마코짱은 종종걸음으로 걷다가 이따금 발길을 멈추었습니다. 따라오는 발소리도 없고, 조금 늦게 멈춰 서는 기척도 들리지 않았지만 마코짱의 발걸음은 점점 빨라졌습니다.

그리고—.

다음 모퉁이를 돌았을 때, 마코짱은 느닷없이 앞으로 고꾸라질 듯 멈췄습니다. 짧은 비명을 지르면서. 파우치가 크게 흔들려, 나는 누군가가 마코짱의 팔을 움켜잡았다는 걸 깨달았습니다!

마코짱!

하지만 믿을 수 없게도 마코짱은 이렇게 중얼거렸습니다.

"사키짱…, 여기서 뭐 하는 거야? 돌아가지 않았어?"

여기 있는 사람이 사키짱이라고? 사키짱이 마코짱의 팔을 붙들었다는 거야?

이윽고 들려온 사키짱의 목소리는 싸늘하고, 시퍼렇게 날이 서 있었습니다.

"그이가 부르면 나온다는 거니?"

그이? 그이라니?

"무슨 소리야?"

"얼버무리지 마. 나 몰래 사와이 씨와 만나는 주제에."

나는 깜짝 놀랐습니다.

사키짱의 애인. 바쁘다는 애인. 그 사람이 사와이 씨였나?

"요즘 데이트를 자주 거절하기에 이상하다는 생각이 들어서 그 사람을 지켜보았지. 그랬더니 너하고—, 너하고—."

"사키짱….."

놀랍게도 마코짱이 사과를 했습니다.

"미안해. 하지만 네 충고를 무시한 건 아니야. 너한테 사와이 씨에게 애인이 있다는 이야기를 듣고 난 포기했어. 지금도 마찬가지고. 요즘 사와이 씨를 만나는 건 전혀 다른 사정이 있기 때문이야."

사키짱은 아무 말도 하지 않았죠. 아니, 말을 할 수 없는 상황이라는 걸 나는 깨달았습니다.

"사와이 씨 애인이 네 친구라니까, 내가 그 사람을 가로채려 하면 네 입장이 곤란하겠지. 난 그걸 분명히 알고 있기 때문에―."

"너 같은 바보는 본 적이 없어."

사키짱이 비웃었습니다. 마코짱, 그래, 넌 정말 사람이 너무 물러!

"내가 바로 사와이 씨 애인이야. 알겠어? 내가 그이의 애인이라고. 아까 널 불러낸 전화도 내가 가게에 있던 손님한테 부탁해서 건 거야."

마코짱은 아무 말 없이 그저 우두커니 서 있습니다.

"하지만… 네겐 남자 친구가 따로 있잖아…. 사와이 씨를 데려왔던 그 남자가…."

마코짱이 간신히 그렇게 말하자, 사키짱이 언성을 높였습니다.

"그 남자보다 사와이 씨가 훨씬 더 좋아. 나도 그때 사와이 씨를 처음 본 거야. 바로 사와이 씨가 좋아졌어. 그런데 내 남자 친구랑 왔다고, 나보다 너 같은 애한테 흥미를 보이더군. 그래서 거짓말을 했어. 너한테. 그래, 사와이 씨에게 애인이 있다고 거짓말을 했어. 그 사람에겐 너한테 애인이 있다고 했고. 그러니 전화 연락 같은 건 하지 말라고 했어. 그리고 나하고 사귀자고 했어."

너무해…, 마코짱이 중얼거렸습니다.

"뭐가 너무해? 너 같은 앤 나보다 아래인 걸로 충분해. 너 같은 허접한 인간이 나보다 나을 권한 따윈 없으니까!"

찰싹, 하는 소리가 들렸나 싶더니 마코짱이 도망치기 시작했습니다. 마코짱이 맞은 거라는 사실을 깨닫고, 나는 두려움과 분노 때문에 솜털이 곤두서는 것만 같았습니다.

마코짱, 도망쳐! 사키짱이 쫓아오는 소리가 들려. 마코짱이 도망치는 것은 사키짱이 무섭기 때문이 아닙니다. 내내 배신당하고 있었다는 사실을 깨달았기 때문입니다. 친구라는 가면을 썼지만, 사키짱이 마코짱을 늘 곁에 두었던 이유는 우월감을 맛보기 위해서였던 겁니다. 마코짱을 깔보며 즐기기 위해서였던 겁니다. 오직 그뿐이었다는 사실을 깨달았기 때문입니다.

사키짱은 발이 빨라 몇 번이나 마코짱을 잡을 뻔했습니다. 그러다 보니 마코짱은 점점 길에서 벗어났습니다. 그게 훨씬 더 위험한데. 어디로 가는 거야, 마코짱!

사키짱이 마코짱을 밀쳐 언덕에서 굴러 떨어졌습니다. 마코짱은 잡목 숲에서 일어나 필사적으로 도망쳤습니다. 이제 나도 사키짱이 무서워졌습니다. 잘난 체하며 그 기분에 빠져 살던 그 애는 마코짱한테 졌다는 사실을 인정하고 싶지 않은 겁니다. 마코짱한테 아주 끔찍한 짓을—. 죽일지도 모릅니다!

서로 붙들고 밀치다 마코짱이 밀려 넘어져 그대로 줄줄 미끄러졌습니다. 비탈이야, 위험해! 동시에 파우치를 놓쳤는지, 나는 빙글빙글 돌다 툭 떨어졌습니다.

그때 마코짱이 미친 듯이 무섭게 비명을 지르기 시작했습니다.

나는 파우치에서 빠져나와 마른풀 위에 떨어져 있었습니다. 멀리서 다가오는 자동차 소리가 들렸습니다. 이윽고 헤드라이트가 눈부시게 빛나며 잡목 숲을 비췄습니다. 여러 갈래의 빛줄기였습니다. 주저앉은 사키짱의 실루엣이 드러났습니다.

몇 사람의 목소리가 마코짱의 이름을 불렀습니다. 사와이 형사의 목소리도 섞여 있다고 생각하는데, 그의 구두가 바로 내 옆을 스쳐 지나 마코짱이 굴러 떨어진 쪽으로 달려갔습니다.

아아, 다행이야. 마코짱의 슬픈 비명이 멈췄습니다. 하지만 이번에는 사와이 씨가 소리를 질렀습니다.

"반장님! 손이 튀어나와 있습니다!"

누구 손? 그런 생각을 하다 나는 깨달았습니다. 이 비탈진 언덕이 마코짱이 지갑을 주운 곳 근처라는 사실을.

맞아, 이번엔 그 여자, 그 지갑의 전 주인 시체가 나온 거야!

"비가 많이 와서 흙이 쓸려나가 드러난 거겠죠."

임시 수사본부가 되어버린 기숙사 응접실에서 새파랗게 질린 마코짱에게 그 걸걸한 목소리의 형사님이 설명했습니다.

"하지만 놀랐습니다. 기숙사로 찾아왔더니 마사코 양이 사와이의 전화를 받고 나갔다질 않습니까? 바로 큰일 났다는 생각이 들었습니다."

"죄송합니다."

"아뇨, 아뇨. 그래도 무사해서 다행이에요. 사와이의 수명이 줄어들지 않았을까?"

사와이 씨는 지금 밖에서 수색을 하고 있기 때문에 부끄러워하지 않고 넘어갈 수 있었습니다.

"근데 왜 저를 찾아오셨죠?"

형사님은 진중하게 대답했습니다.

“목걸이의 각인을 통해 보석 가게에서 그걸 산 사람의 신원을 밝혀냈거든요.”

‘모리모토 노리코’를 밝혀낸 거군요!

형사님은 간단하게 설명을 해주었습니다. 노리코가 어떤 사건과 관련된 여자인지를.

“지금 현재, 그 여자는 모리모토 류이치 사건뿐 아니라 또 다른 한 가지 살인사건에서도 이름이 오르내리고 있습니다. 그 여자의 애인으로 보이는 남자의 아내가 살해당한 것 같습니다. 아직 정황 증거밖에 없지만, 아무래도 보험금을 노린 살인일 가능성이 높습니다.”

마코짱은 손으로 얼굴을 덮었습니다.

“무슨 짓을 할지 모르는 놈들이라 당장 마사코 씨를 보호하는 게 낫겠다고 판단했지요. 결과적으로는 전혀 다른 사람한테 위협받는 걸 구해준 셈이 됐지만.”

미친 듯이 날뛰던 사키짱은 지금 진정제를 맞고 잠들어 있습니다.

“게다가 시체까지 발견하게 됐고요.”

“이 사건 역시 보험금을 노린 살인과 관계가 있는 걸까요?”

“아마, 틀림없을 겁니다. 노리코의 애인이자 공범자로 보이는 남자는 쓰카다 가즈히코라고 합니다. 나중에 사진을 봐주세요. 지갑을 찾아 돌아다니고, 마사코 양을 감시하던 남자와 동일 인물일 겁니다.”

그때 제복을 입고 신발이 진흙투성이가 된 경찰 한 명이 다가

왔다.

"수색 현장에서 지갑을 하나 발견했습니다만, 이건—."

마코짱의 지갑이 아니냐는 것입니다. 나는 여기 있는데.

그렇지만 나하고 똑같이 생겼네요.

"그건 사키짱 겁니다. 그 애가 떨어뜨린 거예요."

마코짱은 슬픈 듯이 고개를 저으며 대답했습니다.

"함께 도쿄로 올라왔을 때 똑같은 지갑을 샀죠."

맞아요, 그랬습니다. 그런 시절도 있었어, 마코짱.

나는 나의 쌍둥이 지갑, 마코짱 친구의 지갑을 바라보았습니다. 진흙이 묻은 그것은 나하고는 전혀 닮아 보이지 않았습니다.

0 6

죽은 이의 지갑

"아직도 내 몸에는 그의 피가 달라붙어 남아 있다.
그걸 본 사람이 '어라, 이 얼룩이 심장 모양을 닮았네.' 라고
했던 것도 나는 기억한다."

1

　지금도 생각난다. 그 요란했던 깨지는 소리와 뼈 부서지는 소리가.

　다시는 듣고 싶지 않다. 하지만 그때 일어난 일들 모두가 말 그대로 내 몸에 고스란히 남아 있다.

　사고가 났을 때, 나는 대시보드의 글로브 박스 안에 들어 있었다. 그런데 충돌 쇼크 때문에 튀어나와 조수석 시트에 심하게 부딪친 뒤, 바닥에 떨어졌다.

　나중에 경찰관들이 얘기하는 것을 들어보니, 차의 보닛이 납작하게 찌그러진 모양이다. 마치 만화에 나오는 돼지 코처럼.

　차는 마츠다에서 생산하는 패밀리아였다. 내 주인의 인품 그대로, 수수하고 견고하며 운전하기 편한 승용차였다. 주인은 차를 아끼며 운전했다. 금방 새 모델이나 탐내는 남자는 아니었으니까.

　주인이 그 차 안에서 세상을 떠난 것은 지금부터 1년 전의 일이다. 하필이면 입체 주차장의 콘크리트 벽면에 정면충돌했던 것이다.

졸음운전이었고, 깊은 밤에 일어난 일이었다. 그는 애인이 사는 아파트에서 집으로 돌아가던 중이었다.

여자 집에서 힘을 너무 써서 피곤했던 거 아닐까?

현장검증을 하던 중년 경찰관이 그런 소리를 했던 걸 나는 기억하고 있다.

그렇다. 주인은 분명히 힘을 썼다. 하지만 경찰관이 말한 것과 같은 의미는 아니다. 애인 방에 있는 동안 내내 온갖 말로 여자를 달래느라 힘을 썼다.

내가 싫어진 거지? 알아, 요즘 자기 태도가 달라졌는걸….

여자는 그렇게 말하며 점점 더 감정이 격해져 눈물을 글썽거렸다. 내 주인이 아무리 그렇지 않다고 해도, 맹세를 해도 전혀 듣지 않았다.

오해야. 정말이라니까. 내게 다른 여자는 없어. 너 하나뿐이야.

내 주인은 여자와 함께 울어버리기라도 할 것 같은 모습으로 열심히 달랬다.

그런 보람이 있었는지, 애인은 울음을 멈추고 얼굴을 닦으며 내 주인의 얼굴을 제대로 바라보았다. 하지만 '자고 갈까?' 하는 그의 말에는 그러라고 하지 않았다.

나 자기 말을 믿고 도박을 걸어볼게. 오늘 밤은 그냥 혼자 있게 해줘. 생각 좀 해볼게.

그리고 '밖은 추운 모양이야.' 하며 그에게 뜨거운 커피 한 잔을 끓여주고 돌려보냈던 것이다.

고풍스럽게 표현하자면, 그것이 이승에서의 작별이었다.

콘크리트 벽에 충돌하기 직전, 내 주인은 졸린 듯한 목소리로 그 여자의 이름을 중얼거렸다. 나는 그걸 기억하고 있다.

나는 기억한다. 세상이 텅 빈 것 같은 충격의 순간 뒤, 시트 위에 떨어졌을 때 내 바로 옆에 늘어져 있던 그의 팔을. 그 팔이 살아 있는 사람에게는 도저히 불가능한 각도로 어깨에 달려 있던 모습도.

그리고 내 시트 쪽으로 천천히 미지근한 액체가 흘러오던 광경도.

그것은 내 주인의 피였다.

아직도 내 몸에는 그의 피가 달라붙어 남아 있다. 적갈색 스웨이드 가죽에 또렷하게 무늬를 그렸다. 그걸 본 사람이 '어라, 이 얼룩이 심장 모양을 닮았네.' 라고 했던 것도 나는 기억한다.

그리고 지금 나는 그의 애인 손에 있다. 그 여자와 함께 나는 걷는다. 내가 닳아버리는 것과 그 여자 마음속에 남은 내 주인에 대한 추억이 흐려지는 것과, 어느 쪽이 먼저일지를 생각하면서.

여자의 이름은 아마미야 교코.

그리고 나는 그 여자 애인이었던 남자——죽은 이의 지갑이다.

2

"지나친 생각 아닌가?"

아키야마 과장이 먼저 그렇게 말했다.

회사 근처에 있는 카페 안이다. 교코가 이따금 점심식사를 하러 오는 가게다.

하지만 지금은 점심시간이 아니다. 일을 끝내고 오후 6시가 지난 시각, 교코는 일부러 직속 상사와 함께 이 카페를 찾았다.

교코에겐 의논할 일이 있었다.

지금 교코의 무릎 옆에 놓인 핸드백 안에서, 나도 그제야 의논하려는 내용을 알게 되었다. 놀라운 이야기였다.

아키야마 과장은 오십대의 온화하고 상식적인 사람이다. 적어도 부하 여직원을 느끼한 눈으로 보는 남자는 아니다. 심각한 표정을 한 교코와 단둘이서 마주 앉아 있다는 사실이 무척 거북한 모양이다.

"회사 안에서는 이야기할 수 없는 내용인가?"

확인을 하고 나서 내키지 않는다는 듯 따라 나왔다.

그런 만큼 교코의 말에 내심 깜짝 놀란 모양이었다. 마시던 찬물을 바지 무릎에 쏟았는지 얼른 손수건을 꺼내는 것 같기도 했다.

그리고 첫마디를 토해냈다. 지나친 생각이 아니냐고.

나도 교코에게 같은 말을 하고 싶었다. 아니, 그건 지나친 생각이야. 그렇게 생각하지 않는 게 나아. 이제 잊어.

하지만 교코는 전혀 망설이지 않고 대답했다.

"아뇨, 지나친 생각이 아닙니다."

"증거는 있어?"

아키야마 과장이 물었다. 걱정스러운 말투였다.

"사가미 씨와 그— 뭐라고 했더라—?"

"쓰카다입니다. 쓰카다 가즈히코."

190

"그래, 그래, 맞아. 사가미와 쓰카다 가즈히코가 아는 사이였다는 것만으로 바로 그렇게 결론을 내리면 위험하지 않을까?"

사가미 요시오는 죽은 내 원래 주인의 이름이다. 내 주인과 교코는 사내 커플로, 상사인 아키야마 과장도 두 사람의 관계를 잘 알고 있었다.

"저도 많이 생각해봤습니다. 밤에 잠도 자지 않고. 그런데 도무지 이해가 되지 않아 그냥 넘어갈 수 없다는 생각이 들었어요."

교코의 목소리는 작아졌지만, 힘은 더 들어가 있었다.

분명히 교코는 요즘 밤에 제대로 잠을 이루지 못했다. 몇 차례나 뒤척여 그때마다 침대 커버 부스럭거리는 소리가 났다는 사실을 나는 알고 있다

하지만 이런 생각을 하고 있는 줄은 몰랐다.

쓰카다 가즈히코는 지금 세상에서 제일 유명한 남자 이름이다. 와이드 쇼 프로그램에 등장한 횟수가 한창 때의 마츠다 세이코(松田聖子 : 일본의 가수, 배우, 음악 프로듀서—옮긴이)보다 많을지도 모른다.

서른여섯 살 젊은 나이에 고급 레스토랑의 경영자이며, 운동선수처럼 큰 키, 햇볕에 그을린 얼굴, 자동차는 도요타의 세르지오였다. 유행을 좋아하기는 하지만 함부로 외제차를 타지는 않아, 유행에만 민감한 철없는 젊은이들과는 다른 모양이었다.

하지만 그가 유명해진 것은 착한 일을 했기 때문이 아니다. 비극에 휘말렸기 때문도 아니다. 그는 소문이 무성한 용의자인 것이다.

쓰카다 가즈히코는 모리모토 노리코라는 애인과 공모하여 보험금을 노리고 각자의 배우자를 살해한 혐의를 받고 있는 남자다. 증거가 없기 때문에 어디까지나 '혐의를 두는' 단계에 불과했지만, 세상 사람들은 지금 이 사건과 관련된 소문에 정신이 팔려 있다.

여기서 잠깐 일련의 사건 경과를 설명해두겠다. 전체는 네 부분으로 나뉘어 있다―하지만 네 구의 시체가 있다고 하는 편이 더 나을 것이다.

1. 쓰카다 가즈히코의 전처, 오타 이쓰코 사건

이쓰코는 작년 11월, 당시 살고 있던 삿포로 시 교외 노상에서 뺑소니 사고를 당해 사망했다. 범인은 아직 체포되지 않았다. 처음에는 전혀 관계가 없는 별도의 사건으로 여겨졌지만, 이쓰코의 장례식에 모리모토 노리코가 참석했다는 사실이 장례식 모습을 담은 비디오테이프에서 확인되고 나서 갑자기 주목을 받게 되었다. 또한 이쓰코가 갑자기 세상을 떠나고, 그 한 달 뒤에 모리모토 노리코의 남편이 살해되었다는 점도 수상하게 여겨졌다. 이 사실로 미루어보아 이쓰코가 헤어진 남편이 꾸미고 있는 보험금 살인을 눈치 챘기 때문에 입막음을 당한 게 아닌가 하는 주장도 나오고 있다. 이쓰코가 사망할 당시 쓰카다 가즈히코와 모리모토 노리코의 알리바이는 분명치 않다.

2. 모리모토 노리코의 남편, 모리모토 류이치 사건

작년 12월 15일 심야, 도쿄 도 아다치 구에 있는 공원조성지역 외곽 노상에서 역시 뺑소니 사고로 사망. 사망 추정 시각은 15일 오후 11시부터 16일 오전 2시경 사이. 이때 노리코는 친구 집에 있었기 때문에 알리바이 성립. 쓰카다의 알리바이는 확인되지 않았으며, 본인도 확실하게 증명하지 못하고 있다.

류이치의 사망으로 노리코는 8천만 엔의 보험금을 수령.

3. 쓰카다 가즈히코의 아내, 쓰카다 사나에 사건

올해 8월 26일 밤, 하네다 공항 부근에 있는 창고 주차장에서 시체로 발견되었다. 둔기로 머리를 맞아 사망. 전날 밤에 누군가가 전화로 불러내, 바로 살해한 것으로 보인다. 추정 사망 시각은 25일 오후 6시경부터 10시경 사이.

쓰카다 가즈히코는 25일 아침부터 26일 밤, 아내의 시체가 발견되었다는 소식을 듣기까지 주느비에브의 공동 경영자인 하타나카 씨와 함께 이즈로 낚시 여행을 가 있었다. 알리바이 성립. 노리코의 알리바이는 확실치 않다.

사나에의 사망으로 쓰카다 가즈히코는 1억 엔의 생명보험금을 받을 예정.

4. 모리모토 류이치의 단골 스낵바 호스티스, 가사이 미치코 사건

올해 9월 말, 도쿄 도의 잡목 숲 안에서 시체 발견. 목이 졸려 죽음. 살해된 것은 올 4월 중순으로 여겨진다. 정확한 추정 사망 시각을 밝혀낼 수 없어, 이 사건에 관해 알리바이 수사는 의미가 없다.

또한 가사이 미치코는 모리모토 노리코 소유의 에메랄드 목걸이를 갖고 있었다는 사실이 밝혀졌다.

이 여자는 왜 살해되었을까?

매스컴은 단정하고 있다. 뭔가 사건의 열쇠가 될 만한 것을 쥐고, 그걸 빌미로 노리코를 협박하려 했기 때문에 살해된 것이라고. 에메랄드 목걸이는 가사이 미치코가 노리코한테서 뜯어낸 물건일 것이라고.

경찰도 가능하다면 그렇게 추정하고 싶을 것이다. 하지만 여기에도 증거는 없다.

예, 알고 있던 여자입니다. 남편에게 향을 올리러 집에 온 적도 있습니다. 목걸이 말입니까? 그건 제가 판 겁니다. 남편을 죽인 범인은 잡히지 않고, 저는 터무니없는 의심을 받고 있어서 보험금 지불이 늦어졌죠. 그래서 돈이 궁해 그 여자한테 부탁했더니 흔쾌히 사주더군요.

모리모토 노리코는 그렇게 대답하며 애처로운 표정으로 눈을 내리깔았다. 쓰카다 가즈히코는 취재 때문에 밀려드는 리포터들을 모아 '분노의 해명'이란 걸 퍼붓고, 결국에는 매스컴이 어떻게 처신해야 하는지까지 열변을 토하는 상황이었다. 수사 당국이야말로 체면이 우습게 되었다.

설명이 길어졌다. 어쨌든 쓰카다 가즈히코는 지금 현재 그런 정도의 어두운 충격을 던져주는 이름이었다.

그 쓰카다와 죽은 내 지갑의 주인이 아는 사이였다―는 사실만 해도 나로서는 깜짝 놀랄 일이었다. 대학 시절 '반더포겔' (Wandervogel : 산과 들을 도보로 여행하며 심신을 단련하는 청년 운동 및 그 단체-옮긴이)의 선후배 사이였다는 것이다.

　교코는 사가미 요시오가 죽은 뒤, 그의 부모로부터 몇 가지 유품을 받았다. 나도 그중 하나지만, 거기엔 그가 대학 시절에 찍은 사진을 모아둔 앨범이 한 권 포함되어 있었다.

　교코는 지금도 그걸 볼 때가 있다. 그러다 어느 날 함께 사진을 찍은 반더포겔의 멤버 가운데 쓰카다 가즈히코가 있다는 사실을 발견했다는 것이다.

　아키야마 과장은 커피를 한 모금 마시고, 컵을 내려놓았다. 달그락, 하는 어색한 소리가 났다.

　"하지만 대학을 졸업하고 나서는 더 이상 왕래가 없었던 거 아닐까? 자네, 그 쓰카다란 사람을 만난 적 있나?"

　교코는 부정했다.

　"아뇨, 없습니다."

　그럴 것이다. 나는 사가미 요시오의 군자금을 안고 함께 행동해왔기 때문에 그의 교우관계도 상당히 정확하게 파악하고 있다. 그런 나도 기억이 없으니까.

　"그럼 역시 지나친 생각 아닐까? 자네 심정은 이해가 돼. 사가미는 교통사고로 세상을 뜬 거야. 그걸 인정하지 않으면 자넨 아무리 시간이 흘러도 다시 일어설 수가 없어."

　교코는 입을 다문 모양이다. 나는 무릎 위에서 손가락을 오므렸다 폈다 하는 교코의 모습을 그려보았다.

　버릇이다. 존재하지도 않는 '다른 여자' 문제로 생전의 요시오를 추궁할 때도 늘 그랬다. 마치 그렇게 손가락을 움직여, 거기서 눈에 보이지 않는 실을 자아내 요시오를 얽어매려는 듯이.

"저는— 그 사람은 사고로 죽은 게 아니라고 생각합니다."

또 그 소리인가, 하는 생각이 들었다. 그가 죽은 지 1년, 이 말을 몇 번이나 들었던가.

"그는 아주 신중한 사람이었습니다. 운전을 하면서 한눈을 팔거나 졸았을 리가 없습니다. 게다가 제 아파트를 나가기 전에 진한 블랙커피를 마셨습니다. 졸았을 리가 없어요."

"그 이야기는 그러니까."

달래는 듯한 말투로 아키야마 과장이 물었다.

"그건 사고가 아니다. 누군가에게 살해되었다—그런 이야기지? 게다가 쓰카다 가즈히코의 짓이라는."

"예, 그렇습니다."

"왜 쓰카다 가즈히코와 연결시키는 거지? 그 사람은 분명히 지금 아주 큰 의심을 받고 있는 인물이야. 하지만 그건 보험금이 얽힌 살인사건이지. 사가미의 경우와는 달라. 쓰카다 가즈히코가 대학 후배를 죽여서 무슨 득을 보지? 그런 짓을 할 필요가 없잖아?"

맞아, 교코. 이제 이런 이야기 그만 하자. 그리고 집으로 돌아가자, 응?

교코가 나를 유품으로 받아들였을 때, 나는 불안해서 견딜 수가 없었다. 교코가 정신의 균형을 잃은 것처럼 느껴졌기 때문이다. 지워지지 않는 얼룩이 되어, 요시오가 내 안에 있는 것이다.

하지만 실제로는, 아무리 애인의 유품이라 해도 피 묻은 지갑이라니, 그다지 기분이 좋은 건 아니다. 나는 스웨이드 가죽으로 되어 있기 때문에 방수가 안 된다. 내게 스며든 피의 양은 제법 많았다. 솔직히 처음에는 나한테서 약간 기분 나쁜 냄새가 나기도 했을 것이다.

교코는 그런 나를 원했다.

나는 싫었다. 교코, 그러면 안 돼, 하는 생각이 들었다. 나를 버리는 게 나아. 난 이미 이 세상에 존재하지 않는 요시오의 일부분이야. 일부분에 지나지 않아. 거기서는 이제 아무것도 생겨나지 않고, 자라나지도 않을 거야.

그리고 그저 추억으로만 간직하기에는, 그의 피를 빨아들인 나는 너무도 끔찍한 존재야.

하지만 교코는 나를 버리지 않았다. 역시 지갑으로 쓰지는 않았지만, 늘 갖고 다닌다. 잠시도 떼어놓은 적이 없다.

'과장님.' 하고 교코가 낮은 목소리로 불렀다.

"우린 자동차 부품 제조회사죠?"

아키야마 과장이 참을성 있게 대답했다.

"그렇지. 그게 왜?"

"그이가 죽은 건 정확하게 쓰카다 가즈히코의 전 부인이 뺑소니 사고로 죽었을 무렵입니다. 지난해 11월이죠."

과장은 아무 말이 없었다.

"저는 이런 생각이 들어요. 요시오는 자동차 모델이나 연식(年式) 같은 것들에 대해선 별로 잘 모르지만 원리에 관해서는 많이 알았어요. 남들이 무슨 질문을 하면 바로 대답할 수 있을 만큼, 모르는 게 있으면 찾아봐서 이야기해줄 정도로 관심이 많았죠.

그런 사람이었어요."

"무슨 이야기를 하려는 거지?"

교코가 힘들게 말을 이었다.

"뺑소니라는 게 의외로 검거율이 높은 모양이에요. 지금은 감식 기술이 많이 발달했기 때문에 작은 도료 조각만으로도 차종을 알아낼 수가 있죠…. 하지만 그런 정도라면 나름대로 눈속임을 할 수 있을 거예요. 범퍼만 다른 차종 것을 붙인다거나, 다른 차종의 도료를 미리 준비한다거나."

과장이 크게 헛기침을 했다.

"그러니까, 사가미가 쓰카다 가즈히코에게 아내를 뺑소니로 위장해 죽인 뒤, 경찰에 체포되지 않으려면 어떻게 해야 좋은지 조언을 해주기라도 했다는 얘기야?"

교코가 얼른 말했다.

"물론 요시오는 그런 목적이 있었는지 몰랐을 거예요. 그 당시에는 말이죠. 알았다면 가르쳐줄 리가 없죠. 분명 이용당했을 거예요."

그리고 쓰카다의 전처가 살해당하고 나서야 겨우 그 사실을 눈치 챘다. 그리고 그 때문에 입막음을 당했다—교코는 이런 이야기를 하고 싶은 것이다.

내 몸 안에 배어 있는 요시오의 피가 무겁게 느껴졌다. 아, 어쩌자고 죽어버린 거야. 교코만 남겨두고서.

아키야마 과장이 조용히 타이르듯 말했다.

"저어, 휴가를 좀 쓰도록 하지. 내가 보기에 자네 생각은 망상으로밖에 여겨지지 않아. 너무 골몰하다보니 공상과 현실의 경계가 애매해진 거야. 자네 잘못이라는 얘긴 아니야. 휴가를 받아 느긋하게 여행이라도 다녀오도록 해."

교코는 입을 다물었다. 난처해진 과장이 먼저 자리에서 일어나자, 백을 열고 살짝 나를 만졌다.

그 손가락이 차가웠다. 마치 죽은 사람처럼.

3

이튿날부터 일주일 동안 교코는 유급 휴가를 냈다. 과장의 강력한 권유에 밀린 셈이다.

휴가 첫날, 교코는 사가미 요시오의 묘를 찾았다. 매달 그가 세상을 떠난 날이면 어김없이 찾아가는데, 이것도 나를 불안하게 만드는 요소였다.

착한 마음씨는 훌륭하다고 생각한다. 하지만 그는 이제 죽었고, 교코는 살아 있다. 어서 새로운 인생을 찾아야 하는데, 묘지에 쭈그리고 앉아 대답도 없는 죽은 사내에게 말을 걸며 자기 자신을 조금씩 깎아내고 있다.

교코는 여느 때보다 오래 묘지에 있었다. 나는 교코의 어깨에 매달린 백 안에서, 불어오는 바람 소리를 듣고 있었다. 어쩌면 그것은 교코의 몸 안에 있는 싸늘하고 쪼그라든 영혼이 울고 있는 소리였는지도 모른다.

이윽고 교코가 살짝 중얼거렸다.

‘경찰.’ 이라고.

그날 밤, 아파트에 돌아와 또 침대 커버 위에서 몸을 뒤척이며 다시 같은 소리를 했다.

“경찰….”

교코는 원래 무슨 일이나 골똘히 생각하는 버릇이 있다.

언제부터 그리 되었는지는 모른다. 하지만 요시오와 연애를 시작하기 전에도, 회사 안에서 그런 방면으로는 유명했다. 신경이 예민하고 깔끔하고, 약간 흥분을 잘하기로.

요시오가 직장 동료와 술을 마실 때, 교코 이야기가 화제에 오른 적이 있다. 착한 아가씨지, 일도 잘해—라고 하면서도 동료들은 교코에게 그다지 좋은 감정을 품고 있진 않은 듯했다.

“뭐랄까—, 살짝만 건드려도 깨질 것 같은 느낌이 들어.”

전표에 도장 하나가 찍히지 않았다는 이유만으로도 무척 기분이 상해 화를 냈다. 내 업무를 방해하려고 일부러 도장을 찍지 않았지, 하는 식으로 따지는 것이다. 울고불고 하는 것도 아니고 목소리도 작지만, 분명히 격앙된 감정을 자기 몸 안에 가두고 있는 듯 몸을 부르르 떨면서.

“조금 지나면 아무 일도 없었다는 듯 방긋방긋 웃어. 뭐 평소에는 순한 아가씨지. 싫지는 않아. 하지만 왠지 까다로울 것 같아.”

하지만 우습게도 요시오가 교코에게 흥미를 갖게 된 것은, 그리고 마음이 끌렸던 것은 그녀의 이런 불안정한 모습 때문이었던 듯하다. ‘혼자 놔둘 수 없다.’ 는 생각이 들었으리라.

실제로 사가미 요시오는 교코에겐 보호자나 다름없는 존재였다. 교코는 그에게 모든 걸 의지했고, 그의 품 안에 몸을 숨길 수 있게 되고부터는 지나치게 흥분하는 일도 없어졌다.

그 대신 질투가 심했다.

시샘을 하는 것은 스스로에게 자신감이 없고, 불안하기 때문이리라. 교코는 자기 몸 안에 불안을 순수 배양하는 듯한 여자라 항상 걱정이 많았다. 늘 요시오의 움직임에 신경을 썼으며, 그가 복도에서 다른 여직원과 잠깐 이야기를 나누어도 마구 울며 원망하는 경우도 있었다.

'나 말고 좋아하는 사람이 생긴 거지?' 라는 말을 입에 달고 살았다. 그다음에는 '나 같은 건 이제 아무려나 상관없겠지.' 라는 말이 이어진다. 이런 상태가 되면 하고 싶은 말을 전부 하게 하고—늘 같은 말을 반복했지만—마음을 풀어주지 않으면 아무것도 할 수가 없었다.

요시오는 그야말로 참을성 있게, 그런 교코를 상대해주었다. 그 역시 수수한 남자였고, 이성을 끌어들이는 특별히 강한 흡인력은 없었다고 생각한다. 그래서 자신은 교코에게 필요한 존재라는 것이 요시오에게 큰 쾌감이었는지도 모른다.

게다가 묘한 오해를 해서 이상한 이야기를 꺼내지 않는 한, 교코는 실로 마음을 다 쏟아 붓는 타입이었다. 요리 솜씨도 좋아서, 요시오가 좋아하는 음식은 바로 배워서 만들어주곤 했던 모양이다.

작은 일에도 늘 신경을 썼다. 예를 들면 두통을 자주 느껴 항상 진통제를 갖고 다녔는데, 그 약이 요시오한테 맞지 않는다는 사실을 알게 되자 그에게 잘 듣는다는 다른 메이커의 진통제까지 준비해 다닐 정도였다.

요시오도 요시오대로 나이치고는 구식(舊式)인 독특한 면이 있는 남자였다.

어느 날, 교코가 밤에 손톱을 깎으려 하는 걸 부드럽게 나무라며 못하게 한 일이 있다. 그러면 좋지 않은 일이 생긴다는 이유였다. 교코는 처음엔 웃었지만 진지하게 받아들여, 그 뒤로는 절대 밤에 손톱을 깎지 않게 되었다.

그 밖에도 여러 가지가 있었다. 예를 들면 압정이나 못을 박을 때는 벽에 대고 '미안합니다.' 하고 말해야 한다거나, 물을 끓일 때 물을 더 넣어 온도를 조절하면 재수가 없다거나, 주전자 뚜껑을 덮지 않고 물을 따르면 안 된다거나 하는 등등——.

지금 생각하면 요시오는 그런 미신 같은 소리를 하면서 제법 즐거웠던 모양이다. 교코가 그런 것들을 잘 몰랐기 때문에 가르쳐주는 즐거움을 맛볼 수 있었으리라. 교코는 그런 요시오를 '노인네처럼' 군다고 우습게 여기지 않고, 무척 진지하게 듣고 실행에 옮겼다.

아, 그러고 보니 한 가지 생각나는 게 있다.

나는 사가미 요시오의 피가 묻은 지갑인데, 다른 것도 함께 갖고 있다. 다만 그게 대체 뭔지 나는 알 수가 없다. 그것이 내겐 내내 수수께끼였다.

요시오가 죽기 이삼 일 전이었다. 외근 때문에 시내 쪽을 돌아다니다 지하철 닌교초 역 부근에 있는 카페에 들어갔을 때였다.

자리를 잡고 앉았을 때, 앞 손님이 잃어버리고 간 물건을 주운 모양이었다. 확실하게 이야기 못하는 까닭은 그때 난 그의 웃옷 안주머니에 있어서 볼 수가 없었기 때문이다.

요시오는 그것을 집어 들고 잠깐 생각에 잠겼다.

"이걸 어쩌지?"

작은 목소리로 중얼거리기까지 했다.

하지만 일단 그대로 그것을 테이블 가장자리에 내려놓았던 모양이다. 이렇다 할 이상한 일 없이 조용히 커피를 마셨다. 그때 호출기가 울렸다. 그는 얼른 전화를 걸러 갔다가 금방 돌아오더니 서둘러 나갈 준비를 했다. 급한 일로 호출을 받았을 것이다.

그리고 다시 잠깐 생각했다. 손길을 멈추고 테이블을 내려다보고 있는 모양이었다.

"에이, 그러자. 다음에 시간을 내서 돌려주자."

그렇게 중얼거리고, 그 주운 물건을 내 안의 지폐 넣는 부분에 끼워 넣었다.

그것은 하얀 종이에 싸여 있었다. 표 같은 걸 작게 접어, 그걸 습자지로 싼 모양이었다. 하지만 뭔지는 알 수가 없었다.

나는 그 뒤로 내내 그 뭔지 모를 것을 갖고 있었다. 그 사고가 나던 날 밤, 요시오가 교코의 아파트에 갔을 때도 그랬다. 아마 요시오는 그걸 내 안에 넣어두었다는 사실을 까먹은 모양이었다.

요시오가 욕탕에 들어가 있는 동안 교코가 웃옷에 솔질을 하다가 내 안을 살짝 들여다보았다. 결혼을 한 것도 아닌데 좀 지나치다는 생각이 들기도 했지만, 교코 입장에서는 나쁜 마음으로 그런 것은 아닐 것이다. 요시오의 주머니 사정을 알아두는 것도 나쁘지는 않을 거라는 생각이 들었기 때문이리라.

교코는 내 안에 들어 있는 그 주운 물건을 발견했다. 하지만 그걸 꺼내지 않고, 말없이 잠시 바라보곤 나를 접어 다시 원래대로 놓았다. 그뿐이었다.

교코가 자주 하는 '나 말고 다른 여자가—.' 라는 말이 시작된 것은 한밤중이 가까웠을 때였다. 그 무렵 두 사람은 만나기만 하면 그런 이야기를 했다. 요시오도 결국에는 지쳐서 말다툼이 될 때도 있었다.

교코의 질투는 독살 맞지는 않았지만, 외골수인 구석이 있었다. 늘 버림받을까 봐 두려워하며, 요시오를 다른 여자에게 빼앗길지도 모른다는 생각에 신경이 잔뜩 곤두서 있었다. 정전기를 띤 문의 손잡이처럼 툭하면 파란 불꽃이 튀었다.

그리고 그날 밤, 교코의 집에서 돌아가던 길에 요시오가 죽었다.

요시오로서도 느닷없는 처참한 죽음일 것이다. 교코가 걱정이 되어 제대로 죽지도 못했을 것이다. 그녀는 요시오를 필요로 했으니까.

내가 교코의 손에 넘어온 뒤로도 지폐 넣는 부분엔 그 뭔지 모를 것이 그대로 들어 있었다. 교코는 그걸 꺼내지 않는다. 버리지도 않는다. 그렇다고 그걸 소중하게 여기는 것 같지도 않다. 까먹은 건지도 모른다.

이상했다. 이건 대체 뭘까?

내겐 내가 지닌 것을 볼 수 있는 능력이 없고, 느낀다 해도 그저 작고 얇은 사각형이라는 것 이외에는 짐작이 가지 않는다. 요시오가 '다음에 시간을 내서 돌려주자.'고 했으니 주인이 따로 있는 물건이 틀림없을 테지만….

지금, 어둠 속에서 교코가 다시 몸을 뒤척였다. 꿈을 꾸고 있는 걸까. 그렇지 않으면 또 잠을 이루지 못하는 걸까.

"경찰."

교코가 작은 목소리로 중얼거렸다.

그것도 괜찮을지 모르겠군, 교코. 어쨌든 오늘 밤은 푹 자.

교코는 요시오, 하고 잠꼬대를 했다.

4

놀랍게도 경찰 수사 담당자는 시간을 내 만나주었다.

이튿날의 일이다. 교코가 쓰카다 사나에 살인사건 수사본부가 설치된 경찰서로 찾아갔던 것이다. 대체 무엇을 어떻게 설명할 생각인지 걱정이 되어 견딜 수 없었지만, 경찰은 의외로 금방 알아들었다.

아니, 경찰은 그만큼 초조하고, 지푸라기라도 잡고 싶은 심정인지도 모른다.

조용한 장소로 안내받아, 의자에 걸터앉았다. 여전히 백 안에 들어 있는 나는 주위를 살필 수가 없다. 설마 취조실은 아닐 테지….

교코와 마주 앉은 형사는 두 사람. 한 사람은 나이가 들었고,

한 사람은 젊은 모양이다. 나이 든 사람 쪽이 주로 묻고, 젊은 쪽은 이따금 끼어들어 질문을 던질 뿐이었다.

두 사람 다 교코를 껄끄럽게 대하는 것 같지는 않았다. 나는 교코를 위해 기뻐했다. 교코는 무척 민감하기 때문에, 잠을 이루지 못한 수많은 밤에 발생한 불행한 정전기를 많이 간직하고 있기 때문에 부드럽게 대해주지 않으면 상대방이나 자신이나 상처를 입고 만다.

"말씀은 잘 알겠습니다."

나이 든 형사가 말했다. '정말?' 하는 생각이 들었다.

제대로 된 형사라면 교코의 이야기를 진지하게 받아들이지 않을 것이다. 게다가 요시오와 쓰카다 가즈히코가 요시오의 죽음 직전까지 왕래가 있었는지 어떤지—그것조차 모르는 상태다. 전부 추측인 것이다. 망상이나 마찬가지였다.

"아마미야 씨."

형사가 말을 꺼냈다. 담배에 불을 붙였나? 라이터 켜는 소리가 났다. 일회용 라이터일 것이다. 어색하게, 이야기는 거기서 잠시 중단되었다.

교코는 조용히 앉아 있다. 그 심정을 상상하니 나는 견딜 수가 없었다.

"지금 여기서 말씀하신 내용은 전부 스스로 생각하신 겁니까?"

교코는 '예.' 라고 대답했다. 말꼬리가 살짝 떨렸다.

"그러시군요."

형사는 담배를 피우는 모양이다.

젊은 형사가 끼어들었다.

"지나친 생각이라는 느낌은 들지 않습니까?"

교코가 조그맣게 말했다.

"모르겠습니다. 이제 뭐가 뭔지 모르겠어요."

이번에는 형사들 쪽이 입을 다물었다.

"다만, 그 사람은 졸음운전 같은 건 할 사람이 아니었습니다."

"깜빡 졸 수도 있는 일이고—."

젊은 형사가 말하려는 걸 나이 든 쪽이 가로막은 모양이다. 교코가 말을 이었다.

"무척 꼼꼼하고 신중한 사람이었죠. 외근 업무를 했기 때문에 낮에는 늘 운전을 했습니다. 그래서 감기에 걸렸을 때도 약을 먹지 않을 정도였습니다. 약을 먹으면 졸린다면서요."

분명히 그랬다. 요시오는 약간 겁쟁이일 정도로 그런 일에 신경을 쓰며 살던 사람이기는 했다.

"그리고 충돌 현장이 시야가 좋지 않고 위험하다는 사실도 그 사람은 잘 알고 있었습니다. 제 아파트에 올 때 늘 다니던 길이었으니까요. 저도 조수석에 타고 거기를 지나간 적이 있는데, 우린 늘 '위험한 곳에 주차장이 있다.'고 이야기하곤 했습니다."

젊은 형사가 말했다.

"그렇지만, 가령 백번 양보해서 쓰카다 가즈히코가 댁의 애인을 죽였다면 어떤 수법을 썼을까요? 사가미 요시오 씨는 찔려 죽거나 밀려 떨어지거나 한 게 아닙니다. 자동차 운전 실수죠.

쓰카다는 어떻게 그가 실수를 하게 만들었을까요?"

"저는 모르겠습니다…."

교코의 목소리엔 평소 자주 들은 사람이 아니면 눈치 챌 수 없을 정도의 짜증이 섞여 있었다.

"그런 것, 저는 몰라요. 저는 그런 일의 전문가가 아닌걸요. 알고 있는 것은 그 사람이 쓰카다 가즈히코에게 살해되었다는 사실뿐입니다. 그 사람은 졸음운전 따윈 할 사람이 아니었어요."

마치 기도하듯이 같은 이야기를 반복했다. 끼어들 기회를 노리고 있었는지, 나이 든 형사가 부드럽게 말했다.

"잘 알았습니다."

나는 마음이 놓였다. 이 형사는 교코 같은 여성을 다루는 데 익숙한지도 모른다. 묘하게 비위를 맞추는 말투가 아니고, 어디까지나 진지하고 성실한 태도를 유지하고 있다.

"일단 조사해봅시다. 어쩌면 단서가 될지도 모르니까요."

교코는 고맙다는 인사를 하고 가지고 왔던 요시오의 사진 몇 장을 형사에게 건넸다. 쓰카다 가즈히코와 함께 찍은 것이다.

아파트로 돌아오는 길에 교코는 아주 천천히 걸었다. 자주 걸음을 멈췄다. 부티크의 쇼윈도를 들여다보거나, 멈춰 서서 책을 읽거나 하는 것은 아닌 모양이다. 멍하니 생각에 잠겨 걷고 있을 것이다.

어느 횡단보도에서는 불쑥 소리를 내서 '살해당한 거야.' 라고 중얼거리기도 했다.

주위 사람들이 호기심 어린 시선을 던질 것이라고 상상하자

나는 측은한 마음이 들었다.

이런 일이 처음은 아니다. 요시오가 죽은 뒤, 내내 제정신과 광기 사이에 놓인 가느다란 줄 위를 이따금 비틀거리고, 한쪽 발이 미끄러지거나 하면서 건너고 있다는 사실을 나는 잘 알고 있다.

두 달 정도 전에는 역에서 전차를 기다리고 있을 때, 갑자기 플랫폼에 주저앉아 울음을 터뜨린 적도 있다. 쇼핑을 하러 가서는 물건을 손에 든 채로 계산하는 걸 까먹고 휘적휘적 걸어 나가기도 했다. 겨우 아파트에 도착하자 교코는 옷도 갈아입지 않고 나를 넣은 백을 탁자에 내려놓더니 침대에 쓰러진 모양이었다. 이윽고 잠이 들었는지 가늘게 숨 쉬는 소리가 들려왔다.

그다지 편안한 잠은 아닌 것 같았지만.

5

"제안이 있습니다. 아니, 부탁이라고 하는 게 적절할까요?"

며칠 뒤의 일이다. 그 형사 두 사람이 교코의 아파트를 찾아와서는 그런 말을 꺼냈다.

오늘 역시 말을 많이 하는 쪽은 나이 든 형사였다. 젊은 형사는 끼어들지 않고 가만히 앉아 있다.

"쓰카다 가즈히코를 만나주셨으면 합니다. 가능하시겠습니까?"

뜻밖의 전개였다.

"제가 그 사람을 만나서 어떻게 하라는 거죠?"

“그 사람의 반응을 보고 싶습니다.”

형사는 솔직하게 말했다.

“그 사람은 연극을 잘한다고 해야 하나, 텔레비전에서 보셔서 아시겠지만 그런 인간입니다. 어지간해서는 진짜 얼굴을 드러내지 않겠죠. 하지만 좋은 기회입니다. 부디 그 사람을 한번 만나주지 않겠습니까? 준비는 우리 쪽에서 하겠습니다.”

교코는 힘없는 목소리로 말했다.

“하지만 무슨 핑계로 만나죠?”

“핑계는 필요 없습니다.”

형사는 안심시키려는 듯이 말했다.

“그 사람과 모리모토 노리코는 지금 두 가지 사건의 참고인으로, 우리한테 조사를 받고 있는 신분입니다. 그러니 그 사람들을 부를 때 들러주면 됩니다. 부탁드려도 되겠습니까?”

교코는 상당히 오래 대답이 없었다. 또 넋이 나간 게 아닐까, 하는 생각에 걱정이 되었다.

교코가 일어서는 기척이 났다.

“죄송합니다. 잠깐 실례합니다.”

화장실로 간다. 요즘은 이럴 때가 종종 있다. 마음의 균형을 잃으면 몸에도 영향이 미치는 모양이다.

교코가 자리를 비우자 젊은 형사가 입을 제대로 벌리지 않고 이야기하듯 웅얼거리는 목소리로 말했다.

“반장님, 진심입니까?”

“진심이고말고.”

나이 든 쪽은 담배에 불을 붙였다.

"그렇지만 저 아가씨가 하는 이야기를 모두 믿는 건 아니겠죠? 아무리 생각해도 앞뒤가 맞지 않습니다. 조사를 해봐도 사가미 요시오하고 쓰카다 가즈히코가 대학 졸업 후에도 계속 만났다는 증거는 안 나오지 않습니까."

"아무리 조사해도라니, 과장이 심하군. 이제 겨우 이삼 일 알아본 거잖아."

젊은 형사는 머쓱해졌다.

"담배 끊지 않았어요? 또 입원하면 어쩌시려고."

일부러 후욱, 하는 소리를 내며 나이 든 형사가 담배 연기를 내뿜은 모양이다. 상당히 고집이 센 남자인 듯했다.

교코가 돌아왔다. 의자를 끌어당겨 살짝 걸터앉았다.

"괜찮습니까?"

"예. 죄송합니다. 이따금 현기증이 나서…."

밤에 제대로 잠을 자지 못하기 때문이다.

"저, 해보겠습니다."

교코가 대답했다.

"무섭지만 직접 만나보겠습니다."

형사는 기뻐했다. 어린애를 어르는 듯한 말투로 교코의 협력에 대해 감사를 표했다.

"자세한 내용은 따로 연락드리겠습니다. 아, 그런데 아마미야 씨, 한 가지 더 뻔뻔스러운 부탁이 있는데요."

"뭔가요?"

"아까부터 계속 머리가 아픕니다. 진통제 갖고 계신 게 있다면 하나 얻을 수 있을까요?"

교코가 알았다고 하며 약상자가 있는 안쪽 방으로 갔다. 젊은 형사가 또 속삭였다.

"순 거짓말. 반장님은 술이 덜 깼을 때 이외에는 머리 아픈 일이 없잖아요."

"그때하고 자네가 말을 안 들어먹을 때뿐이지."

교코가 약상자를 통째로 들고 왔는지, 테이블 위에 내려놓는 소리가 들렸다. 뚜껑을 열었다.

"저는 늘 두통이 있어서—. 약이 여러 가지 있습니다. 어느 게 좋으시겠어요?"

나이 든 형사는 버퍼린(Bufferin)을 골랐다. 교코는 그에게 미지근한 물을 가져다주었다.

"약은 미지근한 물하고 먹는 게 제일 좋죠."

그렇게 말할 때는 요시오가 살았을 당시 그를 챙겨주던 교코의 모습이 잠깐 돌아온 듯했다.

그날 저녁, 교코는 외출했다. 어디로 가는 건가 싶었더니, 전차를 갈아타고 도심 쪽으로 나온 모양이다.

제법 시끄러운 곳이구나, 라고 생각하는데 주위에 여러 명이 몰려 있는 듯한 사람들의 말소리가 들렸다.

"주느비에브도 엄청 잘되네."

그랬다. 여기는 쓰카다 가즈히코가 운영하는 레스토랑이었다.

아이러니하게도, 그가 살인 혐의를 받게 되면서 가게에는 오히려 손님들이 밀려들었다고 한다. 가게 주위를 둘러싸고 있는 사람은 아마 취재기자나 카메라맨, 텔레비전 리포터들인 모양이다.

주느비에브는 쓰카다 가즈히코 혼자만의 가게가 아니다. 공동 경영자가 있다. 그 사람도 기뻐할 거라 생각했는데, 의외로 그렇지도 않은 모양이었다. 두 번 정도, 영업에 지장이 있으니 가게 앞길을 터달라고 고함치는 소리가 들렸다.

교코는 30분가량 기다린 뒤 창가 자리에 앉아 커피와 가벼운 식사를 주문했다. 음식이 나왔을 때, 가게 출입구에서 한바탕 큰 소란이 일었다.

쓰카다 가즈히코가 온 모양이다.

"저도 뭐가 뭔지 모르겠습니다. 저는 누구보다 사나에를 죽인 범인이 누군지 알고 싶은 사람입니다. 당연하지 않습니까?"

목소리가 꽤 좋다. 말투도 또렷하다. 이런 산뜻한 스타일의 남자가 요즘은 보기 드물기 때문에, 그것만으로도 여자들에게 인기가 많을지 모른다.

"보험금 따위 받을 생각도 없습니다. 사나에와 함께 보험에 든 것은 신혼여행 갈 때, 그렇게 해두는 게 마음이 놓일 거라는 생각이 들어서였습니다. 그뿐입니다."

그만 돌아가세요. 당신들은 사람을 얼마나 괴롭혀야 속이 시원합니까, 하고 고함을 치며 쓰카다 가즈히코는 재빨리 가게 문을 닫아걸었다. 리포터들의 떠드는 소리가 차단되었다.

그때, 교코의 손에서 스푼인지 포크인지가 떨어진 모양이다.

테이블에 뭔가가 닿는 소리가 들렸다.

교코는 멍하니 중얼거렸다.

"살해당했어."

주위 테이블에 있는 손님들이 힐끔힐끔 교코를 쳐다보고 있는 듯했다. 여자 손님의 '뭐야, 기분 나쁘게.' 라고 속삭이는 소리가 들려왔다.

교코는 불쑥 자리에서 일어났다. 내가 있는 백을 자리에 놔둔 채 발소리가 멀어져간다. 나는 깜짝 놀랐지만, 교코는 걸음을 멈출 생각이 없는 모양이다.

"여보세요?"

남자의 낮은 목소리가 들렸다. 곧이어 내가 들어 있는 백을 들고 가는 느낌이 들었다.

"이거 두고 가셨습니다."

방금 그 남자의 목소리다. 백을 들고 교코의 뒤를 따라간 모양이다.

하지만 교코는 대답하지 않았다. 그저 멍하니 멈춰 서 있는지도 모른다.

"어디가 안 좋으십니까?"

나직한 목소리의 남자가 그렇게 물었다. 교코는 또 중얼거렸다.

"살해당한 거예요…."

남자가 무슨 말을 해도, 다가온 점원이 음식값을 달라고 해도 교코는 그저 그 말만 반복할 뿐이었다. 남자의 손에서 백을 받아 들려고도 하지 않았다.

결국 말을 건 남자가 친절하게도 음식값을 지불하고, 교코를
데리고 밖으로 나왔다. 그가 '댁이 어느 쪽이십니까?'라고 물어
도 교코는 역시 대답을 하지 않았다. 보이지 않기 때문에 확실하
게는 알 수 없지만, 교코는 이 이름 모를 남자에게 반쯤 기댄 채
걷고 있는 모양이다.

"정신 차리세요. 걸을 수 있습니까?"

이따금 남자가 말을 걸었다. 그러면서 교코를 가게 밖 벤치에
앉혔다.

"댁이 어디세요? 몸이 좋지 않은 것 같으니 모셔다드리겠습니다."

낮은 목소리의 남자가 그렇게 말해도 교코는 대답이 없었다. 난
처했는지 남자가 '잠깐 실례합니다.' 하고, 교코의 백을 열었다.

백 안의 내용물을 뒤지는 손길이 왠지 무척 익숙하다는 느낌
이 들었다. 필요 이상으로 펼치지도 않고, 바로 안쪽 포켓 안에
있던 교코의 사원증과 운전면허증을 찾아냈다.

남자는 그대로 잠깐 손길을 멈추었다.

"댁이 시나초에 있군요."

백을 닫으며 남자가 부드럽게 타이르는 듯한 목소리를 냈다.

"여기 계세요. 차를 잡아올 테니. 알겠어요? 다른 데로 가면
안 됩니다."

남자는 택시로 교코를 아파트까지 데려다주었다. 교코가 집에
도착해 진정이 되고, 남자가 나간 뒤에야 나는 겨우 마음이 놓였
다. 친절한 남자지만 뭔가 흑심을 품지 않았다고는 할 수 없기
때문이다.

교코는 방 안에 앉은 채로 꼼짝도 하지 않았다. 밤이 되어 그 형사에게서 전화가 걸려오자, 그제야 자리에서 일어났다.

6

형사와 약속한 날, 교코는 아침부터 행동이 아주 이상했다.

경찰서에 도착했을 때, 일단 택시 요금 내는 걸 까먹을 뻔했다. 건물 안에 들어올 땐 계단에서 발을 헛디뎌 굴러 떨어질 뻔했는데, 보초를 서고 있던 경찰관이 겨우 막아주었다. 긴 복도를 걸을 때도 저절로 손에 힘이 풀려 백이 바닥에 떨어졌는데 집어 들려 하지도 않고 가버려, 지나가던 여경이 불러 세웠을 정도다.

그래도 약속 시간인 오후 2시 정각에 교코는 형사와 약속한 대로 복도 끝에 서 있었다.

멀리서 문 여는 소리가 들리고, 서너 명의 발소리가 어지럽게 다가왔다. 목소리도 들렸다.

"정말 어지간히 하십시오. 내가 대체 뭘 어쨌다는 겁니까?"

쓰카다 가즈히코의 목소리였다.

"아, 그렇게 안달하지 마시고."

웃으며 그렇게 말한 것은 그 나이 든 형사였다.

바로 그때, 약간 일부러 밝게 내는 듯한 목소리로 형사가 교코를 불렀다.

"아, 아마미야 씨. 안녕하세요? 조서는 이제 다 끝났습니다."

교코는 그냥 우두커니 서 있다. 형사가 쾌활하게 말을 이었다.

"아 참, 쓰카다 씨. 이쪽은 아마미야 씨라고 합니다. 쓰카다 씨가 아는 사람의 약혼자였던 분이죠."

"내가 아는?"

쓰카다의 목소리가 심각해졌다.

"누군가?"

"대학 후배입니다."

형사가 말을 이었다.

"사가미 요시오 씨죠. 기억하십니까?"

나는 백 안에서 쓰카다의 대답을 기다렸다. 스웨이드 가죽의 솜털이 곤두서는 기분이 들었다.

내게 묻어 있는 요시오의 피가 아직 온기를 지니고 있는 것처럼 뜨겁게 느껴졌다.

쓰카다가 대답했다.

"글쎄요…, 기억이 나지 않네. 그런 후배가 있었나?"

부자연스러운 말투는 아니었다. 당황한 기색이긴 했다. 마음이 놓이기도 하고, 실망스럽기도 한 묘한 기분에 휩싸여 나는 그의 표정을 상상해보았다.

그때 교코가 또 중얼거렸다.

"살해당했어."

"시간을 빼앗아 미안합니다. 어이, 쓰카다 씨를 아래까지 배웅해드리게."

나이 든 형사가 부하에게 명령하더니, 천천히 교코에게 다가왔다.

"아가씨, 쓰카다 씨는 사가미 씨를 기억 못하는 모양입니다."

나이 든 형사는 처음으로 교코를 '아가씨'라고 불렀다.

교코의 몸이 조금씩, 조금씩 앞뒤로 흔들리기 시작했다.

"쓰카다는 사가미 씨의 죽음과는 관계가 없습니다. 그건 당신의 망상이죠. 그런데 왜 그런 망상을 품게 되었죠? 쓰카다 씨의 이름이 살인 용의자로 오르내리게 되었을 때, 왜 당신은 갑자기 그를 가공의 범인으로 설정해버린 거죠?"

다른 형사가 옆으로 다가오는 기척이 났다.

"아마미야 씨, 당신이 사가미 씨를 죽였죠?"

교코는 백을 떨어뜨렸다.

"그래, 그 여자는 진술을 하고 있습니까?"

그렇게 질문한 것은 주느비에브에서 만났던, 그 낮은 목소리의 남자였다.

놀랐다. 그와 나이 든 형사는 서로 아는 사이였던 것이다. 그뿐만이 아니다. 낮은 목소리의 남자는 쓰카다 가즈히코와 모리모토 노리코의 관계를 밝혀낸 유일한 증거인 그 비디오테이프의 존재를 발견한 사립탐정이었다.

"헛소리처럼 이런저런 말을 하고 있네."

담배 연기를 내뿜으며 나이 든 형사가 중얼거렸다. 그가 뿜어낸 연기가 테이블에 놓인 나에게까지 밀려왔다.

"왜 죽였을까요?"

"워낙 정서적으로 불안정한 여자였지. 직장에서도 유명했네.

사가미 요시오는 그걸 알면서도 사귄 걸세. 보호 본능을 자극했을지도 모르지."

탐정은 '흐음.' 하고 소리를 냈다.

"사가미 건을 다시 조사해보니 조작된 사고라면 방법은 하나밖에 없고, 그 방법을 쓸 수 있는 사람은 그 여자뿐이라는 걸 바로 알 수 있었네."

"어떻게 한 겁니까?"

"간단해. 진정제를 먹인 거야. 먹으면 졸린다며 사가미가 평소에 피하던 상표의 약을 골라서. 아직도 그 약의 패키지가 그 여자 약상자에 남아 있더군."

깜짝 놀랐다. 그렇게 된 거였나?

"그가 그 상표의 약을 피했다는 사실은 직장 동료들도 다들 알고 있었네. 그 여자가 모를 리 없지. 아마 커피에 섞어 먹였을 걸세."

탐정이 말했다.

"명백한 살의가 있었다는 생각은 들지 않는군요. 미필적 고의라고 할까."

그렇다. 맞다. 그날 밤, 요시오와 이야기를 끝낼 때 교코가 '나 자기 말을 믿고 도박을 걸어볼게.' 라고 한 게 그런 의미였던가? 이렇게 하는데도 만약 네가 죽지 않는다면 나는 다시 널 믿겠어—.

"자기가 죽여놓고도 그 사람이 없는 삶을 견딜 수가 없었던 거지. 그리고 어느 틈엔가 죽인 사람은 자기가 아니다, 다른 누군가에게 살해당한 것이다—. 이렇게 믿게 되었고, 그 망상 속으로

도피해 현실과 타협한 거지.”

“그때 쓰카다가 등장했군요.”

탐정이 쓴웃음을 지었다.

“범인으로 삼기 딱 좋은 사람이니까. 그랬군요. 처음 아마미야 교코의 백 안에서 반장님 명함을 발견했을 땐 이게 어떻게 된 건가, 하는 생각이 들었는데 말입니다.”

“사가미 건에 관해서는 거기까지야. 쓰카다하고는 관계가 없어. 그러나 쓰카다 녀석 사건은 별개야.”

“자신이 있으신 것 같군요.”

“밀어붙여보는 수밖에 없지.”

“뒤지면 결정적인 물증이 나오기라도 한다는 겁니까?”

탐정의 말투엔 슬쩍 야유하는 듯한 느낌이 섞여 있었지만, 내가 생각하기에 그건 형사에 대해서가 아니라 이 사건 전체에 대해 야유하는 것처럼 들렸다.

“모르지.”

형사는 순진하게 말했다.

“이 사건은 솔직하게 수사를 했다간 해결이 나지 않을 것 같은 기분이 드네. 실은 아주 신경 쓰이는 문제가 하나 있어.”

“뭡니까?”

“없어진 게 있어.”

“없어진 것이?”

“그래. 네 명의 피해자 시체에서 뭔가 하나씩 사라져버린 거야. 눈치 못 챘나?”

"그러고 보니 반장님은 모리모토 류이치의 넥타이핀 문제를 무척 신경 쓰셨죠."

"그래. 그게 시작이지. 넥타이핀 같은 게 그리 간단하게 빠지지는 않지."

탐정이 웅얼거리는 투로 말했다.

"쓰카다 사나에는 반지가 사라졌고…."

"오타 이쓰코는 코트 단추가 뜯겨나갔지."

"가사이 미치코는요?"

탐정의 질문에 형사는 목소리를 낮춰 대답했다.

"이건 매스컴에 흘러나가면 안 될 정보야. 그 여자는 머리카락이 잘려 있었다네."

"머리카락이—?"

"묘하지?"

탐정은 아무 말 없이 고개를 숙인 채 생각에 잠겼다. 두 남자의 표정은 묘하게 닮았다. 그리고 그 진지한 눈매에서 나는 문득 교코의 얼굴을 떠올렸다. 언제나 저렇게 진지한 표정만 짓던 교코.

탐정이 중얼거리듯 말했다.

"겉으로 드러난 것보다 복잡한 사정이 있는 사건일지도 모르겠다는 말씀입니까?"

형사는 허름한 양복을 걸친 어깨를 움츠렸다.

"몰라. 모르는 것투성이야."

탐정이 말했다.

"지금까지는 그렇죠, 아직은."

두 남자는 말없이 담배를 피웠다. 조금 뒤, 피우던 담배를 비벼 끄고 일어나며 낮은 목소리의 탐정이 물었다.

"얘기가 앞으로 되돌아갑니다만, 이번 살인사건의 계기가 뭐죠? 교코가 사가미를 죽이려 한 데는 무슨 계기가 있었을 것 아닙니까?"

나이 든 형사는 나를 집어 들고, 지폐 넣는 곳에서 습자지에 포장된 그 수수께끼의 물건을 꺼내 펼쳤다.

그제야 나도 알게 되었다.

요시오는 이런 걸 버릴 수 없는 남자였다. 신심이 깊었으니까. 무슨 일에나 미신처럼 길흉을 따졌기 때문에.

낡은 부적이나 길에 떨어진 부적은 약간의 새전(賽錢 : 신령이나 부처 앞에 바치는 돈—옮긴이)과 함께 신사(神社)의 새전 상자에 '되돌려주는' 것이 제일 좋아. 사가미는 그렇게 말한 적이 있다.

"이걸 보고 교코는 사가미에게 다른 여자가 있다는 망상에 대한 확실한 근거를 발견했던 거지."

형사가 말했다.

불쌍한, 불쌍한 교코.

그날, 요시오가 커피숍에서 주운 것은 스이텐구(水天宮 : 후쿠오카 현 구루메 시에 있는 신사. 순산을 기원하는 곳으로 전국에 분사가 있으며 도쿄에도 있다—옮긴이)의 순산 기원(順産祈願) 부적이었다.

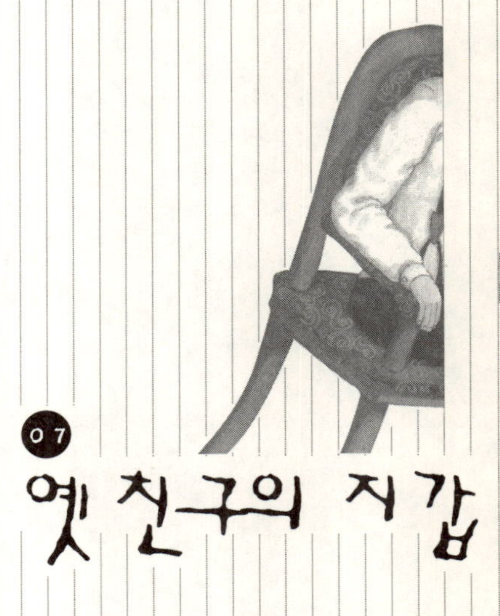

07

옛 친구의 지갑

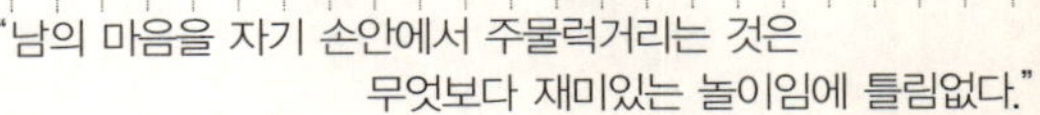

"남의 마음을 자기 손안에서 주물럭거리는 것은
무엇보다 재미있는 놀이임에 틀림없다."

1

“저는 하지 않았습니다.”

미무로 나오미는 그렇게 말했다. 이번이 네 번째. 주장은 변함이 없었다.

“고집이 세구나.”

불쾌하다는 듯한 목소리가 들렸다. 그는 이곳의 사복 경비원이다. 목소리로 미루어 쉰 살 정도. 특별히 크게 화를 내고 있지도 않은데, 말하는 중간 중간 씩씩거리는 소리가 섞였다. 심장이 좋지 않거나 아니면 비염이 있는 사람일까.

슈퍼마켓 안에 흐르는 밝은 BGM이 드문드문 들려왔다.

“자, 미무로. 고개 숙이지 말고 선생님 얼굴을 봐.”

내 주인은 여느 때처럼 약간 낮은 목소리로 말했다.

나오미는 시키는 대로 한 모양이다. 약간 시간이 걸렸지만.

내 주인은 살짝 어깨를 펴고, 위엄 있게 보이려 했다. 학교에서 소식을 듣고 서둘러 웃옷을 걸치고 뛰어나올 때보다는 훨씬 침착했다.

“넌 훔치지 않았지?”

나오미가 냉큼 대답했다.

"예, 절대로 그러지 않았어요. 저 사람이 저를 진짜 범인하고 혼동한 거예요."

'저 사람'이라고 불린 경비원은 요란한 소리를 내며 코를 풀었다. 음, 비염일 가능성이 농후했다.

그 경비원이 코 막힌 소리로 말했다.

"가만두면 안 되겠군. 정말 창피한 줄도 모르는 녀석일세. 선생, 당신 도대체 어떻게 교육을 시키는 거요."

주인이 일어섰다.

"창피한 줄도 모른다는 게 무슨 소립니까? 귀에 거슬리는군."

"그러니까 그렇다고 할 뿐이지. 이봐, 선생. 지금 어떤 상황인지 잊으면 곤란하지. 나는 말이야, 이 여자애가 훔친 물건을 손에 들고 있는 현장을 봤어. 그래서 쫓아와서 잡았지. 분명히 이 녀석이었어. 나도 이게 직업이야. 사람을 잘못 볼 리가 없지."

"잘못 봤다니까!"

나오미가 소리를 질렀다.

"너무해! 처음부터 내가 한 거라고 우기기만 하잖아!"

경비원도 목소리가 거칠어졌다.

"우기는 게 아니야. 이 눈으로 봤어! 언제까지 잡아뗄 작정이지?"

내 주인은 얼른 움직여 두 사람 사이를 가로막고 섰다. 덤벼들거나 상대방을 잡아채려는 것은 나오미 쪽인 모양이다. 내 주인이 말리자 나오미는 으앙, 하고 울음을 터뜨렸다.

"어린애입니다. 겁을 주면 어떻게 합니까?"

"겁을 좀 주는 게 낫지. 이런 꼬맹이는."

주인의 두 팔이 부들부들 떨렸다. 나는 그의 웃옷 안주머니에 있는데도 그게 느껴졌다. 심장 고동이 빠르다.

"증거는 있습니까?"

불쑥 그렇게 물었다.

"이 애가 훔쳤다는 게 지금 어디 있습니까? 애가 갖고 있습니까?"

순간 경비원은 수비로 돌아섰다.

"그게―, 여긴 없고."

"없다고요? 없다니, 그럼 어디 있습니까?"

주인의 목소리가 커졌다.

"얘가 도망치는 중에 어디다 숨겼겠지. 약삭빠른 녀석이니까."

이제 내 주인은 이를 갈고 있었다.

"말도 안 되잖아. 이렇게 근거도 없이 애를 의심해도 되는 겁니까?"

경비원이 날카롭게 대답했다.

"간단하지. 난 저 애가 훔치는 장면을 이 눈으로, 이 두 눈으로 똑똑히 봤어. 그러니 의심할 수 있지. ―아니, 의심이 아니라 그건 사실이야."

한마디씩 강조하듯이 말하고 나서 요란하게 콧방귀를 뀐 뒤 내뱉듯 말을 이었다.

"게다가 말을 걸었더니 도망치더군. 미리 말해두지만 나는 '살짝' 말을 걸었을 뿐이야. 처음부터 '도둑이야!' 라고 한 게 아니라고. 그런데 애는 후다닥 도망쳤어."

훌쩍거리는 나오미에게 내 주인은 부드럽게 물었다.

"미무로, 말을 걸었을 때 왜 도망쳤니?"

나오미는 더듬더듬 대답했다.

"그야… 무서워서…요."

"왜 무서웠지?"

"저 사람한테 이상한 짓을 당하는 게 아닌가 싶어서."

경비원은 '으엑!' 하는 소리를 질렀다.

"얼마 전에도 역에서 그런 일이 있었어요. 모르는 사람이 말을 걸기에—, 길을 묻는 건지 알고 다가갔더니 기분 나쁜 소리를 했어요."

안주머니 속에서 나는 약간 왼쪽으로 당겨지는 걸 느꼈다. 나오미가 내 주인의 오른쪽 소매를 잡고 있기 때문이리라.

"그래서 무서워서…."

속삭이듯 이야기하는 나오미의 말을 다 듣고, 내 주인은 말이 없는 경비원 쪽을 휙 돌아보았다.

"어떻습니까? 사소한 오해일지도 모르지만, 말이 안 되는 건 아니군요."

"나중엔 무슨 말이든 할 수 있지."

"당신은 그렇게밖에 생각을 못합니까?"

"내 말은 사실이야!"

"증거가 어딨어!"

나오미가 외쳤다.

"아니, 요 녀석이—."

“그만두세요!”

내 주인의 왼손에 탁, 하고 뭔가가 부딪쳤다. 경비원의 손일지도 모른다. 어찌 되는 걸까 걱정하는데, 다른 사람의 당황한 목소리가 끼어들었다.

“무슨 일입니까? 왜 그래요?”

다른 경비원인 모양이다. 그의 개입으로 상황은 진정되었지만, 비염을 앓는 경비원의 콧김은 작은 불이라면 꺼버릴 수도 있을 만한 기세였다.

끼어든 다른 경비원은 훨씬 이성적으로 이야기했다. 그 사람의 말에 따르면 비염 경비원은 신참이고, 대형 슈퍼마켓 ‘로렐’에서 물건 훔치는 현장을 붙잡은 것은 이번이 두 번째라고 한다.

“그래서 제 착각이라는 겁니까?”

비염 경비원은 선배 경비원에게 항의했다. 상대는 냉정했다.

“일을 처리하는 데 있어서 지금 자네 태도가 적절치 못하다는 거야.”

비염 경비원은 우물우물 뭐라 중얼거리더니 입을 다물었다. 내 주인은 누구에게나 들릴 정도로 한숨을 내쉬었다.

“감사합니다. 이분은, 우리 이야기를 전혀 들으려 하지 않았습니다.”

선배 경비원은 정중하게 사과하고, 사실 관계를 확인하더니 비염 경비원에게 물었다.

“그래, 자네가 훔치는 현장을 봤다는 상품이 뭐지?”

“미니어처 가든입니다.”

4층 완구매장에 있는, 정교한 플라모델 같은 거라고 한다. 선배 경비원이 지시하자 비염 경비원은 그것과 똑같은 것을 가져왔다.

"비싼 겁니까?"

내 주인이 물었다.

"이 세트가 5천8백 엔입니다. 애들 장난감이라기보다는 취미용이거든요. 수집가들 대부분은 어른입니다."

"이게 애들이 만져볼 수 있는 곳에 있는 겁니까? 쇼케이스도 없이?"

"그렇습니다. 분명 진열 방법에도 문제가 있긴 합니다."

나오미가 신경질적으로 말했다.

"그런 거야 아무래도 상관없잖아. 선생님, 전 도둑이 아니에요! 어떻게 진열되어 있었는지는 관계없다고요!"

내 주인이 달랬다.

"아무도 네가 훔쳤다고 단정한 건 아니야."

내 주인은 교단에 서서 미적분을 가르칠 때처럼 명료한 목소리로 말했다. 그리고 경비원 두 사람에게 말했다.

"우리 입장에서는 학생의 말을 대뜸 거짓말로 단정할 수는 없습니다. 얘가 아니라고 하는 이상 사실을 밝히지 않으면—."

선배 경비원이 말했다.

"그렇죠. 그럼 어떻게 하시겠습니까?"

"오늘은 일단 돌려보내주세요. 나중 일은 제가 책임지고 처리하겠습니다."

“우린 그렇게는 못하지.”

비염 경비원이 끼어들었다.

“사실 관계가 확실해질 때까지 처리를 보류해두는 정도는 가능하죠.”

선배가 바로 가로막았다.

“그렇게 해주십시오. 제 연락처는—.”

내 주인은 가슴 안주머니에서 나를 빼더니 명함을 꺼냈다. 그제야 비로소 나도 관계자들의 얼굴을 볼 수가 있었다.

비염 경비원은 비염에 걸린 불도그 같은 얼굴을 하고 있었다. 미무로 나오미는 눈언저리가 빨개진 채, 오른손에 손수건을 움켜쥐고 있었다.

그 애는 교복 차림이 아니었다. 체크무늬 재킷에 무릎이 드러난 스커트. 재킷 주머니에는 덮개가 있고, 예쁜 꽃 모양 단추가 달려 있다. 액세서리를 겸하는 모양이다.

문제의 상품인 ‘미니어처 가든’ 이라는 물건은 작은 상자에 담긴 정원 같은 것이었다. 선배 경비원 말로는 이것 외에도 몇 가지 종류가 더 있는 모양인데, 지금 것은 미국 영화에 등장하는 교외 주택가 같은 마을 모습을 본뜬 것이다. 잔디도 인공 잔디 같은 것을 심어놓았다. 녹색으로 색칠만 해놓은 게 아니다. 왼쪽 끄트머리의 파란 지붕을 한 집 앞에 세워져 있는 빨간 자동차는 십 엔짜리 동전의 지름 크기밖에 안 되지만, 금속 부분이 천장의 형광등 불빛을 받아 반짝반짝 빛나고 있다. 손으로 들어보면 무게도 제법 나갈 게 틀림없다.

"어차피 지갑을 꺼냈으니 선생이 5천8백 엔을 지불하는 건 어때요? 그러면 다 해결되지 않나?"

선배 경비원이 무서운 목소리로 말했다.

"자네가 훔쳤다고 주장하는 물건은 발견되지 않았어."

"얘가 어딘가에 숨겨둔 겁니다."

그러자 내 주인은 나를 주머니 안에 다시 집어넣으며 또렷하게 말했다.

"내가 지금 순순히 대금을 지불하면 학생이 훔쳤다는 걸 무조건 인정하게 되는 셈이니, 그렇게는 할 수 없습니다."

"뭘 모르는군, 선생. 참 순진하긴. 난 봤어."

내 주인은 경비원을 등졌다.

"자, 미무로, 그럼 이만 가자."

2

"상당한 신뢰를 받고 있는 거네."

그날 밤의 일이다. 저녁식사를 하면서 내 주인이 무슨 일이 있었는지 차근차근 이야기하자, 구니코 씨가 먼저 그렇게 말했다.

구니코 씨는 내 주인의 부인이다. 내가 그녀에게 경의를 표하며 '씨' 자를 붙여 부르는 까닭은 친구들과 나란히 진열되어 있던 쇼케이스에서 나를 선택한 사람이 그녀였기 때문이다.

그때 구니코 씨는 이렇게 말했다.

나이가 어느 정도 들면 가죽제품은 싼 걸 갖고 다니면 안 돼.

그게 3년 전의 일이다. 그때 이 부부는 신혼이었다. 33세와 30세의 신혼 커플이라 들떠 있지는 않았지만, 그래도 제법 애교 있는 목소리로 말했다.

내 주인은 자기 아내를 지금도 '구니코 씨'라고 부른다. 구니코 씨는 남편을 '저어' 또는 '잠깐' 하고 부르거나, 때로는 '유짱'이라고 부를 때도 있다. 이런 호칭은 부부의 권력 관계를 그대로 드러내는 것 같다.

좀 늦었지만 내 주인의 이름을 소개하겠다. 미야자키 유사쿠. 공립 고등학교의 수학교사다. 지금은 1학년 A반 담임을 맡고 있으며, 남녀 학생 32명을 돌보고 있다.

그리고 나는 아시다시피 그의 지갑이다. 결국 세대주의 지갑인 셈이지만, '나는 미야자키 집안의 지갑이다.'라고 자신 있게 말할 수 없는 것은 모든 살림을 구니코 씨가 장악하고 있기 때문이다. 그녀도 이 지역 정시제 고등학교의 교사인데, 지금은 출산 휴가 중이다. 구니코 씨의 뱃속에는 이 부부의 첫아기가 있다.

"신뢰를 받고 있다니, 누가?"

접시와 찻잔을 모아 싱크대로 옮기면서, 주인이 물었다. 구니코 씨는 몸을 돌려 주방 의자 등받이에 기대면서 둥근 배를 쓰다듬었다.

"빤하잖아, 유짱. 훔치는 현장을 들킨 학생이 부모가 아니라 담임선생님을 불러달라고 요구하다니, 드문 일이지. 게다가 그 학생은 당신이 올 때까지 아무 말도 하지 않았다면서?"

소매를 걷고 거품이 잔뜩 인 스펀지를 움직이면서 주인은 고개를 저었다.

"그건 내가 특별히 신뢰를 받고 있기 때문이 아니야. 미무로네 집엔 사정이 좀 있어."

"부모 사이가 좋지 않은 건가?"

"아니야. 들은 이야기론 그 반대야. 아버지가 은행원인데, 미무로가 우리 고등학교에 합격한 뒤 곧바로 삿포로 지점장으로 영전이 됐대. 하지만 미무로는 어떻게든 도쿄에서 고등학교를 다니고 싶다며 홋카이도로 가는 건 싫다고 고집을 부렸지. 어머니는 아버지를 혼자 지내게 할 수는 없으니 자식인 네가 따라오라고 설득했는데, 그 애가 듣지를 않은 모양이야."

"그럼 부모와 따로 살고 있는 건가?"

"그래. 큰아버지 집에서 신세를 지고 있어. 그래서 그 애도 물건을 훔쳤다는 의심을 받았을 때 가족한테는 연락하기가 힘들었던 거지."

구니코 씨는 배를 쓰다듬으며 말했다.

"흐음, 그랬어? 하지만 그 애 어머니 심정은 이해가 되네. 나도 멋대로 고집을 부리는 딸보다는 남편을 선택할 거야. 진짜야."

내 주인은 웃었다.

"아기 얼굴을 보면 달라질걸. 나란 존재가 있는지도 모르게 되지 않을까?"

"지금도 그럴 때가 있는걸. 당신은 워낙 조용해서, 없는 줄 알고 문득 돌아보게 될 때가 있어."

"내가 무슨 유령이야?"

식기를 다 닦더니, 주인은 차를 끓였다. 구니코를 위해서다. 착실한 남편이다.

입술을 삐죽 내밀어 뜨거운 김을 후후, 불면서 구니코가 말했다.

"저어, 실제로 당신은 어떻게 생각해? 그 미무로란 학생이 결백하다고 생각해?"

내 주인은 살짝 고개를 꼬았다.

"결백하다고 믿고 싶지."

"그러니까, 희망 사항인 거야? 단언할 수는 없고?"

"결정적인 증거가 없으니까."

구니코 씨는 천천히 고개를 끄덕였다.

"그 경비원 태도가 너무 무례하고 말도 안 된다고 생각하지만, 그 사람이 단순한 착각만으로 소란을 부렸다고는 생각하기 힘들어."

"그걸 어떻게 조사하지? 진상을."

"슈퍼마켓 쪽에서는 가게 안을 뒤져서 잃어버린 물건을 찾아본대. 그 결과 잃어버린 물건이 나오면 단서가 될지도 모르지. 난 다시 미무로하고 이야기를 해볼 거야. 전후 사정을 제대로 파악하지 못했으니까."

구니코 씨는 천장을 올려다보며 중얼거렸다.

"그 애, 정말로 훔친 걸지도 모르겠네."

"응."

"어쩌면 전혀 상관도 없는데 누명을 썼을 뿐인지도 모르고."

"그래."

"어쩌면 훔치려다가 직전에 생각을 바꿨을지도."

“으음. 그건….”

“또 훔치지는 않았지만, 그렇게 의심받을 수밖에 없는 행동을 했을지도 모르고.”

“하긴, 그럴 수도 있겠지….”

“저어, 유짱. 내가 지금 무슨 생각 하는지 알아?”

“또 안미쓰(삶은 완두콩과 우무 따위를 넣어 맛을 낸 것에 팥소를 얹은 음식—옮긴이)가 먹고 싶어졌어?”

구니코 씨가 키득키득 웃었다.

“그건 입덧할 때 이야기지.”

그때 구니코 씨는 밤중에 벌떡 일어나 ‘유짱, 나 안미쓰 먹고 싶어.’ 라고 말씀하신 적이 있다.

구니코 씨는 웃음을 지웠다.

“쓰카다 씨 생각을 했어.”

내 주인은 말없이 아내를 바라보았다. 구니코 씨는 큼직한 배를 안고, 몸을 내밀며 내 주인 쪽으로 얼굴을 디밀었다.

“저어, 유짱. 난 지금 당신 이야기를 듣고 무척 기뻤어. 당신은 냉정해. 앞뒤 가리지 않고 미무로를 꾸짖은 것도 아니고, 그렇다고 해서 맹목적으로 그 애를 감싼 것도 아니야. 아주 명확한 태도를 취했다고 생각해. 내가 보기에도 훌륭해.”

“—고마워.”

“그런데 왜 쓰카다 씨 얘기만 나오면 갑자기 감정적이 되는 거지?”

내 주인은 구니코 씨에게서 고개를 돌리더니, 꺼져 있는 텔레비전 화면을 바라보았다.

"쓰카다 사건—. 아니지, 그에게 일어난 사건이 아니라 그의 아내한테 일어난 사건이지. 가장 슬픈 건 쓰카다야."

"난 그런 이야기를 하는 게 아니야."

"알아."

내 주인은 약간 짜증스러운 듯이 말했다. 그가 구니코 씨에게 이런 태도를 취하는 건 이 문제를 갖고 이야기할 때뿐이다.

구니코 씨는 뭔가 더 이야기를 하려다 생각을 바꾼 듯 입을 다물었다. 기분이 나빴기 때문이 아니라 남편의 기분을 상하게 하면서까지 얘기를 계속할 생각은 없었기 때문이다.

조금 있다가 내 주인이 툭 내뱉었다.

"정황 증거뿐이야. 그걸로 쓰카다를 단죄하는 건 잘못이지."

잠시 두 사람 다 말이 없다가, 이번에는 구니코 씨가 말했다.

"맞아."

내 주인은 발끈한 것이 멋쩍었던지 슬쩍 웃었다.

"정말로 안미쓰 먹고 싶지 않아?"

3

이튿날.

내 주인은 나를 두고 출근해버렸다. 힘들게 청소를 하고 있던 구니코 씨가 옷걸이 선반 위에 놓여 있는 나를 발견한 것은 점심 때가 다 되어서였다.

"어머, 이런."

구니코 씨는 웃으며 뱃속의 아기에게 말을 걸었다.

"네 아빠는 덜렁이란다. 지갑도 없이 어떡하나?"

뭐 알아서 하겠지.

오후 1시쯤 구니코 씨의 어머니가 짐을 잔뜩 들고 찾아왔다. 구니코 씨가 출산휴가를 낸 뒤 일주일에 한 번은 이렇게 와서 둘이 점심을 먹는 게 습관이 되었다.

모녀는 초밥에 떡에 바나나에 우유, 그리고 오코노미야키까지 배불리 먹으며 실컷 수다를 떨었다.

두 사람이 식사 후 카페인 없는 커피를 마시고 있을 때, 텔레비전 와이드 쇼 프로그램이 시작되었다. 오늘도 첫 화제는 쓰카다 가즈히코 사건일 것이다. 나는 선반 위에서 그걸 듣고 있었다.

"연일 전해드리는 보험 살인사건 의혹 속보입니다—."

의혹이라고 떠들지만 텔레비전은 이미 쓰카다 가즈히코를 범인으로 지목하고 있다. 어느 리포터나 경찰은 왜 이리 꾸물거리고 있느냐는 듯한 말투다.

"아니, 구니코. 너 또 비디오 녹화를 하고 있는 거냐?"

어머니가 물었다.

"예."

"네 남편이 보는 거야?"

"그래요. 아주 진지하게요."

구니코 씨가 대답하며 살짝 한숨을 내쉬었다.

"무척 신경 쓰이는 모양이구나."

"마치 자기 일처럼 열심히. 이런 식의 의혹 보도는 용서할 수 없다며 화를 내고 있어요."

여기서 조금 설명이 필요하겠다. 쓰카다 가즈히코란 남자에게 씌워진 의혹이 무엇인가에 관하여.

아주 복잡한 이야기는 아니다. 쓰카다 가즈히코라는 36세의 남자가 모리모토 노리코라는 여자와 공모해서 서로의 아내와 남편을 살해하고, 그 살인사건을 눈치 챈 쓰카다의 전처와 모리모토 류이치의 단골 호스티스인 가사이 미치코의 입을 막아 보험금을 타내려 했다는 혐의를 받고 있는 것이다. 이 문제에 관해서는 이미 충분히 보도가 되었다.

쓰카다 가즈히코와 모리모토 노리코는 두 사람이 애인 관계라는 사실을 인정하고 있다. 그것은 분명한 사실이다.

"노리코 씨와 애인 관계면서 왜 사나에 씨와 결혼한 거죠?"

이런 질문에 가즈히코는 이렇게 대답했다.

"사나에를 배신하고 싶지 않았죠. 그녀와 결혼하면 노리코를 잊을 수 있을 거라고 생각했던 겁니다."

이기적이기는 하지만 그런 심리가 이해되지 않는 것은 아니다.

가즈히코가 노리코를 처음 만난 것은 전처인 이쓰코와 결혼하고 얼마 되지 않았을 무렵이라고 한다. 그때 노리코는 보험대리점에 근무하고 있었는데, 가즈히코는 거기에 들른 손님이었다. 그가 막 주느비에브의 공동 경영자가 되었을 무렵이기도 했다.

"전 그 사람을 좋아하게 되었죠. 하지만 이미 부인이 있어서…. 그래도 상관없다고 사귀다가 반년 정도 지나 결국은 헤어졌습니다. 그리고 류이치와 결혼한 겁니다. 그런데 제가 류이치와 결혼하고 얼마 있다가 가즈히코 씨가 부인과 헤어지게 되었고⋯."

가즈히코의 전처 부친은 그 이혼의 원인이 가즈히코에게 애인이 있었기 때문이며, 그 애인은 노리코라고 단정했다.

가즈히코나 노리코 두 사람 다 정직했다. 자기들에게 불리한 이야기도 술술 털어놨다.

노리코는 이런 이야기까지 했다.

"류이치 씨가 살해되었을 때, 슬펐습니다. 하지만 잠깐 이런 생각도 했습니다. 아아, 이제 난 자유다. 어쩌면 이번에야말로 가즈히코 씨와 결혼할 수 있을지도 모른다, 라고요. 하지만 그때 이미 가즈히코 씨는 사나에 씨와 약혼을 해서 제가 아무리 사정을 해도 '우린 이제 헤어지는 게 낫다.' 며 고집을 부렸죠."

슬쩍 웃으며 '우리는 늘 타이밍이 어긋나기만 했죠.' 라고 했다.

게다가 또 한 가지, 최근에는 이런 사실도 드러났다. 쓰카다와 사나에의 결혼식에 노리코가 몰래 찾아가 쓰카다를 만나려 한 적이 있다는 것이다. 노리코는 '나는 약속을 잊지 않았어. 당신을 사랑하는 N.' 이라는 글이 적힌 명함을 사나에의 조카를 통해 전하려 했다. 소년의 이야기에 따르면, 그걸 알게 된 쓰카다는 크게 당황해 노리코에게 전화를 걸어 고함을 지르며 계획대로 잘될 때까지 접근하지 말라고 했다고 한다. 분명히 '계획' 이라는 말을 했다고 한다.

소년은 이런 사실이 있기 전부터 사나에와 쓰카다의 결혼에 불안을 느꼈다. 상당히 예민한 아이다. 하지만 주변 어른들은 소년의 말에 귀를 기울이지 않았다. 게다가 운 나쁘게도 그 명함을 불량한 녀석들에게 빼앗겨버렸기 때문에 소년은 그 증거를 내놓을 수 없는 상태였다.

그러나 소년은 포기하지 않았다. 자기 지갑을 훔친 불량소년들을 찾아내, 증언을 하게 하려고 애썼다니 대단하지 않은가.

그렇게 애쓴 보람이 있어서 소년은 불량소년들을 찾아낼 수 있었다. 싸움이 벌어져 오른쪽 팔을 골절당하는 어려움을 겪으면서도 훌륭하게 목적을 이루어냈다. 불량소년들의 이야기를 통해 그날의 노리코 행동이 드러났다. 이렇게 해서 그녀와 쓰카다가 공모했다는 방증이 또 하나 드러나게 된 것이다.

하지만 안타깝게도 사나에의 조카인 그 소년의 어린 집념이 결실을 맺은 것은 그토록 좋아하던 사나에 이모가 살해된 뒤였다. 나도 참으로 측은하다는 생각이 들었다. 구니코 씨도 와이드 쇼에서 이 이야기가 나오거나 사건에 관해 말하는 소년의 깁스한 팔이 화면에 비치면 괴로운 표정을 지으며 바라본다.

"그 '약속'은 누구와 결혼해서 가정을 꾸리더라도 마음 한구석으로는 언제나 나를 사랑하겠다던 그의 말을 가리킨 거였습니다."

노리코는 입에 손을 대고 애처롭게 이렇게 주절거렸다.

"쓰카다 씨가 사나에 씨와 결혼했을 때 포기할 생각이었지만, 미련이 남아 사나에 씨에게 전화를 걸어 심술궂은 소리를 한 적도 있습니다."

쓰카다도 노리코가 결혼식장에 찾아왔다는 사실, 그 문제로 그녀에게 전화를 걸어 말다툼을 했다는 사실은 인정하지만, 그 밖에 사나에의 조카가 증언한 일 같은 것은 없었다고 말했다.

"상처 입은 어린아이의 마음에, 이모의 죽음에 대한 책임을 누군가에게 빨리 묻고 싶어 초조한 거겠죠. 그 애를 위해서라도 경찰이 하루빨리 범인을 잡아주기를 바라고 있습니다."

대단한 바보인지, 천진난만한 건지, 정말 결백하기 때문에 무슨 말을 해도 두렵지 않은 건지, 자기들의 계획적인 살인에 절대적인 자신감이 있기 때문에 그러는 건지—어느 쪽일까?

두 사람을 둘러싸고 있는 상황은 캄캄하다. 더 이상의 어둠은 없다. 그렇지만 결정적인 단서가 될 물증(와이드 쇼 덕분에 일반화된 표현이다)이 아무것도 없기 때문에 공연한 소란만 반복하고 있다. 그런 와중에도 두 사람은 보기에 따라서는 당당하게 그런 소동을 견뎌내고 있었다.

오늘의 와이드 쇼에서는 가즈히코의 차 번호판 문제를 다시 언급하고 있었다. 극적인 진전이 없다 보니 사흘에 한 번 정도 비율로 같은 화제를 들춰내는 것이다.

이 이야기는 그 호스티스의 시체가 발견된 것과 관련이 있었다. 그 시체를 발견하는 데 결정적인 계기를 마련한 사람은 열아홉 살의 관광버스 안내양이었는데, 이 안내양이 전에도 그 발견 장소에서 어슬렁거리던 '쓰카다로 보이는 사람'을 보았다고 했다. 그뿐 아니라 그녀가 근무하는 관광버스에 그 남자가 손님으로 위장해 탑승한 적까지 있다고 했다.

하지만 그것은 어디까지나 '쓰카다로 보이는 사람'이지 '쓰카다녔다.'고 단언할 수는 없다고 한다. 늘 선글라스를 썼고, 때로는 가발도 쓴 것 같았기 때문에—라고 했다.

그래도 경찰은 다른 활로를 찾아냈다. 안내양이 '쓰카다로 보이는 사람'을 보았다고 했을 때 현장 근처에서 수상한 차를 목격한 노인을 찾아낸 것이다. 노인의 기억은 상당히 정확했다. 그가 이야기한 차의 모델과 색깔이 쓰카다 가즈히코의 차와 그대로 일치했다!

하지만—.

번호가 달랐다.

노인은 수상한 차의 번호를 정확하게 기억하고 있었다. 그 뒤로도 텔레비전에서 몇 번이나 보도된 번호다. 그것은 도쿄 도에 사는 한 회사 임원이 소유한 자동차 번호로, 도난신고가 되어 있었다. 정확하게 이야기하면, '번호판만 도둑맞았다.'는 신고가 되어 있었다.

번호판이라면 바꿔 달 수 있다. 분명히 그렇다. 하지만 쓰카다 가즈히코가 그랬다—고 단정할 수는 없다. 가즈히코의 차가 일본에 한 대밖에 없는 종류는 아니기 때문에.

게다가 문제의 번호판은 아직도 발견되지 않고 있다.

별생각 없는 표정으로 텔레비전을 보는 어머니에게 구니코 씨가 말했다.

"유짱은 말이에요, 이 쓰카다란 사람을 완전히 믿고 있어요."

"정말로?"

"예. 친구 사이라 그 녀석이 그런 짓을 하지 못할 놈이란 걸 난 누구보다 잘 알고 있어, 라고 하더라고요.”

그렇다. 이 골치 아프고 피비린내 나는 사건은 딱 한 가지 점에서만 평화로운 미야자키 집안과 관계가 있다. 쓰카다 가즈히코는 내 주인인 미야자키 유사쿠와 중학교 1학년 때부터 친구인 것이다.

4

그날 밤, 내 주인은 늦도록 집에 돌아오지 않았다. 연락도 없었다. 시곗바늘이 오후 9시를 넘어서자, 배짱 두둑한 구니코 씨도 역시 불안감을 드러내기 시작해, 여기저기 전화를 걸었다.

주인이 돌아온 것은 10시가 조금 지났을 때였다. 묵직한 소리를 내며 현관문을 열고—.

“나 왔어.”

“어서 와! 왜 이렇게 늦은 거야—.”

구니코 씨의 목소리가 흐려지더니, 이윽고 약간 겁먹은 기색을 띠었다.

“유짱, 당신 안색이 창백해.”

내 주인은 발을 질질 끌 듯 주방으로 들어오더니 털썩 주저앉았다.

“미무로가— 행방불명되어서.”

“뭐라고?”

깜짝 놀라는 구니코 씨의 팔을 잡고 앉히더니, 내 주인이 말을 이었다.

"괜찮아. 찾았으니까. 지금 병원에서 자고 있어."

"다쳤어?"

"손목을 긋고 자살하려고 했어. 집 근처 맨션 옥상에서."

그 애가 모습을 감춘 것은 점심때가 지나서였다고 한다.

"나도 깜짝 놀랐지…. 등교해보니 1학년 교실이 있는 층 게시판에 교내 신문 호외가 붙어 있더라고."

교내 신문이란 학교 '신문부'가 매달 한 번 발행하는 벽보 신문을 말한다.

"미무로 사건을 써놓았더군. 대체 어떻게… 어제 전화를 받고 슈퍼마켓으로 달려갈 때 학생들이 이상하게 여기지 않도록 신경을 쓴다고 썼는데."

으음, 나는 생각했다. 그런 배려가 반드시 성공했다고는 볼 수 없다.

구니코 씨는 남편의 손을 꼭 잡았다.

"다른 학생도 그 로렐이라는 데 갈 수 있는 거 아니야? 누가 그 현장을 봤는지도 모르지. 분명 그랬을 거야."

내 주인은 고개를 숙였다. 구니코 씨는 말을 이었다.

"그럼, 호외는 그 애를 범인 취급한 거야?"

"아냐. 오히려 죄가 없다며 분노하고 있더군. 미무로 이름은 나오지도 않았고."

"그럼 신문부가 미무로 편을 들어준 거네."

구니코 씨가 안심했다는 듯한 목소리로 말했다.

"그래, 신문부는. 그렇지만 그걸 읽은 학생들 반응은 그렇지가 않았어. 이름을 밝히지 않았어도, 애들은 이런 일은 냄새를 잘 맡거든. 미무로 이야기라는 걸 금세 눈치 챘지. 하긴, 문제를 제기한 녀석이 있었어. 프로 경비원이 그런 멍청한 착각을 할 리가 없다, 미무로에게 의심받을 만한 근거가 있는 게 틀림없다, 이런 식으로."

구니코는 눈을 깜빡거리고 있었다.

"이런 걸 뭐라고 하나? 역효과라고 해야 하나? 그러고 보니 그 앤 손버릇이 나빴다, 이런 일이 있었다, 저런 일도 있었다—재잘재잘, 재잘대는 거야. 여름방학 때 악기 준비실에서 플루트 하나가 없어져서 소동이 난 적이 있었지? 그것도 미무로가 한 짓이야, 라고 떠드는 녀석까지 나왔어. 아무런 근거도 없는데."

구니코 씨는 남편의 손을 잡고 잠시 아무 말이 없었다. 남편은 힘없이 고개를 숙이고 있었다.

"그래서 그 애는 견디지 못하고 학교를 뛰쳐나가 계속 죽을 곳을 찾아다녔던 걸까?"

"분명히 그랬을 거야. 일찍 발견되었기에 다행이지. 상처가 얕았어."

"부모한테 연락은?"

"했어. 바로 달려올 거야."

아아, 힘들다, 라고 중얼거리며 내 주인은 등을 쭉 폈다.

"측은하게 됐어."

"당신 때문이 아니야."

"애당초 나만이라도 미무로의 결백을 믿어줬어야 했어. 그랬다면 그런 일이 벌어져도 자살할 생각을 할 정도로 괴롭지는 않았을 텐데."

구니코 씨는 아무 말이 없다가, 이윽고 작은 목소리로 물었다.

"그럼, 지금은 그 애가 결백하다는 걸 믿어?"

"당연하지. 죽으려고까지 했는걸."

구니코 씨는 가만히 남편의 얼굴을 보며 방긋 웃었다.

"당신, 피곤해 보여. 목욕이라도 하는 게 나을 것 같아."

밤늦도록 두 사람은 깨어 있었다. 아무리 미무로 나오미가 살았다고는 해도 내 주인은 편하게 잠을 잘 기분이 아니었으리라. 나란히 이부자리에 들어가, 오랫동안 천장을 올려다보며 이야기를 나누었다.

"어제 당신과 그런 이야기를 해서는 아니지만, 오늘 미무로를 찾아 돌아다니는 동안 계속해서 쓰카다 생각을 했어."

"어떤 생각?"

"그 친구— 괴로울 거라는. 생각해봐. 하루하루가 오늘 미무로가 겪었던 것과 같은 상황이잖아. 그것도 온 일본이 그 친구를 비열한 살인자로 지탄하고 있어. 증거라고는 하나도 없는데. 있는 거라고는 억측과 정황 증거뿐인데."

구니코 씨는 당장은 아무 말이 없었다. 내 주인이 말을 이었다.

"쓰카다는 말이야, 내가 아는 쓰카다는 돈에 집착하는 그런 친구가 아니었어. 보험금을 노리고 사람을 죽이는 짓을 할 수 있는 친구가 아니야. 돈 같은 것 때문에—."

구니코 씨가 드디어 입을 열었다.

"그건 말이야, 유짱, 당신이 그런 사람이기 때문이야. 당신이 자기 기준으로 쓰카다 씨를 보기 때문에 그렇게 보이는 것뿐일 지도 몰라."

그렇다…. 나도 그렇게 생각한다.

월급이 많지 않은 교사이고, 이제 곧 아기가 태어나려 한다. 돈은 아무리 있어도 부족하지만, 얼마든지 원하는 대로 생기는 것은 아니다. 내 주인은 늘 나를 홀쭉하게 하고 다닌다. 이따금 내 안을 들여다보고는 살짝 한숨을 쉬기도 한다. 내가 항상 헐렁한 상태이기 때문에 약간 쓸쓸해져서 그런 건지도 모른다. 보름쯤 전, 고문을 맡고 있는 미술 동아리 학생들을 데리고 학교 근처에 있는 신사(神社) 경내로 스케치를 하러 갔을 때, 그 신사에서 파는 '금전운(金錢運) 부적'이란 것을 사와 내 안에 넣어주었다. 나는 그걸 소중하게, 소중하게 지퍼가 달린 안쪽에 품고 있다.

부적이라고 해봤자, 내 주인의 새끼손가락 손톱 정도 크기밖에 되지 않는다. 조그만 개구리 모양의 도자기다. 그걸 지갑 안에 넣어두면 '돈이 알을 깐다.'고 한다. 미신이라기보다 시시한 농담에 가깝다. 그래도 내 주인은 그 작은 개구리를 소중하게 여기고 있다.

내 주인은 그런 사람이다. 돈이 없어 힘들어도, 이따금 약간 비참해져도 행운을 비는 작은 개구리를 지갑에 넣어두는 일 정도밖에 생각하지 못한다. 아주 상식적이고, 소심하고, 평범한 남자다. 그런 남자가 아무리 옛 친구라고는 해도 아내 이외에 애인을 두고, 번창하는 레스토랑의 공동 경영자로 화려하게 생활하는 남자의 가치관을 정말로 이해하거나 상상할 수 있을까?

지금 단계에서는 쓰카다 가즈히코와 모리모토 노리코를 단죄할 수는 없다. 아니, 그렇게 해서는 안 된다는 사실을 구니코도 잘 알고 있다. 그녀가 매일 와이드 쇼 프로그램을 녹화하는 것은 남편이 그걸 보며 방송에서 그럴듯하게 떠드는 '추리', '추측', '가설', '증언', '고백' 이란 것이 얼마나 예단과 편견과 오해로 가득 찬 것인가, 하는 걸 하나하나 지적하는 얘길 듣기 위해서였으니까.

신혼 여행지에서 스쿠버다이빙을 할 때, 쓰카다가 죽을 뻔한 사나에 씨를 보고만 있었다니. 그걸 누가 알아? 색안경을 끼고 보면 뭐든 그렇게 보이는 거야.

쓰카다가 학교 다닐 때 여자를 꼬드겨 돈을 뜯어내다니, 말도 안 돼. 우린 중학교, 고등학교를 내내 함께 다니고, 방학 때도 붙어 다녔는데. 나도 모르게 그런 짓을 했을 리가 없지. 저건 거짓말이야.

"당신 정말로 쓰카다 씨를 좋아하네."

구니코 씨가 조용히 말했다. 내 주인도 조용히 대답했다.

"응, 그렇지."

"왜 그렇게 좋아하지?"

"그 친구가 나를 남자로 만들어주었기 때문이겠지."

내 주인은 살짝 웃었다.

"물론 이상한 뜻은 아니야. 그렇지, 오히려 그 친구가 나를 사람으로 만들어주었다고 하는 게 나을지도 모르겠네."

"당신은 원래 사람이야. 그것도 아주 착한 사람."

고마워, 라고 말하고 내 주인은 잠깐 침묵했다. 구니코 씨가 시집을 때 가지고 온 괘종시계가 종을 한 번 울렸다.

"난 말이야, 열네 살 때까지 심하게 말을 더듬는 버릇이 있었어."

놀랐을 것이다. 구니코 씨가 고개를 들었다.

"정말?"

"응, 정말이야. 빵 가게에 가서 식빵을 하나 사기도 힘들었어. 외아들에다 소심해서인지…. 몸도 튼튼하지 않았고 말이야."

그래서 내 주인에게는 친구가 없었다고 한다.

"개를 기르고 있었어. 잡종이지만 영리하고 귀여웠지. 강아지 때부터 내가 키웠어. 이름이 데쓰였어. 데쓰가 있으면 나는 쓸쓸하지 않았지. 데쓰는 내가 아무리 말을 더듬어도 웃거나 놀리지 않았거든."

그런데 중학교 1학년 가을에 그 데쓰가 갑자기 행방불명이 되었다.

"새파랗게 질려서 찾아 돌아다녔어. 비가 왔지만 우산을 쓸 생각도 못했어. 정신이 없었지."

그때 '왜 그러니?' 하고 말을 걸며 도와준 사람이 쓰카다 가즈히코였다고 한다.

"그 친구 집하고는 가까웠지만 반도 다르고—, 게다가 그 친구는 무척 인기가 많았어. 미남이고, 운동도 잘하고 말이야. 머리도 나쁘진 않았어. 여자애들한테 인기가 있었지만 그걸 빼기지도 않았지. 그런 친구가 허둥대며 말도 제대로 못하는 내 얘기를 참을성 있게 듣더니, 함께 비에 흠뻑 젖으며 데쓰를 찾아다녀주었어."

"—찾았어?"

지금도 생각하면 괴로운지, 내 주인은 천천히 대답했다.

"찾았어. 근처에 문을 닫은 공장이 있었는데, 그 쓰레기장에서. 몸에 상처는 없었는데 들개를 잡으려고 놓아둔, 독이 든 음식을 먹은 건지도 모르지. 벌써 23년이나 된 이야기야."

내 주인은 데쓰의 시체를 그냥 버려둘 수 없었다. 하지만 아무 데나 묻으면 이내 파헤쳐지거나 벌레가 꼬일지도 모른다. 그것도 괴로운 일이다.

"그런데 쓰카다가 좋은 장소를 알고 있다고 했어. 그 친구는 그때 사진을 배웠는데, 이따금 아버지하고 촬영 여행을 했던 모양이야. 동네에서 그리 멀지 않은 곳에 자연보호림이 있었지. 거기라면 경치도 멋져 좋은 묘지가 될 거라고 했어. 그날은 토요일이었기 때문에 바로 다음 날 데쓰를 넣은 트렁크를 끌고 둘이서 전차를 탔어. 바퀴 달린 트렁크는 당시만 해도 무척 드물었어. 그것도 쓰카다가 빌려준 거야. 그 친구 집은 부자였으니까."

두 사람은 약간 높은 언덕 위에 데쓰를 묻고, 거기에 돌탑을 쌓았다. 바로 옆에 수령(樹齡) 백 년이 된다는 커다란 녹나무가 있어 위치를 기억하기 쉬운 곳이었다고 한다.

"그때부터 그 친구와 친해졌지. 나한테 잘해줬어. 웃거나, 놀리지도 않았지. 데쓰를 잃고 어쩔 줄 몰라 하는 나를 쓰카다가 부축해준 셈이야."

"당신이 그 사람한테 준 건 없어?"

"있지. 딱 하나. 그 친군 머리는 좋았지만 수학은 잘 못했어. 거꾸로 나는 수학만은 자신 있었기 때문에 가르쳐줄 수 있었지. 내게도 그 친구보다 뛰어난 게 있다는 생각을 하면 그만큼 자신 감이 생겼지."

"그 사람, 그렇게 뛰어난 아이였어?"

"이런 표현을 하면 요즘 학생들한테는 웃음거리가 될지 몰라도, 학교의 아이돌이었어. 그 친구와 함께 있거나, 걔가 '얘는 내 친구다.' 라고 해주기만 해도 다른 아이들 눈빛이 달라졌어."

그러다 보니 말을 더듬는 버릇도 조금씩 나아져, 어느 틈엔가 완전히 없어졌다고 한다. 두 사람은 고등학교 졸업 때까지는 친하게 지냈다. 하지만 쓰카다 가즈히코는 바로 대학에 진학했고, 내 주인님은 재수를 하는 바람에 점차 소원해졌다. 그래도 서른 살이 되기까지는 1년에 한 번 정도 만났다고 한다.

"쓰카다가 나를 사람으로 만들어준 거야. 그 친구처럼 착하고 양심 있는 사람이 보험금 살인을 저지를 리가 없지."

그 확신에 찬 말투 때문에 구니코 씨는 반론하지 않았다. 대신 이렇게 말했다.

"유짱, 최근에 쓰카다 씨를 만난 건 언제야?"

"글쎄…, 언제더라. 우리 결혼식 때 아니었나?"

"맞아. 그때 그 사람도 결혼을 했었지. 사나에 씨가 아니라 전

부인하고."

"──응."

"자기 결혼에 대해선 한마디도 하지 않았지?"

"여러 가지 사정이 있었겠지."

"텔레비전 인터뷰에 나온 그 사람 친구들도 쓰카다 씨가 사나에 씨하고 결혼하기 전에 한 번 결혼했다가 이혼한 일이 있다는 사실을 아무도 몰랐다면서 놀라던데. 다들 초혼인 줄 알았대. 결혼 상대인 사나에 씨의 친척도 그렇고."

서먹한 침묵 뒤, 내 주인이 물었다.

"무슨 말을 하고 싶은 거야, 당신?"

"내가 말하고 싶은 건 쓰카다 가즈히코 씨도 완벽하진 않다, 결혼처럼 중요한 일에 대해 친구한테 거짓말을 하기도 한다, 그런 얘기야."

내 주인이 대답을 하지 않자, 구니코 씨는 몸을 일으켰다.

"저어, 당신 추억까지 망치고 싶은 생각은 없어. 하지만 인간은 변하게 마련이야. 그게 좋은 쪽으로 가면 다행이지만, 만약에 그렇지 않다면─. 그 사람이 정말 돈 때문에 부인을 죽인 걸로 밝혀지면, 당신이 얼마나 상처를 입을까 걱정이 돼서…."

한참 뜸을 들였다가, 내 주인이 겨우 말했다.

"알았어. 하지만 괜찮아. 그럴 일 없을 거야. 잘 자, 구니코 씨."

잘 자, 라고 대답한 구니코 씨는 쉽사리 잠을 이루지 못하는 듯했다.

5

　슈퍼마켓의 선배 경비원에게서 그 미니어처 가든이 발견되었다는 연락이 온 것은 이틀 뒤였다. 내 주인은 다시 경비실로 찾아갔다.

“소각 처분할 쓰레기를 넣은 컨테이너 안에서 찾아냈습니다.”

“고생하셨겠습니다—.”

“아, 별일 아닙니다. 금속탐지기를 사용했으니까요. 이 물건은 여기저기 금속을 사용했기 때문에 반응을 잘합니다. 주위에 타는 쓰레기만 있기 때문에 금방 찾았습니다.”

책상 위에 올려놓은 미니어처 가든은 여기저기 지저분해졌고, 빨간 자동차가 없어진 상태였다.

“그런데 왜 쓰레기 안에 있었던 겁니까?”

선배 경비원은 표현을 골라 신중하게 말했다.

“누군지 몰라도 이걸 훔친 사람이 쫓겨 도망치다 가게 안을 돌아다니는 쓰레기 회수 담당의 카트 안에 이걸 버린 거죠. 쫓던 친구는 한자리에 있는 쓰레기통 안은 살펴봤어도, 이동하는 카트에 담긴 쓰레기까지는 들여다볼 생각은 하지 못했죠.”

그리고 에헴, 하고 헛기침을 했다.

“미야자키 선생님, 그 학생이 자살을 하려 했다면서요?”

“예. 장난으로 할 짓이 아니죠. 미무로는 결백하다고 생각합니다.”

선배 경비원은 난처한 모양이었다.

“저도 사춘기 학생한테 심한 상처를 주고 싶진 않습니다. 학교 쪽에서는 어떻게 처리하실 생각입니까?”

“교장 선생님, 학년주임 선생님과 의논해서 제가 책임지고 맡아 처리하기로 했습니다. 미무로의 부모도 받아들이셨고요.”

“아, 부모님도.”

“그거 우습군.”

콧소리가 끼어들었다. 지난번의 그 비염 경비원이다.

“부모가 여기 찾아와서 자기 딸이 결백하다고 주장한다면 그래도 얘기가 돼. 그런데 그냥 넘어가겠다고? 부모도 딸의 손버릇이 나쁘다는 걸 알고 어물쩍 넘어가려는 거 아닌가?”

내 주인이 의자를 박차고 벌떡 일어섰다. 하지만 상대도 완고했다. 내 주인 앞에 우뚝 서서 이렇게 말했다.

“선생, 난 이 두 눈으로 똑똑히 봤어. 그 여자애 보통이 아니야. 금방 훌쩍훌쩍 울고, 마음 약한 척하지만 결코 만만치 않은 애야.”

“그건 당신이 그런 눈으로 그 애를 보기 때문에 그렇게 보이는 것일 뿐입니다.”

“참, 딱한 선생이군.”

비염 경비원은 그렇게 내뱉고 나가버렸다.

“어려운 일입니다만, 이 문제는 제 선에서 처리하기로 했습니다. 선생님, 저는 선생님을 믿겠습니다. 이번 문제는 저희 실수로 처리하겠습니다. 죄송하게 됐습니다.”

내 주인은 선배 경비원과 악수를 했다.

주말에 내 주인은 홋카이도로 가게 되었다. 미무로 나오미를 부모에게 데려다주러 가는 것이다.

나오미는 병원에 이틀 정도밖에 있지 않았다. 그 뒤로는 큰아버지 집에서 요양을 했다. 그리고 도쿄로 달려온 어머니가 함께 홋카이도로 가는 게 어떻겠느냐고 말했다. 그때는 따라나서지를 않았다. 그런데 주말이 되자 미무로가 부모님이 계신 곳으로 돌아가겠다고 했다. 그리고 이번 일에 관해 자세히 알고 있는 미야자키 선생님이 함께 가서 부모님께도 잘 설명해달라고 졸랐다. 내 주인도 담임으로서 그렇게까지 해야 하는 건지 어떤지 꽤 망설인 모양이다. 게다가 출산을 앞둔 구니코 씨도 걱정이었다. 오늘내일하는 상태였으니.

결국 결단을 내린 것은 구니코 씨였다.

"같이 가줘. 부모님께도 잘 말씀드리는 게 좋겠어."

그러더니 약간 빈정거리는 말투로 덧붙였다.

"당신이 따라가지 않는다고 또 자살미수라도 벌이면 곤란하잖아."

내 주인은 하네다 공항으로 향했다.

미무로 나오미는 목소리로 미루어 제법 기운을 되찾은 모양이었다. 약간 들떠 있는 것 같기도 했다. 탑승 수속을 마친 뒤, 내 주인이 앞장섰다.

문제가 생긴 것은 금속탐지기를 통과할 때였다. 내 주인은 문제가 없었지만, 미무로 나오미가 통과할 때 탐지음이 울렸던 것이다.

두 번을 해보고, 담당자가 쓴웃음을 지으며 말했다.

"이상하군요. 미안합니다. 혹시 워크맨 같은 걸 갖고 있는 게 아닌가요?

"아닌데요."

나오미도 웃었다.

상대가 여고생이다 보니 담당자의 태도는 부드러웠다. 신체검사를 하는지, '멋진 체크무늬 재킷이군요.' 란 소리도 들렸다.

"이상하네. 아무것도 없는 것 같은데 말이야."

하지만 탐지음은 다시 울렸다.

"재킷을 좀 벗어봐줄래요?"

나오미는 시키는 대로 한 모양이다. 담당자가 재킷을 뒤집고, 그리고—.

뭔가가 바닥에 떨어졌는지 쨍그랑, 하는 소리가 났다. 나는 여느 때와 마찬가지로 주인의 양복 안주머니에 있었다. 그래서 바로 알 수 있었다. 그의 심장이 덜컥 내려앉는 것을.

내 주인은 아무 말이 없었다. 이윽고 아무것도 모르는 담당자의 밝은 목소리가 들려왔다.

"아, 예쁜 미니어처 자동차로군. 이게 반응한 거였어."

나오미가 그 슈퍼마켓에서 입고 있던 체크무늬 재킷. 덮개가 달린 주머니는 단추로 닫혀 있었다. 그러니 미니어처 자동차가 우연히 그 주머니 안에 들어갈 수는 없다.

나오미는 큰 소리로 울기 시작했다. 이번에는 내 주인도 그 애를 달랠 방법이 없는 듯했다.

"유난스러운 아이네."

구니코 씨가 말했다.

"당신이 신경 써주기를 바랐겠지. 불쌍하기는 하지만, 삐뚤어진 건 삐뚤어진 거야."

"교사를 계속할 자신이 없어졌어."

내 주인은 실망하고 있다.

"미무로가 거짓말을 하다니… 자살미수까지 저질러가며…."

구니코 씨가 달래듯 말했다.

"자신이 원하는 걸 얻기 위해서라면 다소 무리를 해서 거짓말을 하는 경우가 있어. 그 애의 상처가 얕다는 얘길 들었을 때 난 바로 느낌이 왔지."

내 주인이 머리를 쥐어뜯고 있는 모양이다.

"하지만 잊지 마. 당신의 그런 순수한 면이 난 너무 좋아. 그리고 학생들에게도 결코 나쁜 영향을 끼치지는 않을 거라고 생각해. 미야자키 선생이 속았다―라며 비웃는 학생은 없을 거야. 다들 자기들 나름대로 느낀 바가 있을 거야."

사람을 믿는다는 것은 어려운 일이다. 속더라도 믿어준다는 게 뭘 뜻하는 건지 학생들이 이해해주면 좋을 텐데.

내 주인은 이 문제로 한동안 고민할 모양이다. 정말 순정파다.

그로부터 며칠 뒤, 늘 그랬듯 구니코 씨가 녹화한 비디오를 보다가 내 주인이 소리를 질렀다.

"잠깐만, 이거―."

"뭐?"

"저거, 저 사진."

나는 선반 위에서 텔레비전을 보았다. 화면에는 중학생 정도 되어 보이는 사내아이가 면바지에 티셔츠 차림으로, 두 손으로 브이(V) 자를 그리고 있는 사진이 클로즈업되었다.

어린 시절에 찍은 쓰카다 가즈히코의 사진이라고 했다.

"저게 왜?"

내 주인은 비디오를 일시정지시키더니 손가락으로 가리켰다.

"저 사진 배경에 돌 쌓은 탑이 찍혀 있지? 저건 데쓰의 묘야."

구니코 씨는 깜짝 놀랐다.

"정말? 어떻게 알아?"

"알지. 잊을 수가 없지. 쓰카다와 함께 돌을 쌓았어. 난 눈물을 흘리며 울었어. 쓰카다도 함께 울었지. 그런 곳에서 사진을 찍을 리가 없고, 찍는다 해도 저렇게 환하게 웃으며 브이 자를 그릴 리가 없는데."

비디오를 다시 플레이시키자, 목소리가 흘러나왔다.

"이 사진은 가즈히코와 둘이 피크닉을 갔을 땝니다. 아들이 중학교 2학년 때였는데, 저보다 산길을 잘 알고 있었고—."

중학교 2학년. 그렇다면 데쓰의 무덤을 만든 뒤다. 배경의 돌탑은 그 무덤이 틀림없다.

말을 하는 사람은 쓰카다 가즈히코의 아버지였다. 아들이 얼마나 귀엽고 영리한 소년이었는지를 열심히 이야기하고 있다.

"여긴 아들이 좋아하던 곳이었고, 경치도 무척 좋습니다. 이 돌탑도 아들이 만든 거라고 했던 말이 기억나는군요. '잘 만들었죠?'라고 자랑하며 이렇게 환한 표정으로 사진을 찍었습니다."

내 주인은 멍하니 입을 벌리고 있었다.

"왜일까?"

그렇다. 왜지?

"왜 쓰카다가 데쓰의 묘 앞에서 저렇게 자랑스럽게 웃고 있는 거지?"

그 뒤 내 주인의 머릿속을 오간 생각들을 나는 별로 알고 싶지 않다. 하지만 그런데도 떠오르는 것이 있다.

말을 더듬는 버릇이 있는 고독하기까지 한 소년, 친구라고는 강아지뿐이던 그 소년이 아끼던 개를 잃고 슬퍼하고 있을 때 힘이 되어준다, 그리고 상대방의 마음을 사로잡는다―.

틀림없이 기분이 좋을 것이다. 좋았을 것이다. 마치 내 주인에게서 동정과 배려를 얻은 미무로 나오미가 들떠 있었던 것처럼.

남의 마음을 자기 손안에서 주물럭거리는 것은 무엇보다 재미있는 놀이임에 틀림없다.

그래서 쓰카다 가즈히코는 자랑스럽게 웃고 있는 것 아닐까. 데쓰의 묘는 가즈히코에게 홀딱 반한 하찮은 친구를 획득한 기념비 같은 것이었으니까.

한 걸음 나아가 생각하면, 애당초 고독한 소년에게서 유일한 친구인 데쓰를 앗아간 것 자체가 가즈히코의 짓 아니었을까?

추종자를 얻기 위한 준비로서.

데쓰를 묻은 곳은 가즈히코가 좋아하는 장소. 그만의 비밀 장소였다.

전리품을 숨기기 위한.

내 주인이 나하고 같은 생각을 했는지 어땠는지, 그건 알 수 없다. 확실한 것은 그 주말, 구니코 씨를 친정에 보내고 고향 마을을 찾아갔다는 것뿐이다.

내 주인은 출발하면서 구니코 씨에게 이렇게 말했다.

"바보 같은 얘기야. 근거 따윈 없지만, 세 살 버릇 여든까지 간다잖아? 도저히 머릿속에서 떨쳐낼 수가 없어서그래."

내 주인은 그 언덕을 찾아나섰다. 데쓰가 잠든 언덕으로. 24년의 세월은 지형을 바꾸고 길을 옮겨, 내 주인의 판단을 힘들게 만들었다. 결국 데쓰의 무덤을 찾을 수 없었다.

저녁 무렵이 되어 역 근처 레스토랑에서 쉬고 있는데, 아주 놀라운 소식을 들었다.

쓰카다 가즈히코의 고향을 취재하러 온 것 같은 어느 민영 방송국의 스태프가 같은 레스토랑에서 휴식을 취하고 있었다. 그런데 정보를 수집하러 나갔던 멤버로 보이는 사람이 숨을 몰아쉬며 들어왔다.

"어이, 번호판이 나왔대!"

방송국 사람들이 허둥지둥 자리에서 일어섰다.

"어디야?"

"북쪽 언덕 위에 있는 공사 현장이야. 작업 인부가 발견했대. 지금 난리가 났어!"

공사 현장—이라, 내 주인이 중얼거렸다. 그 언덕은 지금 공사 중이었던 것이다.

“역시 번호판도 거기 있었군….”

내 주인이 말했다. 나는 그제야 깨달았다. 그는 오늘 돌탑 옆에 번호판이 있을지도 모른다는 생각으로 이곳에 온 것이다.

세 살 버릇 여든까지 간다니까.

“실례합니다.”

힘없는 목소리로 내 주인이 방송국 사람 누군가에게 물었다.

“번호판이 발견된 곳 근처에 돌로 쌓은 탑이 있었죠? 아마 있었을 겁니다. 아닌가요?”

당황한 듯한 침묵 뒤에, 제일 먼저 소식을 전했던 목소리가 대답했다.

“예, 있었습니다. 그걸 허물 때 번호판이 발견되었다고 하니까요.”

거긴 쓰카다 가즈히코가 좋아하는 곳이다.

전리품을 숨기는 곳.

잘했다며 소리 내어 웃는 곳.

내 주인은 레스토랑을 나와 느릿느릿 역을 향해 걸었다.

자신이 원하는 걸 얻기 위해서라면 다소 무리를 해서 거짓말을 하는 경우도 있어.

24년 전, 비에 흠뻑 젖어가며 함께 데쓰를 찾아주던 쓰카다 가즈히코.

흠뻑 젖어서.

마치 그날을 재현하기라도 하듯 비가 내리기 시작했다.

08

증인의 지갑

"에리코 씨는 초대받지 않은 손님이 될 것이다.
하지만 나는 에리코 씨를 너무 좋아하기 때문에 그녀가
어딜 가더라도 내내 따라다닐 것이다."

1

　‘페르소나 논 그라타(Persona non grata)’ —그 뜻은 ‘초대받지
않은 손님.’ 입구 문을 열었을 때 대기실에 흐르고 있던 곡이다.
　요즘 이런 서비스를 하는 병원이 늘었다. 긴 대기 시간을 조금
이라도 지루하지 않게 하기 위해, 그리고 환자를 안심시키기 위
해 BGM을 내보내는 것이다. 상당히 세심한 부분까지 신경을 쓰
고 있다는 생각이 든다.
　내 주인이 다니는 이 치과의사 선생님은 무척 꼼꼼한 성격인
지 시간대에 따라 나오는 곡이 달라진다. 오후 1시부터 5시까지,
어린이들이 많이 오는 시간대에는 ‘강아지 왈츠’ 나 ‘터키행진
곡’ 같은 가벼운 클래식. NHK의 음악 프로그램 ‘모두의 노래’
가 나올 때도 있다. 그러고 보니 어른들 사이에서도 히트한 ‘1엔
짜리 동전의 방랑자’ 란 노래를 나와 내 주인은 이 대기실에서 배
웠다.
　주부와 노인들이 많은 오전 시간대에는 유선방송을 틀어둔다.
가요곡이나 팝이 번갈아 나오기 때문에 치과 대기실이라기보다
는 미용실 같은 느낌이 들어 약간 우습다.

저녁부터 밤까지는 퇴근길에 들른 회사원이 많이 오기 때문에 훨씬 모던한 분위기의 곡들이 나온다. 그래서 지금은 '페르소나 논 그라타'가 흐르고 있는 것이다. 저녁 6시가 지난 시각이라 대기실에는 내 주인 말고 먼저 온 손님이 있는 것 같지는 않다.

주인은 구두를 벗고 슬리퍼로 갈아 신더니, 나를 펼쳐 진찰권을 꺼내 창구에 내밀었다.

"안녕하세요? 부탁합니다."

얼굴을 내민 접수 담당 여성에게 말을 하며 이렇게 덧붙였다.

"대기실에 텔레비전을 놓으셨네요."

나는 어라, 하는 생각이 들었다. 나는 내 주인이 애용하는 고블랭(goblin) 직물로 만든 작은 백 안에 들어 있기 때문에 주변을 볼 수 없었다.

"예, 그래요."

귀에 익은 접수 담당자의 밝은 목소리가 기분 좋게 들려왔다.

"오전에 오시는 환자 분들이 놔줄 수 없느냐고 하기에."

"어머…, 의사 선생님, 마음씨도 좋으시네요."

"제약회사 판매 사원한테 받은 액정 텔레비전인걸요. 공짜예요, 공짜."

진료실 쪽에서 '어험.' 하는 헛기침 소리가 들려오자 접수 담당자와 내 주인은 함께 웃음을 터뜨렸다.

"그런데 왜 여기서까지 텔레비전을 보려는 거죠? 집에 돌아가면 얼마든지 볼 수 있는데."

그러자 접수 담당자는 쓸쓸하게 웃으며 말했다.

"와이드 쇼를 보고 싶대요. 요즘 그 사건 때문에 매일 소란스럽잖아요."

접수 담당자가 말하는 '그 사건'이 무엇인지 나는 바로 알 수 있었다. 주인도 알 것이다. 내 주인은 찔끔 놀랐다. 동요가 가느다란 손목을 통해 내게 전해졌다.

"그 쓰카다라는 남자가 정말로 부인을 죽였는지 어떤지, 노인이나 아주머니나 다들 그 이야기만 하네요. 모든 사람이 형사나 탐정이 되어버린 것 같아요."

정말 재미있군요―. 가벼운 말투로 그렇게 대꾸했지만 내 주인은 결코 재미있을 리가 없었다.

그 이유를 나만은 알고 있다. 내 주인이 아무에게도 이야기하지 않지만, 나는 안다.

나는 내 주인, 기다 에리코의 지갑이다.

내가 에리코 씨와 만난 지는 아직 1년 정도밖에 되지 않는다. 에리코 씨가 나를 산 것은 지난해 가을. 3년간 근무하던 여행대리점을 그만두고 얼마 안 되는 퇴직금을 받았을 때였다.

에리코 씨가 나를 산 것은 그녀의 어머니가 이렇게 말하며 추천했기 때문이다.

"조만간 주부가 될 테니 쓰기 편한 지갑을 하나 사지 그러니? 약간 볼품은 없어도 튼튼하고 동전이 많이 들어가고, 꺼내기 편한 걸로 말이야. 브랜드 제품은 이제 사지 마."

그야말로 적절한 조언이었다고 생각한다. 온순한 에리코 씨는 어머니의 말씀대로 나를 샀다. 지갑이라기보다는 지폐 넣는 부분이 달린 큼직한 돈주머니 모양을 한 나를.

그렇다. 에리코 씨는 결혼하기 위해 회사를 그만두었던 것이다.

결혼식은 올 11월 말에 올릴 예정이니, 보름 정도 앞으로 다가왔다. 신부 수업과 신혼살림을 준비하느라 이리저리 돈이 드는데, 지금까지 내내 그 돈을 에리코 씨는 내 안에 넣고 다니며 꺼내 썼다. 나는 그런 모습을 낱낱이 지켜보았다. 그래서 자신 있게 말할 수 있다. 에리코 씨는 좋은 아내가 될 것이다.

에리코 씨의 약혼자는 다카이 노부오라는 사람이다. 에리코 씨보다 일곱 살 많은 30세. 이 두 사람은 요즘 시대에 어울리지 않게 맞선으로 만났다. '맞선으로 만나 연애한다.' 는 말도 있듯이 단둘이 있을 때는 못 말릴 정도로 서로 좋아 죽는다. 참 잘되었다는 생각이 든다. 에리코 씨를 위해서.

실용성만 따져 만들어진 나 같은 지갑에겐 주인을 보는 눈이 있다. 부드럽고 연약한 스타일인 에리코 씨에겐 성실한 남자와 결혼해서 하루빨리 가정을 꾸리는 것이 제일 행복할 거라는 사실을 나는 알고 있다. 에리코 씨와 만난 지 얼마 되지 않지만 확신한다.

다카이 씨는 나이가 제법 어린 에리코 씨가 예뻐서 어쩔 줄 모르는 것 같다. 서른 살이면 어느 정도 분별력도 있을 테고, 머리가 나쁜 사람도 아닌데 의외로 이런 남자일수록 에리코 씨 같은 여성에겐 맥을 못 추는 모양이다. 게다가 에리코 씨가 자기를 꼭 닮은 귀여운 아기라도 낳는다면, 다카이 씨는 가족 사랑에 눈이 먼 사람이 되어버릴 것이다.

약혼에서 결혼식까지 1년 이상 틈이 벌어진 것은 다카이 씨가 너무 바쁜 사람이라 시간을 쉽게 낼 수 없었기 때문이다. 11월 말의 결혼식도 만약에 큰 사건이 일어나면 최악의 경우엔 신랑이 참석하지 못한 채 진행되어야 할지도 모른다. 다카이 씨 입장에서는 '에리짱'을 위해 최대한 그런 사태가 오지 않도록 할 작정이지만, 확실한 보장은 할 수 없다.

왜냐하면 다카이 씨는 신문기자이기 때문이다. 그것도 큰 신문사의 사회부에서 특정 팀에 소속되지 않고 언제든 달려 나갈 준비를 하고 있어야 하는 위치에 있는 모양이다. 어떻게 일을 하는지 나 같은 지갑이야 알 수 없지만, 어쨌든 무척 바쁘다는 건 틀림없다. 다카이 씨가 어떻게 일을 하는지 알기 위해서는 그의 지갑과 접촉해보는 게 최고지만, 아직까지 그럴 기회가 없었다.

자상한 부모와 바쁘기는 하지만 애정을 듬뿍 주는 약혼자에 둘러싸여, 에리코 씨는 참으로 행복했다. 그래서 나도 행복했다. '했다'라고 과거형을 써야 하는 것이 너무도 괴롭다.

지금 에리코 씨가 고민하고 있는 일—어쩌면 이 행복을 무너뜨리고 말지도 모를 일이 일어난 것은 작년 12월 15일이었다. 하지만 그 작은 사건이 이토록 큰 문제로 발전하게 되리라고는 그 당시엔 전혀 생각도 못했다. 실제로 그게 큰 문제로 발전하게 된 것은 올여름부터였다.

어쨌든 이야기를 일단 12월 15일의 그 일로 되돌리자. 어둠의 밑바닥을 메마른 겨울바람이 쓸고 지나가는, 아주 추운 밤이었다—.

2

그날 에리코 씨는 손수 차를 운전해, 결혼해서 야마나시 현 고후 시 교외에 사는 친구를 찾아갔다. 그녀는 에리코 씨와 소꿉친구로, 곧 아기를 낳을 예정이었다. 에리코 씨는 미리 축하할 겸 선물을 갖고 갔던 것이다. 그 선물은 커다란 요람이었다. 그런 짐이 있어서 전차를 이용하지 않고 차를 몰고 나갔던 것이다.

원래 에리코 씨는 자동차 운전엔 자신이 있었다. 무슨 일이나 남에게 맡기고 의지하는 에리코 씨가 주도권을 쥐고 행동하는 단 한 가지가 드라이브라고 해도 좋을 것이다.

여기에는 갸륵한 이유가 있다. 에리코 씨는 훨씬 이전부터 이렇게 생각했다. 장차 결혼해서 내 집을 갖게 되면 역시 도쿄 시내 쪽에 장만하기는 힘들 것이다. 근교, 그것도 역에서 떨어진 곳에 살게 될지도 모른다. 그렇다면 통근하는 남편을 배웅하고 마중하기 위해서나 쇼핑, 그리고 태어날 아이를 학교에 보낼 때를 생각해서 차 운전은 잘하는 게 좋겠다. 계속 경험을 쌓아 익숙해지자―라고.

다카이 씨와 약혼한 직후, 그녀는 다카이 씨에게 그런 생각을 이야기하고, 이렇게 덧붙였다.

"지방의 지국으로 전근하는 일도 있을 테고, 그런 점에서도 차는 절대적으로 필요하겠죠? 제가 좋은 운전기사가 되어야겠어요."

이 말을 들은 다카이 씨는 '그렇다고 레이서 자격증까지 따진 않아도 돼.'라며 웃었지만, 실은 무척 감동했으리라.

에리코 씨는 아침 일찍 도쿄를 출발해 점심 전에 친구 집에 도착했다. 출산이 얼마 남지 않은 친구와 결혼을 앞둔 여자다. 할 이야기는 많다. 그 친구의 남편도 에리코 씨를 잘 알고, 마음씨 고운 사람이기 때문에 애초부터 하루를 묵을 예정이었다. 세 사람은 밤 11시가 지나서까지 정신없이 대화를 나눴다.

그런데 그때 갑자기 진통이 시작되었다.

예정일보다 3주가량 일렀다. 친구의 남편은 서둘러 아내를 차에 태우고 다니던 산부인과 의원이 있는 고후 시내까지 밤길을 달려야 했다. 그리고 에리코 씨는 집을 지키게 되었다.

전에도 몇 차례 놀러 온 적이 있고, 친한 친구네 집이다. 에리코 씨는 별걱정 없이 집을 지키기로 했다. 병원에 도착한 친구 남편이나 그 남편의 연락을 받은 친구 부부의 부모들에게서 전화가 걸려오면 싹싹하게 받아, 중간에서 연락해주는 역할을 했다. 첫 출산인 친구를 걱정하면서도, 에리코 씨의 목소리는 태어날 아기를 생각해서 그런지 밝고 생기가 있었던 것 같다. 아마 자기의 미래도 머릿속에 떠올리고 있었으리라.

그 남자가 에리코 씨 혼자 지키고 있는 집을 찾아온 것은 그렇게 깊은 밤까지 불을 켜두고 있었기 때문일까?

나는 내내 에리코 씨의 핸드백 안에 있었기 때문에 그 남자의 얼굴을 보지 못했다. 다만 현관에서 나는 초인종 소리와, 친구 부부의 부모라도 달려온 건가 싶어 얼른 나가는 에리코 씨의 발소리를 들었을 뿐이다. 그리고 그 남자의 목소리도.

"늦은 시간에 죄송합니다."

그 목소리가 말했다. 정중한 말투에 활달한 느낌이 들었다.

"이 근처에서 가스가 떨어져 꼼짝도 못하고 있습니다. 도쿄에서 왔는데, 이 근방 지리를 잘 몰라서 골치로군요. 전화를 빌려 쓸 수 있겠습니까?"

에리코 씨는 조심성이 많은 여자다. 게다가 이 지역은 자신도 잘 모르는 곳이고, 친구 집을 봐주고 있는 상황이다. 도어체인을 풀지 않은 채로 이야기를 하고 있을 것이다.

당연히 '예, 얼마든지 쓰세요.' 라고 대답할 리가 없었다. 알지도 못하는 사람을 집에 들일 수는 없다. 에리코 씨는 현명하게 대답했다.

"저는 지금 이 집을 봐주고 있는 처지라, 죄송하지만 그런 편의를 봐드릴 수가 없네요. 다만 이 집 주인들이 곧 돌아올 테니, 혹시 괜찮다면 그때 다시 와보시는 게 어떨까요?"

자신은 집을 봐주고 있지만 바로 사람들이 돌아올 것이다. 혼자가 아니다—라고 못을 박은 셈이다. 물론 이 남자는 정말로 곤경에 처한 여행자일지도 모르지만, 그런 핑계를 대고 찾아온 무서운 속셈을 지닌 남자일 가능성도 있기 때문이다.

그러자 남자는 선뜻 물러났다.

"그렇습니까? 그럼 어쩔 수 없군요. 늦은 시간에 실례했습니다."

그뿐이었다. 약간 스릴 있었지만, 별일은 없었다.

그 뒤 바로 병원에 있는 친구 남편에게서 전화가 왔다.

"아직 분만실에 들어가지 않았어요? 아침까지 걸릴 것 같다고요? 힘들겠네…. 이제 겨우 1시가 조금 지났을 뿐인데."

에리코가 이렇게 말한 것을 나는 기억한다. 결국 그 남자가 찾아온 것은 오전 1시경이었다는 얘기다.

　아기가 태어난 것은 이튿날 아침 7시쯤이었다. 연락을 받은 에리코 씨가 손뼉을 치며 기뻐했다. 딸이었다. 그리고 또 한바탕 전화가 오가고, 8시쯤에 친구의 어머니가 왔다. 에리코 씨에게 고맙다고 했다.

　"병원에 찾아가봐줄래요? 잠깐 들여다봐줘요."

　물론 에리코 씨도 바라던 바였다. 자기 물건을 정리하고 차를 꺼내기로 했다. 병원에 들렀다가 바로 도쿄로 돌아가면 된다.

　친구 집 앞에 세워놓은 자기 차로 다가가다가 에리코는 나중에 문제가 될 '증거'를 주웠다.

　"어머?"

　그렇게 중얼거리며 몸을 숙여 땅바닥에서 뭔가를 주웠다. 그걸 손에 들고 잠시 생각한 뒤 주위를 둘러보며 '어제 그 사람이네.'라고 말했던 걸 나는 기억한다. 아마 전화를 빌려달라고 했던 그 남자가 뭔가를 떨어뜨리고 간 모양이었다.

　에리코는 그 물건을 백 안에 있는 포켓에 넣었다. 현금카드처럼 생긴 것이었다. 그때는 아마 어디 파출소 같은 곳에 갖다 줄 생각이었을 것이다.

　다만 아기의 탄생 소동에 휘말려 깜빡 까먹은 것이다. 생각이 난 것은 도쿄에 돌아와 어느 정도 시간이 지난 뒤였다. 수첩을 꺼내려고 백 안을 들여다보았을 때였다.

　"이런, 이걸 갖고 와버렸네."

　에리코 씨는 깜짝 놀란 듯이 중얼거렸다. 살짝 고개를 갸웃거리며, 카드를 꺼내 뒷면을 자세히 들여다보았다. 카드 뒷면에는 작은 글자가 빽빽하게 적혀 있었다.

"아아, 이건 직접 전해주면 되겠네."

에리코 씨는 그렇게 말하며 이번엔 그것을 내 안의 작은 칸에 넣었다. 그제야 나도 그것이 어떤 카드인지를 알 수 있었다.

그것은 어느 클럽의 회원 카드였다. '바이킹 클럽'이라고 적혀 있었다. 스포츠클럽 같은 데인 모양이다. 에리코 씨의 말로 미루어보아, 그녀는 이 클럽을 알고 있는 건지도 모른다.

그리고 그 카드 뒷면에는 영어로 주인의 이름이 찍혀 있었다.

'KAZUHIKO TUKADA.'

그때는 이 이름이 지닌 의미를 에리코 씨나 나나 전혀 몰랐다.

그리고 며칠 뒤, 쇼핑할 일이 있어 긴자에 나온 에리코 씨는 4초메 교차로에서 쇼와 거리 방향으로 약간 걸어가면 나오는 커다란 신축 건물 안으로 들어갔다. 들어가니 널찍한 로비가 있고, 산뜻한 음악이 흐르고 있었다. 백에서 꺼낸 나를 손에 들고, 에리코 씨는 프런트로 다가가더니, 내 안에서 그 주운 카드를 꺼내 거기 있던 담당 여직원에게 내밀었다.

"저어, 이거, 떨어진 걸 주웠는데요."

담당 여직원은 감사하다는 말을 했다. 에리코 씨는 그 말을 중간에 자르고, 바로 돌아섰다. 아직 쇼핑할 것이 많이 남았고, 카드를 주운 경위가 그다지 내키지 않아 에리코 씨로서는 될 수 있으면 관계하고 싶지 않았을 것이다.

그 뒤로 에리코 씨는 그 일을 잊고 있었다. 카드에 관해서도, 거기 찍혀 있던 이름에 대해서도, 깊은 밤에 전화를 쓰러 왔던 남자의 얼굴도.

여름이 되어, 그 남자의 얼굴과 이름이 텔레비전 와이드 쇼 프로그램 등에서 대대적으로 다루게 되기까지는.

쓰카다 가즈히코. 지금 모든 일본 사람이 그 사람에 대해 알고 싶어 하고, 그 사람에 대해 신경을 쓰고 있다. 치과 대기실에서 조차도 그 이름이 들릴 정도로.

그는 애인인 모리모토 노리코와 공모하여 보험금을 노리고 각자의 배우자를 포함해 네 명을 살해했다는 혐의를 받고 있었다.

3

"저어, 에리코, 또 아무 말도 않는 전화가 왔어."

치과에서 집에 돌아오자 에리코 씨의 어머니가 말했다. 약간 걱정스러운 말투였다.

"대체 누굴까? 짐작 가는 데가 정말 없니?"

에리코 씨는 힘없이 대답했다.

"없는데. 분명히 장난 전화일 거예요. 요즘 전화기는 아무렇게나 누른 전화번호도 기억하잖아요? 그래서 계속 걸 수 있을 거예요."

"그런가?"

어머니는 생각에 잠긴 모양이다.

“그렇겠지. 그래, 치료는 앞으로 어느 정도 걸릴 것 같니?”

“아직 멀었나봐요. 선생님은 사랑니도 빼버리자고 하던데.”

결혼하기 전에 충치가 없는지 알아보고, 혹시 있다면 제대로 치료를 해두라고 권한 것은 어머니였다. 아기가 생기면 이가 약해진다면서.

성미도 급하셔—. 에리코 씨는 웃었지만, 바로 치과에 다니기 시작했다. 나는 에리코 씨의 이런 온순한 면이 마음에 든다.

“왠지 힘이 없어 보이네. 왜 그러니?”

어머니가 묻자, 에리코 씨는 살짝 웃었다.

“치과에서 이를 갈아냈는데 기운 넘치는 사람이 어디 있어요?”

“어머, 하지만 어떤 사람은 그 위—잉, 하는 소리가 좋다고 하던데.”

에리코 씨는 코트를 벗더니, 내가 든 백과 함께 거실에 있는 옷걸이에 걸었다. 차를 한 잔 마시고 나서, 함께 저녁식사 준비를 하며 에리코 씨와 어머니는 여러 가지 이야기를 나눴다. 요리의 맛을 내는 방법, 그리고 구입해야 할 물건들에 대해서, 결혼식 날 날씨에 대해서—.

“정말로 신혼여행은 안 가도 되겠어?”

다카이 씨와 에리코 씨는 신혼여행을 가지 않고 연말연시를 이용해 다카이 씨의 고향인 후쿠오카에 들르기로 했다. 에리코 씨는 고개를 끄덕였다.

“그 사람은 어디로 전근을 가게 될지 모르는 사람이잖아요? 지금은 될 수 있으면 양쪽 부모님을 자주 찾아뵙고 싶다고 해서.”

“우리 집에도 자주 들러주겠네.”

어머니는 기쁜 듯이 말했다.

“아예 우리 데릴사위로 들어오면 좋을 텐데.”

이건 진심일 것이다. 에리코 씨는 외동딸이다.

두 사람은 이런저런 이야기를 나누며 식사 준비를 했다. 이윽고 에리코 씨의 아버지가 들어와, 저녁식사가 시작된 뒤에도 즐거운 대화는 끊이지 않고 이어졌다. 에리코 씨가 우울한 마음을 드러내지 않고 있다는 사실을 아는 나로서는 그녀의 목소리 톤이 약간 높아 무리를 하고 있다는 느낌이 들었지만, 생각해보면 어쩔 도리가 없다. 나로서는 아무것도 도와줄 수가 없는 것이다.

저녁 뉴스에 쓰카다 가즈히코의 이름이 나왔을 때, 에리코 씨가 움찔했던 모양이다.

“연일 전해드리고 있는 보험금 살인 의혹에 대해서—.”

“뭐야, 또 그 이야긴가?”

아버지가 말했다.

“우리 사무실에서도 여자애들이나 파트타임 아주머니들은 모이기만 하면 저 이야기로 시끄러워.”

“끔찍한 이야긴데.”

어머니가 약간 심각한 목소리로 말했다.

“왜 경찰은 얼른 체포하지 않는 거지? 저런 인간들을 그냥 놔둬서 좋을 게 없잖아.”

에리코 씨가 살짝 말했다.

“증거가 없어요.”

“어머, 증거라면, 있잖아. 저번에 번호판이 발견되었다고 하지 않았어?”

에리코 씨의 어머니가 말하는 ‘번호판’이란 네 번째 시체와 관련된 물건이다. 호스티스인 가사이 미치코의 시체가 발견된 잡목 숲 근처에서 수상한 차가 여러 번 목격되었다. 그런데 그 차는 쓰카다 가즈히코의 차와 흡사하긴 해도 번호가 달랐다. 목격된 번호는 다른 차에서 훔친 것으로, 가즈히코의 것이 아니었다.

그런데 문제의 그 번호판이 10월 말, 가즈히코의 고향 산속에서 발견되었다. 경찰이 추궁하자 가즈히코는 결국 자신이 그걸 거기다 묻었다고 자백했지만, 그 이유에 관해서는 이렇게 말했다.

“10월 중순경이었던가, 잡목 숲에서 목격된 차가 화제가 되었을 때, 우리 집 차고에 누군가가 그 번호판을 버리고 갔습니다. 정말입니다. 그때 바로 경찰에 신고했으면 좋았을 텐데, 절대로 믿어주지 않을 거라는 생각에 몰래 묻어 숨기기로 했던 겁니다. 믿어주세요! 나는 관계없습니다. 누군가의 함정에 빠져 아내를 잃고 게다가 죄까지 뒤집어쓰게 된 겁니다.”

발견된 번호판에는 확실하게 식별할 수 있는 지문이 남아 있지 않았다고 경찰이 발표했다. 그 때문에 쓰카다 가즈히코나 모리모토 노리코는 중요 참고인으로서 엄격한 취조를 받았지만 아직 체포되지는 않았다.

하지만 매스컴이나 세상 사람들은 아무도 그 두 사람의 말을 믿지 않았다. 그들이 공모해서 네 명을 죽였다고 믿고 있다.

아니, 그랬기를 바라고 있다.

"어떻든 빨리 잡아넣고 천천히 조사하면 되지 않나?"

무척 상식적인 분인 에리코 씨의 어머니마저도 이렇게 말한다. 모두 쓰카다 가즈히코와 모리모토 노리코를 살인범으로 단정하고 있다.

분명히 두 사람에겐 의심스러운 점이 많다. 나도 그렇게 생각한다. 하지만 두 사람이 이렇게 세상 사람들의 미움을 받는 큰 원인은 그들에게 인간적인 매력이 없기 때문이리라. 쓰카다는 외모가 잘생긴 스마트한 남자에 부자이기도 하다. 노리코는 젊고 미인이다. 하지만 뭔가가 결여되어 있다는 느낌을 지울 길이 없다. 그들이 각자 결혼한 상태에서도 바람을 피웠다는 사실을 천연덕스럽게 인정하고 있다는 점도 솔직하다기보다는 뻔뻔스럽다는 인상을 주고 있는 모양이다.

하지만—.

아무리 뻔뻔하고 아무리 마음에 들지 않는 사람이라 해도, 그런 이유로 살인을 했을 거라고 단정할 수는 없다. 절대로. 지금 세상 사람들은 그걸 생각 못하고 있다.

그래서 에리코 씨는 괴로운 것이다.

일련의 살인사건이 만약 정말로 가즈히코와 노리코가 계획한 것이라면, 네 가지 살인 가운데 어느 것 하나라도 그들 두 사람의 알리바이가 성립해, 둘 다 그 살인과는 관련이 없다는 사실이 증명된다면 이 사건은 완전히 뒤집히게 된다. 아무리 무책임한 사람이라도 '그때만 누군가를 고용했을 것이다.' 라고 말할 수는 없을 것이다.

그렇다. 그래서 문제인 것이다.

그 모든 일의 발단이 된 모리모토 류이치 살인사건이 일어난 것은 작년 12월 15일 깊은 밤. 그는 오후 11시에서 오전 2시 사이에 도쿄에서 살해당했다. 쓰카다 가즈히코의 알리바이가 확인되지 않기 때문에 사람들은 그가 그 범행을 저지른 것으로 여기고 있다.

하지만 그날 새벽 1시경, 고후 시 교외에 있는 친구 집을 봐주던 에리코 씨를 찾아와 ‘전화를 쓰게 해달라.’고 했던 사람은 쓰카다 가즈히코였다. 그 자신은 그걸 까먹은 것 같지만.

주간지에서 그 사람의 사진을 보았을 때, 에리코 씨는 바로 생각이 났다. 얼굴도, 그가 떨어뜨린 회원 카드도.

하지만 그때는 이미 늦은 상태였다. 사회면에 실리는 이런 사건에 별로 흥미가 없는 에리코 씨는 쓰카다와 노리코 사건에 대해 올여름이 되어서야 겨우 알게 되었다. 그때는 이미 모든 여론이 두 사람을 범인이라고 보는 방향으로 굳어져버렸다.

누구나가 그렇게 말하고 있다. 외치고 있다. 믿고 있다.

에리코 씨는 쓰카다 가즈히코의 알리바이를 증명해줄 수 있다. 고후에 있던 그 사람이 도쿄에서 모리모토 류이치를 살해할 가능성은 없다. 시간적으로 도저히 무리다. 하지만 이제 와서 그런 이야기를 꺼낼 경우, 어떤 소동에 휘말리게 될지도 충분히 알고 있다. 매스컴이 몰려들고, 추궁당하고, 비난받고, 세상 사람들의 시선이 쏟아질 것이다.

게다가 에리코 씨는 이제 곧 신문기자인 다카이 씨와 결혼할
예정이다. 큰 신문사에서는 이 보험금 살인 의혹에 관한 보도에
는 신중했지만, 번호판이 나오자 쓰카다와 노리코를 둘러싼 의
혹들에 관해 일제히 다루기 시작했다. 다카이 씨도 그 특별취재
반의 일원이 되었다.

이런 상황에서 에리코 씨가 어떻게 입을 열 수 있겠는가?

지금 쓰카다와 노리코를 단죄하라고 들끓고 있는 세상 사람들
에겐 에리코 씨야말로 '페르소나 논 그라타'—초대받지 않은 손
님인 셈이다.

4

이튿날 아침, 눈을 떠보니 에리코 씨의 오른쪽 뺨이 부어올라
있었다.

충치 쪽은 크게 문제가 없어 이제 곧 치료가 끝날 것이다. 부
어오른 것은 사랑니 때문이었다. 치과의사가 전부터 걱정하던
일이었다.

밤중에 아프기 시작해, 에리코 씨는 밤새 거의 잠을 이룰 수가
없었다. 엎친 데 덮친 격으로 새벽 2시경에 또 아무 말도 없는
전화가 걸려와 에리코 씨에게는 괴로운 하룻밤이었다.

에리코 씨는 허둥지둥 치과로 달려갔다. 부기가 가라앉기 전
에는 뽑을 수 없다는 말을 듣고 울먹이는 소리로 말했다.

"결혼식 날에도 이런 얼굴이면 웨딩드레스를 입을 수 없을 거

예요.”

의사가 웃었다.

“괜찮아요. 앞으로 보름이나 남았잖아요? 그때까지는 나을 겁니다.”

“그래도 어젯밤처럼 한숨도 못 자면 큰일이에요. 준비해야 할 일들이 많고, 너무 바빠서….”

잠깐 생각한 뒤 의사는 이렇게 말했다.

“그럼 특별한 진통제를 드리죠. 다만, 이 약은 아주 세기 때문에 먹으면 바로 잠이 들게 됩니다. 수면제나 마찬가지니까요. 조심해서 복용하세요.”

집에 돌아오니 어머니가 걱정스러운 표정으로 기다리고 있었다.

“잔뜩 부었네.”

“어쩌지? 오늘 구청에 가려고 했는데.”

호적등본을 떼러 가려 했다. 혼인신고를 할 때 함께 제출해야 한다.

“그건 내가 다녀올게. 넌 잠 좀 자거라. 요즘 계속 바빴으니 피곤할 거야.”

에리코 씨는 자기 방으로 가고, 어머니는 외출했다. 나는 늘 그렇듯 백 안에 든 채 옷걸이에 걸려 있다.

3시쯤, 에리코 씨가 일어나 냉장고을 여닫았다. 뭔가 마실 걸 꺼낸 모양이다. 그리고 텔레비전을 켰다. 마침 와이드 쇼가 시작되고 있었다.

역시 쓰카다 가즈히코 사건이 신경 쓰이는 모양이다. 에리코 씨는 이따금 채널을 바꾸며 그 사건에 대한 보도를 보고 있었다.

현재로선, 상황에 아무런 변화가 없다. 의심은 점점 짙어지고, 그는 막다른 골목에 몰려 있다. 모리모토 노리코 쪽도 연일 이어지는 조사에 지친 모양이다.

"역시 범인들은 서로 거래를 한 거로군요."

사회자 중 한 사람이 어떻게 이럴 수 있느냐는 듯한 말투로 그렇게 말했다.

계속해서 등장하는 두 사람의 옛 친구, 이웃 사람들, 회사 동료, 친척—모두 두 사람에게 불리한 이야기만 하고 있다. 모리모토 류이치가 살해된 날 밤, 노리코와 함께 있었다는 친구는 처음엔 노리코를 감싸는 발언을 했던 모양인데, 지금은 완전히 입장을 바꾸어 '저는 그 여자의 알리바이에 이용된 겁니다.'라는 투로 말하는 상황이 되었다.

딱 한 명, 가즈히코 편을 들고 있는 사람은 레스토랑 주느비에브의 공동 경영자인 하타나카 씨였다. 그는 웅얼웅얼 알아듣기 쉽지 않은 말투로 얘기하는 중년 남자였는데, 리포터의 무례한 태도에도 화를 내지 않고 담담하게 말했다.

"쓰카다 씨는 머리가 무척 좋은 사람입니다. 난 처음에 그를 서브 매니저로 채용했는데, 가게 경영에 관해 아주 멋진 아이디어를 내놓았고 감각도 좋았죠. 주느비에브가 이렇게까지 큰 것은 그 사람 공로입니다. 자본을 출자하지 않은 그 사람을 공동 경영자로 삼은 것도 그만한 인재를 다른 데 빼앗기고 싶지 않았기 때문입니다."

하타나카 씨가 자금력 없는 쓰카다 가즈히코를 공동 경영자로 삼았다는 사실에도 세상 사람들은 의혹의 시선을 보내고 있었다. 말하자면 그가 쓰카다에게 뭔가 약점을 잡힌 게 아닐까, 혹은 속고 있는 게 아닐까, 그 사람과 쓰카다가 이상한 관계는 아닐까, 이런 의심들이다.

"쓰카다는 여자관계가 복잡한 사람이고, 나는 노리코 씨를 알고 있기 때문에 그가 사나에 씨와 결혼할 때 솔직히 불안했습니다. 하지만 그렇다고 해서 쓰카다가 사나에 씨를 죽일 리는 없고, 만에 하나 그가 그런 못된 짓을 했다면, 이렇게 바로 의심을 받게 처리하지는 않았을 겁니다. 머리가 아주 잘 돌아가는 사람이기 때문이죠. 이렇게 많은 의혹이 드러난다는 것 자체가 쓰카다의 결백을 증명하는 것 같군요."

그럼 누가 범인이라고 생각하느냐는 리포터의 질문에 하타나카는 이렇게 대답했다.

"모르겠습니다. 쓰카다가 주장하듯이, 그에게 원한을 품은 사람이 그를 함정에 빠뜨리고 있는 건지도 모르죠."

그렇다면, 하고 리포터가 말했다.

"쓰카다가 그토록 남에게 원한을 살 만한 악랄한 사람이라면, 살인도 저지를 수 있지 않을까요?"

하타나카 씨는 어처구니없다는 듯이 말했다.

"그런 걸 순환논법이라고 부르지 않습니까?"

"유난히 그 사람을 감싸는군요. 혹시 당신도 이번 사건과 관계가 있는 겁니까?"

너무도 무례한 질문에 하타나카 씨는 대답하지 않았다.

화면이 스튜디오로 바뀌었는지, 여성 사회자의 목소리가 들렸다.

"하타나카 씨가 공범일 수도 있다는 건 생각도 못했습니다. 신선하군요."

계속 상승작용만 일으킬 뿐이었다. 에리코 씨는 텔레비전 스위치를 껐다.

에리코 씨가 매일 애타게 기다리는 건 다른 누군가가 나타나 쓰카다 가즈히코의 결백을 입증해주는 것이다. 그의 알리바이에 대해 입을 다물고 있는 게 마음 아픈 것이다. 나는 그 심정을 이해한다. 만약 내가 말을 할 수만 있다면 대신 이야기를 해줄 텐데. 나는 그가 떨어뜨린 회원 카드도 갖고 있던 적이 있으니까.

그때 전화벨이 울렸다. 에리코 씨는 바로 수화기를 들었다.

"여보세요."

이런, 또 말없는 전화인 모양이다.

에리코 씨는 말없이 수화기를 내려놓았다. 그리고 말했다.

"어머, 오셨어요? 표정이 왜 그러세요?"

어머니가 돌아온 것이다. 발소리도 없이 살그머니. 어떻게 된 일일까?

"에리코."

어머니가 말했다.

"너 미카미 유키오란 사람을 아니?"

"미카미 유키오? 몰라요. 왜요?"

꿀꺽, 침 삼키는 소리를 내더니, 어머니가 말했다.

"호적상 올봄에 네가 그 사람과 결혼한 걸로 되어 있더구나."

5

그 뒤로 며칠간, 에리코 씨의 세계에는 엄청난 지진이 밀어닥쳤다. 마치 땅과 하늘이 뒤집힌 것 같았다.

가장 침착한 사람은 다카이 씨였다.

"이런 사건이 아주 드문 건 아닙니다."

냉정한 목소리로 흥분한 에리코 씨의 부모와 당황스러워하는 자기 부모(후쿠오카에서 달려왔다!), 넋이 나간 중매인에게 설명을 해주었다.

"몰래 멋대로 혼인신고를 해서 전혀 알지도 못하는 사람과 결혼한 걸로 돼버린 사례는 지금까지 여러 번 있습니다. 물론 어처구니없는 재앙이지만, 괜찮아요, 다 정정할 수 있습니다."

멋대로 혼인신고를 하다니. 물론 법에 저촉되는 짓이다. 관할 경찰서에서 형사 두 사람이 와 여러 가지를 묻고 갔다. 미카미 유키오가 누구인지를 밝혀낸 것도 그들이었다. 역시 전문가들이다.

"따님이 일하시던 여행대리점의 손님이었던 모양입니다. 기억 나십니까? 몇 번인가 투어 팸플릿을 받으러 갔던 것 같은데, 다른 창구 담당 여직원이 기억하더군요."

미카미 유키오는 26세. 현재 혼인신고서에 기재된 주소에는 살고 있지 않다. 행방불명이다. 본적지에는 부모가 살고 있지만, 벌써 이삼 년째 연락이 되지 않는다고 한다.

"제대로 된 직장도 없는 주제에 허풍을 떨고 다닌 모양입니다. 집착이 강한 일종의 파라노이아(paranoia : 체계적이고 지속적인 망상을 나타내는 병적인 상태—옮긴이)일 겁니다. 고향에서도 고등학교 때 한번 딱지를 맞은 여자한테 대뜸 칼질을 해 크지는 않지만 부상을 입혔습니다."

에리코 씨는 과장하지 않더라도 미인이고, 대리점 창구에서도 자주 데이트 신청을 받았기 때문에 미카미 유키오가 한눈에 반했다 해도 이상한 일은 아니다. 하지만 그렇다고 해서 멋대로 망상을 품고 혼인신고까지 했다는 것은 이상하다.

에리코 씨는 최근 몇 달간 계속해서 아무 말도 하지 않는 전화가 걸려왔다는 이야기를 했다. 형사는 '으음.' 하며 신음을 했다.

"어쩌면 그것도 미카미의 짓일지 모르겠군요. 우리 쪽에서도 아가씨의 신변을 보호하도록 하겠습니다."

그걸로 일단 마음이 놓였다고 생각했지만, 다카이 씨는 방심하지 않았다.

"이런 경우 경찰의 경호는 그리 도움이 되지 않아. 혼자 다니지 않도록 해."

누구보다 당황해야 할 그가 내내 차분하고 이성적으로 행동했기 때문에 나는 참으로 마음이 놓였다. 사람들이 다들 다카이 씨 같지는 않을 것이기 때문이다.

에리코 씨의 부모는 물론 딸을 믿지만, 그래도 역시 조금은 불안했던 모양이다. 둘 다 상식적인 사람이기 때문에 '멋대로 혼인신고를 했다.'는 사실을 받아들이기 힘든 것이다. 그런 심정이 이해가 안 되는 것은 아니다.

"얘, 에리코. 너 정말로 그 미카미란 남자하곤 아무 일도 없었던 거지?"

그런 질문을 받고, 에리코 씨가 발끈한 모양이다.

"날 못 믿는 거예요?"

"믿어. 믿지만…."

"미카미란 남자가 정신이 어떻게 된 거예요."

"그야 그렇겠지…."

이런 문제에 대해 다카이 씨 부모님은 속으로 어떻게 생각하는지 알 수가 없다. 어서 결혼식 날이 오기만을, 나는 그것만을 바랐다.

결혼식 당일은 날이 화창했다. 공기가 맑고 시원했다. 늦가을 아침이었다.

신부인 에리코 씨는 준비 때문에 가족보다 먼저 집을 나섰다. 핸드백에 담겨, 택시에 올라탄 에리코 씨의 무릎 위에 놓인 나는 그녀와 함께 움직일 수 있는 게 기뻤다.

결혼식장에 도착해 택시에서 내릴 때, 나를 열고 돈을 내는 에리코 씨에게 운전기사가 말을 걸었다.

"오늘 결혼하십니까?"

"예."

"그렇군요. 날씨가 좋습니다. 행복하세요."

참 착한 운전기사라는 생각이 들었다. 에리코 씨도 '감사합니

다.' 대답하고, 차에서 내려 걸으며 살며시 콧노래를 부르기 시
작했다.

하지만 다음 순간—.

빠른 발소리가 다가오는가 싶더니, 에리코 씨의 몸이 크게 흔
들렸다. 그리고 몸이 굳어졌다. 귀에 익지 않은 남자의 목소리가
들렸다.

"계속 기다리고 있었어. 나한테서 도망치면 안 되지."

나는 바로 깨달았다. 미카미 유키오다!

"당신… 미카미 씨?"

떨리는 목소리로 에리코 씨가 말했다. 상대가 웃었다.

"이제 와서 무슨 소리야. 내 얼굴을 잊었나? 난 네 남편이잖아."

쾌활한 목소리인데, 아주 약간 톤이 어긋난 느낌이 든다. 조율
이 잘못된 피아노가 연주하는 결혼행진곡.

"이리 와. 둘이 멀리 가자. 도망치는 거야."

"도망?"

"그래. 머리 굳은 네 부모가 우리 사이를 갈라놓으려는 거야.
게다가 다른 녀석과 결혼을 시키려 하고 있어. 어서 도망치자."

미카미는 에리코 씨를 잡아끌며 걸었다. 에리코 씨가 소리를
지르지 못하는 것은 분명 뭔가에 겁을 먹었기 때문이다.

"저어, 그 칼 치워주면 안 돼요? 무서워요."

역시 그랬다. 칼이라니!

"안 돼. 이걸 치우면 네 부모 앞잡이들이 너를 빼앗아갈 거야.
나는 줄곧, 내내 너를 지켜봤어. 눈치 못 챘어? 지켜보다가 너와

함께 도망칠 계획을 세운 거야.”

훔친 건지도 모르지만 미카미는 차를 준비해두었다. 내게는 보이지 않지만 에리코 씨가 그 차에 태워지는 것이 느껴졌다. 시트를 뒤로 넘기는 소리가 난다. 어쩌지? 분명히 투 도어 승용차다. 에리코 씨는 출구가 없는 뒷좌석에 갇혀버린 것이다!

차가 움직이기 시작했을 때, 에리코 씨는 갑자기 큰 소리를 지르며 구조를 요청했다. 옆으로 누군가가 지나간 건지도 모른다. 하지만 그건 역효과만 불러왔다. 차는 무서운 기세로 앞으로 꼬꾸라질 듯이 달려 나갔다. 미카미의 타이르는 듯한 목소리가 들려왔다.

“소란을 피워도 소용없어. 넌 나하고 멀리 갈 테니까.”

이 남자는 완전히 미쳤다. 에리코 씨는 도망칠 방법이 없다. 차는 계속 달렸고, 소리치다 지친 에리코 씨가 울기 시작했지만 속도는 줄지 않았다.

미카미는 라디오를 켰다. 흐르는 록 음악에 맞춰 이따금 메마른 웃음소리를 흘렸다.

얼마나 시간이 흘렀을까? 나는 알 수 없었다. 에리코 씨는 내가 든 가방을 꼭 쥐고 있었다. 마치 그것이 생명줄이라도 된다는 듯이.

“저어, 어디로 가는 거죠?”

쉰 목소리로 그렇게 물었다. 미카미는 그저 ‘헤헤.’ 하고 웃기만 했다.

"도망치지 않을 테니 날 조수석에 앉혀주지 않겠어요? 여긴 좁아서."

"안 돼!"

갑자기 화난 목소리로 미카미가 고함을 쳤다. 에리코 씨는 움츠러들었다.

이 남자는 에리코 씨와 동반자살을 하려 할지도 모른다. 그런 생각이 들자 나는 덜덜 떨렸다. 이 남자는 제정신이 아닌 상태에서는 에리코 씨와 서로 좋아하는 사이라 믿고, 제정신일 때는 그게 거짓이란 걸 안다. 그래서 에리코 씨를 억지로 자기 것으로 만들고, 남에게 빼앗기지 않으려면 죽일 수밖에 없으리라—.

어쩌지. 어쩌면 좋지?

에리코 씨는 또 울기 시작했고, 눈물을 닦기 위해 백을 열었다. 나는 그녀의 창백한 얼굴을 보았다. 손수건을 찾는 에리코 씨의 손이 내 바로 옆에 들어 있던 작은 종이봉투에 닿았을 때, 움찔하는 것을 느꼈다.

그때 나는 눈치 챘다. 에리코 씨의 생각을.

이윽고 에리코 씨는 더듬더듬 미카미에게 말을 걸기 시작했다. 여긴 어디쯤이죠? 바다를 보고 싶어. 두려움을 숨기고, 조금씩 마음을 여는 척하며.

미카미는 처음엔 대꾸가 없었다. 하지만 에리코 씨의 부드러운 목소리에 그녀를 향한 광기가 반응을 보였는지 마침내 말을 하기 시작했다.

"에리코, 창문을 열어. 공기를 바꾸자."

마치 애인처럼 굴었다. 또 콧노래를 부르기 시작했다.

이윽고 에리코 씨가 말했다.

"나 목말라요."

미카미의 콧노래가 잠깐 중단되었다.

"뭘 좀 마시고 싶어요. 자동판매기라도 괜찮으니 사주지 않을래요? 차에서 내리지 않아도 살 수 있잖아요?"

"도망치거나 하진 않겠지?"

"그러지 않아요."

조금 더 가다가 미카미는 차를 세웠다. 에리코 씨는 자세를 갖추고 앉아 그가 돌아오기를 기다렸다.

미카미는 바로 돌아왔다.

"자, 주스가 좋아? 아니면 커피?"

"주스 주세요."

차는 다시 달리기 시작했다. 에리코 씨가 깡통 주스를 따는 소리가 들렸다. 미카미도 캔 커피를 땄는지 같은 소리가 들렸다.

차는 계속 달렸다.

에리코 씨는 주스를 마시는 모양이다. 이윽고 조심스럽게 몸을 꼬아 미카미가 보지 못하도록 오른손을 백 안에 넣었다. 그녀의 오른손이 백 안으로 미끄러져 들어오더니 아까 그 종이봉투를 더듬어 안에 든 것을 꺼내기 시작했다.

그래, 힘내, 에리코 씨!

종이봉투에는 에리코 씨가 다니는 그 치과의사 선생님 이름이 찍혀 있다. 그렇다. 의사가 준, 강력한 진통제가 들어 있는 것이다. 사랑니가 부어 힘들었던 그날, 먹고 남은 알약이 가방 안에 들어 있었던 것이다.

에리코 씨는 그 알약을 깡통 주스 안에 넣었다.

한동안 아무 일도 일어나지 않았다. 아마 주스를 마시는 척하면서 알약이 녹기를 기다리고 있으리라.

이윽고 미카미에게 말을 걸었다.

"저어, 캔 커피 마시고 싶은데요. 바꿔 마시지 않을래요?"

차가 약간 흔들렸다. 미카미가 놀란 모양이다.

"뭐라고?"

"그 커피를 마시고 싶어요. 주스하고 바꿔요."

이 멍청한 놈아, 어서 시키는 대로 해!

미카미의 표정을 나는 볼 수 없었다. 히죽 웃었을까, 아니면 약간 남은 제정신으로 에리코 씨의 말을 의심했을까.

어쨌든 그는 캔 커피를 건네고 주스를 받아든 모양이다.

에리코 씨가 말했다.

"고마워요. 그 주스도 마셔봐요. 맛은 있는데 좀 단 것 같네."

미카미는 시키는 대로 한 모양이었다.

차가 이상하게 흔들리면서 약의 효과가 나타나기 시작했다는 것을 깨달았다. 비틀… 비틀… 앞쪽이 흔들리고, 뒤가 흔들린다.

"에리코…, 이거… 이상해."

더듬거리는 졸린 목소리가 들려왔을 때, 에리코 씨가 몸을 일으켰다. 미카미가 털썩 옆으로 쓰러지는 소리가 났다. 에리코 씨가 간간이 비명을 지르면서 힘껏 발로 차고, 시트를 넘어 운전석으로 가는 광경을 그리며 나는 응원을 보냈다. 차가 심하게 흔들렸다. 맞은편에서 오는 차의 클랙슨 소리, 반동(反動). 그리고 에리코 씨가 '꺄악!' 하고 소리를 질렀다. 정신이 드니 차가 멈춰 있었다.

에리코 씨, 남편과 자식을 위해 운전을 익히길 잘했어.

6

에리코 씨는 자고 있었다.

여기는 조용한 병실이다. 1인실이지만 주위에는 다카이 씨와 그의 부모, 에리코 씨의 어머니가 있다.

나는 에리코 씨의 머리맡에 있다. 아직 백에 들어 있는 상태이기 때문에 사람들의 목소리밖에 들을 수 없지만, 에리코 씨의 상처는 그리 심하지 않은 모양이다.

"어쨌든 무사해서 다행이야."

이건 에리코 씨 어머니의 목소리다.

"남편이 지금 형사들과 이야기하고 있습니다. 미카미란 사람은 시트에 쓰러져 자고 있었기 때문에 상처도 없는 모양이에요."

바로 그때 그 형사가 얼굴을 디민 모양이다. 에리코 씨 어머니가 복도로 불려 나갔다. 그때를 기다리고 있었다는 듯 다카이 씨 어머니가 말했다.

"결혼식장 앞에서 낚아채가다니, 보통 사람이 할 짓이 아니지."

"맞아요."

다카이 씨가 말했다. 낮고, 차분한 목소리였다.

"노부오, 내 말이 무슨 뜻인지 알지?"

"무슨 얘기죠?"

"여보, 그만둬요."

"그럴 수 없어요. 얘, 너 이번 혼사 다시 생각해봐야 하지 않겠니?"

"여보—."

"그렇지 않아요? 보통 사람이 이렇게까지 할 리가 없죠. 에리코가 그 미카미란 남자하고 무슨 일이 있었던 거야. 그렇지 않고서야 그 남자가 이런 일까지 저지를 리가 없잖아요?"

"미카미란 사람 머리가 이상해서 그런 거지."

"이상해진 게 누구 때문이겠어요?"

말씨름을 하면서 다카이 씨 부모는 병실을 나갔다. 주위가 조용해졌다.

하지만 나는 이윽고 작게 흐느끼는 소리를 들었다. 에리코 씨다.

"—깨어 있었어?"

다카이 씨가 말했다.

"다 들었구나."

말없이 옷자락 스치는 소리만 났다. 고개를 끄덕이고, 이불을 뒤집어썼는지도 모른다.

"어머니도 진심으로 저러시는 건 아니야. 지금은 흥분한 상태라서."

다카이 씨는 부드러운 목소리로 말했다.

"그리고 난 그런 이야기 신경 안 써. 네가 무사해서 정말 다행이야."

조금 있다 에리코 씨가 울먹이는 목소리로 물었다.

"날 믿어요?"

"물론이지."

"일반적으로 생각하면 어머님 말씀이 맞을지도 모르죠. 난 의심을 받아도 어쩔 수 없고요."

"그럴까? 하지만 난 에리코를 잘 아니까."

그러고 나서 한 시간가량 에리코 씨는 내내 울었다. 나는 왜 우는지 이해가 되었다. 그래서 에리코 씨가 울음을 그치고 또렷한 목소리로 다카이 씨에게 이렇게 말했을 때도 놀라지 않았다.

"내가 직접 당해보고 비로소 깨달은 게 있어요."

"뭔데?"

"저어, 나 하고 싶은 얘기가 있어요. 우리 둘의 문제는 아니지만, 무척 중요한 얘기. 한 사람— 어쩌면 두 사람의 누명을 벗길 수 있을지도 모를 이야기예요."

그리고 에리코는 쓰카다 가즈히코의 알리바이에 관해 말하기 시작했다.

다카이 씨는 신중하게, 일단 에리코 씨의 말을 뒷받침할 만한 사실을 찾았다.

'바이킹 클럽' 프런트에서 근무하는 여직원은 카드를 가져온 에리코 씨를 기억하고 있었다. 얼굴까지 확실하게 기억하지는 못했지만.

"아주 예쁜 젊은 아가씨가 '지갑'은 마치 아줌마 같은 걸 들고 있었죠. 거기서 카드를 꺼냈기 때문에 기억에 남아 있습니다."

이렇게 말했다. 나는 내가 자랑스러웠다.

곧 에리코 씨는 엄청난 태풍에 휘말리게 될 것이다. 하지만 걱정 없다. 다카이 씨가 곁에 있고, 나도 함께 있으니까.

'페르소나 논 그라타.' 에리코 씨는 초대받지 않은 손님이 될 것이다. 하지만 나는 에리코 씨를 너무 좋아하기 때문에 그녀가 어딜 가더라도 내내 따라다닐 것이다.

09

부하의 지갑

“일그러진 욕망을 품고 있는 인간. 세상 사람들의, 경찰의,
매스컴의 두통수를 치고 싶어 하는 인간. 목적은 돈이 아니다.”

1

집에 돌아오자 관리인이 불렀다. 택배가 왔다고 한다.

영차, 하는 소리를 내며 내 주인은 짐을 들어올렸다. 그의 양복 안에 있는 나는 상자 측면에 눌렸다.

"이게 뭘까?"

의아하다는 듯 말하며 내 주인은 그 짐을 방 안으로 옮겼다. 바로 그때 전화벨이 울렸다.

"여보세요? 아아―. 응, 지금 막 들어왔어."

주인의 목소리는 긴장이 풀렸다. 나도 그와 마찬가지로 아아, 하며 눈치를 챘다. 시라이 마이코. 그의 애인이다.

"아, 방금 짐이 도착했는데, 이게 뭐야?"

호오, 택배를 보낸 사람이 그녀였나?

"엥? 무슨 케이스? 그게 뭐지? ―벽장에? 아아, 옷 케이스라고? 왜 그런 걸 여기에?"

이번에는 전화 저쪽에서 마이코가 좀 더 길게 이야기했다.

"와아… 상당히 빨리 결정했네."

아직 마이코가 말을 하고 있다. 내 주인은 짤막하게 웃었다.

"그래. 그럼 물건을 찔끔찔끔 보내지 말고 한꺼번에 옮겨와, 응?"

또 웃었다.

"알았어. 좋을 대로 해."

왠지 모르게 기분이 좋은 목소리다. 거참.

"내가 없을 때는 관리실에서 받아두니까. 다만 너무 큰 건 귀찮아할 거야. 헤에, 그래? 그럼 번거로울 건 없겠네."

한동안 더 짐을 주고받는 문제에 관해 이야기를 나눈 뒤, 주인이 말했다.

"그래, 지금 나올 순 없어? 뭐? 어때서 그래, 결국은 여기서 살게 될 텐데. 정리 같은 건 나중에 하고 나와."

아마 임시 데이트가 될 모양이다. 오늘 밤은 파트너인 순사부장에게서 '하루 쉬며 머리를 식히자.' 는 말을 듣고 집에 돌아왔으니 무서울 것 없다.

다만 내 안에 들어 있는 내용물이 별로 든든한 상태가 아니다. 그래서 주인도 연신 '이리 오라.' 고 하는 것이리라. 집에서 만나면 공연히 돈을 많이 쓰지 않아도 된다.

"그럼 기다릴게."

전화를 끊었다. 그리고 휘익, 하고 휘파람을 불었다.

이 기뻐하고 있는 남자는 29세. 이름은 데라지마 유지. 도쿄의 한 경찰서 수사과에 소속된 사복형사다. 그리고 나는 그의 돈을 맡아 보관하는 지갑이다.

　마이코가 온 것은 그로부터 한 시간가량 지난 뒤였다. 저녁식사 재료를 사들고 왔다. 메뉴가 뭔지 묻더니, 내 주인은 나를 손에 들고 근처 가게로 와인을 사러 나갔다.

　내가 내 주인 소유가 된 것은 2년 전, 그가 사복형사가 되어 수사과에 배치되었을 때였다. 축하 선물로 나를 사준 사람은 그의 누나였다. 일벌레처럼 분주하고, 아주 터프하며, 암소처럼 마음씨 착한 여성이다.

　누나는 그보다 여덟 살 위다. 그는 누나 앞에서는 꼼짝을 못한다. 그래서 나도 대부분의 경우, 내 주인을 ‘유지’라고 부른다. 그의 누나가 그렇게 부르듯이. 나는 그녀의 대리인이니까.

　오늘 밤 유지가 들떠 있는 것은 마이코가 드디어 그와 동거에 들어가기로 결심을 해주었기 때문이다. 저녁식사를 하면서 두 사람은 그 이야기만 했다. 나는 옆방 옷장 옷걸이에 걸린 웃옷 안주머니에서 두 사람의 이야기를 들었다.

　“그렇게 싫다더니 갑자기 어떻게 된 거야?”

　또 히죽거리면서—활짝 웃는 얼굴이 눈에 선하다—유지가 말했다.

　“별다른 이유는 없어.”

　마이코가 웃고 있다. 이런저런 물건들을 조금씩 정리해서 상자에 넣어 이 집으로 보낼 거라고 한다. 큰 가구 종류나 가전제품은 친구에게 주거나, 싸게 팔거나, 쓰레기 수거업자에게 내주거나 해서 모두 처분할 작정이라고 했다.

　“생활필수품은 여기 모두 있고, 내가 갖고 있는 것보다 다 새

것이야. 그러니 괜찮지? 나는 입을 것과 찻잔, 젓가락만 들고 몸만 올게.”

그래서 이사 같은 건 하지 않아도 된다는 게 아까의 그 통화 내용이었던 모양이다.

과연, 이런 방향으로 매듭이 지어지는 건가, 하는 생각이 들었다. 그리고 마이코가 유지와 동거를 하게 되면 나도 좀 가뿐해질 수 있겠다는 생각도 들었다.

유지는 내 동전 넣는 곳에 마이코의 방 열쇠를 넣고 다닌다.

이게 상당히 튼튼한 열쇠라서 별로 크지 않은 지갑인 내 입장에서는 좀 버겁다. 키홀더에 꽂고 다니면 좋을 텐데, 그쪽엔 이미 자기 방 열쇠와 자동차 열쇠가 걸려 있기 때문에 자리가 없는 모양이다.

게다가 유지 입장에서는 마이코의 방 열쇠만은 다른 곳에 넣어두고 싶다는 생각이었는지도 모른다. 일에 쫓기는 덕분에 이 열쇠를 사용할 기회는 안타깝게도 지금까지 한 번도 없었지만, 상징적인 의미가 있으니 아무렇게나 다룰 수는 없는 것이다. 키홀더에 끼워 허리에 매달지 않고 지갑에 넣어, 심장 가까이에 보관해두고 싶었는지도 모른다.

어쨌든 마이코가 여기서 살게 되면 이 열쇠는 필요 없을 것이다. 나로서는 고마운 일이다.

그래도 마이코가 용케 결심을 했다.

무슨 계기가 될 만한 일이 있었나?

몇 달 전, 유지가 프러포즈했을 때 마이코는 아직 결혼하고 싶

지 않다고 거절했다. 서류 한 장 제출하는 것으로 닥쳐올 그 번
거로운 친인척 관계를 떠맡을 준비가 되어 있지 않다고 했다.

그래서 유지가 '그럼 동거하면 되잖아?' 라고 제안했다. 하지
만 마이코는 그 이야기에도 그다지 내키는 표정을 짓지 않았다.
그 뒤 내내 서로 밀고 당기기가 계속되었다.

"어때서 그래?"

"싫어."

"왜?"

"그냥."

마치 어린애들 말씨름 같았다. 하지만 나로선 그렇게 하자는
대답을 망설이던 마이코의 심정도 이해가 간다.

마이코는 자유로운 사람이다. 마이코가 실제로 여러 가지 일
들을 가뿐하게 처리해내는 것을 나는 보아왔다. 인재파견 회사
에 등록해, 이 회사 저 회사에서 일하며 틈틈이 휴가를 얻어 국
내외를 가리지 않고 여러 곳을 여행한다. 배우러 다니는 것도 많
다. 취미도 많다. 친구들도 많다. 유지와 처음 만날 무렵에는 남
자 친구들이 여럿 있었다.

그들이 처음 만난 것은 1년쯤 전이었다. 유지가 탐문수사를 하
러 들른 외자계 은행 접수창구에 '흠잡을 곳 하나 없다.' 는 느낌이
드는 완벽한 미녀가 한 명 있었다. 그게 마이코였다는 이야기다.

내가 그걸 또렷하게 기억하는 데는 까닭이 있다. 처음 본 며칠
뒤, 두 사람은 첫 데이트를 하더니 불이 붙어 그날로 하룻밤을
함께 보냈다. 그리고 이튿날 와이셔츠와 넥타이가 전날 그대로

인 채 서(署)에 나가자 반장이 '외박했냐?'고 물었다. 유지는 히죽거리기만 하고, 일도 제대로 하지 않은 채 집에 돌아왔다. 그리고 바로 그날 밤, 그 모리모토 류이치 살해 사건이 일어났기 때문이다.

그러고 보니 그게 12월이었다. 살인 현장은 황량한 들판이었다. 죽은 사람의 눈동자처럼 창백한 달빛이 시체를 비추고 있었다. 그리고 봄이 왔다. 그 들판에도 다시 풀이 돋아나고, 여름에는 햇볕이 내리쬐고, 가을에는 억새가 무성하고, 그리고 또 겨울이 찾아와 오늘 밤은 다시 우울한 달빛이 쏟아지고 있을 것이다. 그때까지만 해도 서먹하던 유지와 마이코는 이렇게 잘 맺어졌지만, 사건은 아직 혼란스럽기만 할 뿐 해결의 기미가 전혀 보이지 않았다.

지금 쓰카다 가즈히코는 무얼 하고 있을까. 마이코와 새롱거리고 있는 유지의 마음속에는 여전히 그 끈덕진 의문이 자리 잡고 있으리라.

쓰카다 가즈히코는 도쿄의 아오야마에서 주느비에브란 레스토랑을 경영하는 36세의 남자로, 지난해 12월 모리모토 류이치라는 33세의 남성이 살해된 것을 발단으로 시작된 보험금 관련 연쇄살인사건의 용의자다. 아니, 지금으로선 '전(前) 용의자'라고 부르는 편이 나을지도 모른다. 그의 혐의가 벗겨지고 있기 때문이다. 몇몇 언론사는 이미 그를 무고한 사람으로 취급하고 있기도 하다. 그야말로 상황이 돌변한 것이다.

하지만 사태는 심각하다. 이 사건으로 네 명이나 살해되었다.

모두 의심의 여지가 없는 타살이다.

나는 수사 회의 때 읽어내려가던 사건의 경과를 유지의 웃옷 주머니 안에서 거의 외울 수 있을 정도로 여러 번 들었다. 대충 생각해도 각자의 배우자를 잃고, 각기 고액의 보험금을 타낸 걸로 보아 쓰카다와 노리코가 수상하다—냄새가 풀풀 난다—는 것은 초등학생도 짐작할 수 있다. 또 이 두 사람은 이쓰코가 죽을 때는 둘 모두, 모리모토 류이치가 죽을 때는 가즈히코 하나만, 사나에가 죽을 때는 노리코 하나만, 그리고 가사이 미치코가 죽을 때는 다시 두 명 다—라는 식으로 그야말로 수상쩍은 느낌이 들 만큼 알리바이가 없었다. 마치 둘이서 짜고 일부러 의심받을 만한 행동을 하고 있는 것처럼 보이기도 한다. 그러나 이렇게 물증은 없지만, 정황 증거만은 넘칠 정도로 많은 기분 나쁜 사건이다. 유지의 상사인 순사부장은 쓰카다와 노리코를 체포하기 위해 집념을 불사르고 있다. 그러나 현재 상태로는 입건이 어렵다는 사실도 충분히 알고 있는 듯하다. 그래서 매일 끙끙거리고 있다.

아니, 그러고 있었다.

그렇다. 아까 마이코가 말했듯이, 최근 증인 한 사람이 나타나 모리모토 류이치 살해와 관련한 쓰카다 가즈히코의 알리바이를 입증했기 때문에 사건이 까다로워진 것이다. 증인에 따르면 그 사건이 일어난 바로 그 무렵, 쓰카다 가즈히코는 야마나시 현의 고후 시 교외에 있었으며, 자동차 가스가 떨어져 오도 가도 못했다고 한다.

이 증언이 쓰카다 본인의 기억도 되살린 모양이다. 그때까지 모리모토 사건 당일의 알리바이를 물어도 '기억이 나지 않습니다. 1년 가까이 지난 일이라서.' 라며 머리를 감싸 쥐더니 마침내 기억이 떠올랐다는 것이다.

"어느 날 휴가를 받았습니다. 크리스마스 때가 되면 엄청 바쁘기 때문에 그전에 하루 이틀 정도 하타나카 씨와 교대로 휴식을 취하게 되어서—."

하타나카라는 사람은 쓰카다와 함께 주느비에브를 경영하는 파트너다.

"그래서 특별히 행선지를 정하지도 않고 훌쩍 차를 끌고 나갔던 겁니다. 처음에는 하마마쓰에 있는 친구를 찾아갈까 생각했지만, 마침 그 며칠 전 잡지 화보에서 고후 교외에 일본에서 가장 큰 와이너리(Winery : 포도주를 만드는 양조장-옮긴이)를 지닌 레스토랑이 오픈했다는 기사를 보았기 때문에 잠깐 들러보자는 생각을 했습니다."

그래서 혼자 고후로 갔다는 것이다. 문제의 레스토랑에서는 쓰카다가 분명히 들렀다는 확증을 잡을 수 없었지만, 어쨌든 그날 밤 그를 만났다는 증인의 증언이 명료하고, 게다가 그때 습득한 그의 스포츠클럽 회원 카드를 며칠 뒤 그 스포츠클럽에 갖다주었다—는 이야기까지 나왔다. 뒤집을 수 없는 증언이었다.

사건의 경과를 살펴보자.

보험금을 노리고 쓰카다 가즈히코와 모리모토 노리코가 함께 꾸민 사건이라고 주장하는 사람들은, 네 가지 살인사건 중 어느 것 하나라도 쓰카다와 노리코 모두에게 분명한 알리바이가 성립하여 두 사람 누구도 그 살인을 저지를 수 없었다는 것이 입증되어버리면 찍소리도 할 수 없게 된다. 두 사람의—두 사람만의 공모라는 주장이 뿌리째 뒤집혀버리기 때문이다.

'그럼 또 한 명의 공범이 있는 거 아니야?' 이런 식으로 쉽게 생각할 수도 없다. 그 '또 한 사람'은 누구일까? 어떤 사람일까? 무엇 때문에 협력한 걸까? 돈일까? 하지만 지금까지의 경찰 조사에 따르면 쓰카다와 노리코 주변에 둘과 손을 잡고 그런 위험한 짓을 할 만한 사람은 나타나지 않았다. 두 사람의 경제 상태를 조사해봐도 사건을 전후해 큰돈이 움직인 흔적은 보이지 않았다.

만약 제삼의 공모자가 있다면, 애당초 쓰카다나 노리코가 이토록 요란하게 의심을 자초할 일은 없지 않았을까. 돈을 지불하고 '청부살인업자'를 고용했다면, 끔찍한 얘기지만, 더 깔끔하게, 아무에게도 의심받지 않고 넘어갈 수 있도록 꾸밀 수 있었을 테니까.

이렇게 해서 지금 수사는 꽉 막힌 상태에 빠져 있다. 엄청나게 큰 똥구덩이에 빠져 있다—고 유지의 상사는 말한다. 정황 증거뿐이라 수사하기 어려운 사건이라고 한탄할 때에는 그래도 나았다.

매스컴이 일제히 방향 전환을 했기 때문에, 현재 쓰카다와 노리코는 지금까지와는 전혀 다른 의미에서 '주목받는 사람'이 되어 있다. 각 텔레비전 방송국에선 어떻게든 그들을 출연시키려고 돈다발을 쌓아두고 있다는 소문이다. 어지간한 아이돌 탤런트 이상의 지명도와 영향력, 게다가 두 사람 다 세련되고 스마트한 미남미녀다. 두 사람이 애인 관계라는 것은 사실이지만, 살인 사건만 얽히지 않았다면 그 정도는 아무 문제도 아니다. 오히려 자극적이고 매력적이라는 이야기가 된다. 쓰카다에겐 일요일 아침의 뉴스 쇼 고정 출연자가 되지 않겠느냐는 권유가, 노리코에게는 몇몇 프로덕션에서 여배우가 되지 않겠느냐는 제안이 있었던 모양이다.

한편 내 주인인 데라지마 유지와 그의 상사를 비롯한 경찰 쪽 사람들은 수사가 난관에 부딪혀 비틀거리고 있었다.

유지도 잠시 마이코와 새롱거리며 피로를 씻어내면 좋을 것이다. 아무래도 두 사람 사이가 말이 필요 없는 상황으로 흘러갈 것 같은 분위기가 느껴졌다.

2

이튿날, 유지는 몸도 마음도 가뿐하게 수사과에 얼굴을 내밀었다. 하지만 파트너인 순사부장은 나가고 자리에 없었다.

이상하게도 나는 이 순사부장의 이름을 모른다. 누구나 그를 '반장' 이라고만 부르기 때문이다.

"어라? 반장님 오늘 쉬나?

"병원이야, 병원. 진찰받는 날이지."

누군가가 알려주었다. 아아, 그런가, 하며 유지는 고개를 끄덕였다.

반장은 심장에 폭탄을 안고 산다. 모리모토 사건 직후, 수사

회의를 하다가 쓰러져 그대로 병원에 실려간 적도 있다. 유지는 오후 2시께까지 수사 자료를 다시 읽고 메모를 하면서 시간을 보냈다. 그리고 허리를 펴고 일어나 늦은 점심을 먹으러 가기 위해 계단을 내려가는데 누군가가 불러 세웠다.

"반장은?"

질문이 이어졌다. 누군지 알 수 있었다. '고노' 라고 불리는 사립탐정이다. 그 또한 유지의 상사를 '반장' 이라고만 부른다.

"여긴 반장이 여러 명 있습니다. 누굴 말하는 거죠?"

이 도발에 탐정은 걸려들지 않았다.

"또 컨디션이 좋지 않은가?"

낮고, 때론 무척 나이가 든 것처럼 들리는 목소리다. 탐정은 이 사건을 추적하는 동안만인지 모르지만 반장과 보조를 맞춰 일하는 눈치다. 그래서 반장의 컨디션에 신경을 쓴다. 그리고 말은 하지 않지만, 부하이며 어엿한 형사인 자기를 제쳐두고 사립탐정과 밀착해 있는 반장에게 유지는 불만을 품고 있다.

"팔팔합니다."

무뚝뚝하게 대답했다.

"하지만 일주일 뒤에도 팔팔하기 위해 오늘은 병원에 갔죠."

"그렇군."

탐정은 마음이 놓인다는 표정이었다.

"자네, 이제 점심인가? 마침 잘됐군. 함께 나갈까? 하고 싶은 이야기가 있는데."

탐정이 가져온 것은 작은 카세트테이프 녹음기였다.

반장이라면 거침없이 그를 경찰서 안으로 데리고 들어갔을 테지만 유지는 고집스럽게 그걸 거부했다. 탐정이 카페는 싫다고 했다. 결국 경찰서 부근에 있는 공원의 인적 드문 광장 벤치에 앉아 이야기를 하기로 했다. 추울 텐데. 유지도 보통 고집이 아니다.

"이제 보름쯤 됐나? 그 쓰카다의 알리바이에 관해 대대적인 보도가 나가고 여론이 그들에게 유리한 방향으로 기울어지기 시작하고 나서, 내 사무실에 이따금 전화가 걸려오기 시작했네."

일단 들어보라며 탐정은 스위치를 눌렀다. 거의 잡음이 없는, 깨끗한 녹음이었다.

"나야. 또 걸었어."

젊은 남자의—아니, 아직 소년 같은 목소리다.

"이야기가 하고 싶어졌어. 경찰은 어때?"

여기서 탐정의 낮은 목소리가 끼어들었다.

"아직, 너를 찾아내는 데까지는 이르지 못한 모양이야. 별일 없나?"

희미한 소리가 들렸다. 아무래도 전화를 건 청년이 웃고 있는 모양이다.

"난 매일 정상적으로 학원에 다녀. 우리 반 누구도 내가 그 사람들을 죽인 범인인 줄 모르지. 쓰카다 가즈히코나 그 노리코란 여자 이야기는 자주 나오지만, 내가 진범이란 건 눈치 못 채."

탐정이 여기서 일단 스위치를 껐다. 조금 있다 유지가 목이 막힌 듯 억양 없는 말투로 입을 열었다.

"이게 뭐죠?"

탐정은 차분했다.

"자칭 보험금을 목적으로 벌인 연쇄살인사건의 '진범' 목소리
지."

열까지 셀 정도의 틈을 두었다 유지가 천천히 숨을 내쉬는 소
리가 들렸다.

"장난 전화죠?"

"물론 그럴 거라고 생각하네."

탐정이 대답했다.

"망상벽이 있는 고독한 재수생이랄까? 자기를 이 어마어마한
사건의 진범으로 여기면서 몰래 즐기고 있는 거겠지."

"그런데 왜 당신한테 전화를?"

"본인은 텔레비전을 보았다고 하더군."

고노라는 사립탐정은 쓰카다 사나에가 살해되기 전에 그녀로
부터 남편의 품행 조사를 의뢰받았다. 그 여자가 살해된 뒤, 눈
치 빠른 텔레비전 쪽 기자가 그의 존재를 파악하고 달라붙었다.
뿌리치는 데 에너지를 쓰기보다 딱 한 번 인터뷰를 하는 게 효율
적이겠다 싶어 탐정이 텔레비전에 나온 것은 두 달 전의 일이다.

탐정은 제대로 된 이야기는 전혀 하지 않았다. 모든 걸 감췄
다. 다만 사립탐정이 전국으로 방송되는 텔레비전에 얼굴을 내
밀 수는 없으니 전화로만 인터뷰를 한 것이었는데, 사무실 간판
이—모자이크 처리되었지만—화면에 나가버렸다.

“전화를 건 사람은 화면의 모자이크 처리를 지워서 사무실 이름을 알아냈대. 그런 기술은 빠삭한 모양이지.”

유지는 재채기를 했다. 사실은 우습다는 듯이 콧방귀를 뀔 작정이었으리라.

“경찰에 전화해봐야 전혀 쓸데없는 정보라고 상대해주지도 않을 것이다, 하지만 나라면 좀 더 진지하게 받아들여줄 거라고 생각했다더군. 그 덕분에 이따금 재미있는 전화를 받고 있는 거지.”

“이런 경우는 흔히 있죠.”

유지가 내뱉었다.

“내버려두는 게 어때요? 그러다 제풀에 지쳐서 다른 흥미 대상을 찾겠죠.”

아이들 몇 명이 노래를 부르며 근처를 지나간다. 그 노랫소리가 멀어지기를 기다렸다 탐정이 말했다.

“이 전화를 건 사람이 내 사무실을 찾아오겠다고 하네.”

이번에는 유지가 잠시 입을 다물었다. 그러고 나서 놀리듯이 말했다.

“그래서요? 무서우니 보호해달라는 겁니까?”

탐정은 그 말에 대꾸도 하지 않았다. 여전히 담담한 투로 말했다.

“반장이나 당신도 그 사람을 만나보는 게 낫지 않겠나 싶어서. 모습을 드러내면 저쪽에서 경계할지도 모르니 옆방에 숨어 있으면 되지. 이 사람이 이야기하는 걸 한번 제대로 들어볼 필요가 있지 않을까, 생각하네만.”

그렇게 말하며 탐정은 비로소 웃었다.

"어차피 경찰도 달리 돌파구를 찾지 못하고 있는 것 같으니까."

유지는 또 재채기를 했다. 뭐라 대꾸하려 했지만, 내가 생각하기에는 재채기를 한 게 정답이었을 거라고 생각한다.

반장은 흥미를 보였다.

"그런 걸 믿을 순 없어요."

유지가 불평을 늘어놓자, 지각한 걸 변명하는 학생을 대하는 선생님 같은 말투로 반장이 말했다.

"어느 쪽을 믿을 수 없다는 거야? 그 재수 학원 학생 말인가? 아니면 탐정이야?"

"양쪽 다요."

"좋아, 남을 믿지 않는 건 좋은 거야. 우리 직업은 아무도 믿지 않아야 해먹을 수 있는 장사니까. 아침에 일어났는데 금니가 없어졌으면 옆에서 자고 있는 마누라부터 의심해야지."

"농담하실 때가 아니잖아요."

투덜거리는 유지를 그의 누나를 대신해 때려주고 싶었다. 내 가죽은 품질이 좋으니 옆으로 펼쳐서 때리면 상당히 효과가 있을 것이다.

"자네, 그 탐정한테 편견을 가지고 있군."

"갖고 있습니다. 그 사람만이 아니라 사립탐정은 모두 사기꾼과 크게 다를 바 없죠."

반장은 뢴트겐 촬영대에 올라 '자, 숨을 내쉬고.' 할 때처럼 크게 심호흡을 했다. 한숨이다.

"일반적으로는 다들 꺼리지. 하지만 고노란 남자는 좀 달라. 그 친구는 프로야. 자기 역할을 잘 알고 있어."

유지는 입을 다물었다. 반장이 말을 이었다.

"게다가 그 사람은 책임감을 느끼고 있어."

"책임?"

"그래. 쓰카다 사나에가 죽은 것에 대해 큰 책임감을 느끼고 있지. 그 여자를 지켜주지 못했다는 사실에 대해서 말이야. 그건 프로로서 그 사람 자존심이 상했다는 이야기이기도 하네. 그래서 진지해. 자네보다 더 진지할지도 몰라."

"저도 성실하게 수사하고 있습니다."

"그렇지. 하지만 성실한 것과 진지한 것은 달라."

반장은 말주변이 좋다.

"고노가 머리의 나사가 약간 풀린 문제의 재수생을 만나보라고 한다면 그러는 게 나아. 그 재수생이 문제가 아니라, 그를 통해 뭔가가 보일 수도 있으니까."

재수생은 어제 전화를 걸어 '이삼 일 안에 찾아가겠다. 집에서 출발하기 전에 전화를 하고 가겠다.'고 했다 한다. 반장과 유지는 탐정의 연락을 기다리기로 했다.

그날 밤, 유지는 백화점이 문을 닫기 직전에 뛰어들어가 마이코에게 줄 반지를 샀다. 내 안에서 신용카드를 꺼낼 때 그의 손이 약간 떨렸다.

마이코는 4월생이다. 탄생석은 다이아몬드. 비싼 보석이다.

유지는 그녀의 반지 사이즈를 정확하게 알고 있었다. 점원이 권하는 대로 고른 반지는 그녀의 약지에 약간 클 것 같아, 나중에 다시 들르기로 했다. 그래서 '또 오세요.'라는 말을 들으며 가게를 나왔을 때, 나는 백화점의 보관증을 품고 있었다. 전차 안에서 손잡이를 잡고, 유지는 그 보관증이 제대로 있는지 확인하듯 웃옷 위로 나를 몇 번이나 쓰다듬었다. 걱정하지 마. 잘 보관해줄게.

맨션에 돌아오니, 또 택배가 도착해 있었다. 이번에는 골판지 박스로, 구두나 액세서리 따위가 든 상자 같은 잡다한 물건들만 들어 있었다. 받았다는 전화를 걸자, 마이코는 머리를 감고 있었다면서 약간 늦게 전화를 받았다.

"내용물 열어봤어. 괜찮지?"

유지는 소리 죽여 웃었다. 기분 좋은 고양이처럼.

"마이코, 너, 내가 선물한 걸 모두 소중하게 간직하고 있더라."

어제 온 옷 케이스 안에도 유지가 선물한 물건이 많이 들어 있었다고 한다.

"감격했어."

화제는 모레 함께 가기로 한 콘서트 이야기로 넘어갔다. 마이코가 티켓을 사서 유지의 표만 따로 그에게 건네주었다. 그렇게 하면 유지가 일 때문에 늦더라도 마이코는 연주회장 안에서 기다릴 수 있기 때문이다.

"엥? 괜찮아. 지금 상태로는. 사건은 전혀 진척이 없어."

마이코는 아마 또 결정적인 순간에 그가 오지 못하는 상황을 걱정하고 있을 것이다. 안타깝게도 전에 여러 번 그런 일이 있었다. 그럴 때마다 유지는 일단 전화로 사정 이야기를 하고, 자기 표를 두 사람이 데이트할 때 자주 이용하는 경찰서 근처 카페 주인에게 맡겨두었다. 그러면 회사에서 퇴근한 마이코가 그 카페에 들러 유지의 티켓을 받아들고, 시간이 나는 다른 친구와 둘이서 콘서트를 보러 갔다.

"정말 괜찮을 거야. 반드시 함께 간다니까. 그런데 본격적으로 이쪽에서 사는 건 언제부터가 될까? 다음 주말? 정리할 게 그렇게 많아? 흐음…, 그래. 그럼, 그렇게 알고 있을게."

전화를 끊은 뒤에도 유지는 한동안 싱글벙글했다. 그날 밤의 토크 쇼 프로그램에 멋진 외제 양복을 빼입은 쓰카다 가즈히코가 나왔다. 그가 아이돌 탤런트와 젊은이들에게 인기 있는 소설가와 함께 현대 사회에 대해 이야기하는 것을 보면서도 유지의 들뜬 기분은 가라앉지 않는 듯했다.

3

문제의 재수생에게서 전화가 왔다는 연락이 온 것은 이튿날 오후 3시경이었다. 서에서 대기하던 반장과 유지는 택시로 10분가량 걸리는 고노의 사무실로 향했다.

그의 사무실을 방문하는 것은 유지나 나나 처음이었다. 예상대로 낡은 건물이지만, 사무실은 깔끔하게 정돈되어 있었다. 파일을 넣어두었을 묵직한 캐비닛이 두 개, 벽에 붙어 있다. 응접세트의 의자가 연신 삐걱거리는 소리를 냈다.

"옆방에 숨어 있으라고 했는데, 옆방이 없잖아요?"

유지의 항의에 탐정이 바로 대답했다.

"작은 주방과 화장실이 있네. 칸막이 문을 닫을 수 있고 의자도 있지."

반장은 아무 말도 하지 않았다. 담배라도 피우는 모양이다. 심장에 좋지 않은데도 끊지를 못한다.

세 사람은 각자 위치에서 기다렸다. 두 시간 정도 기다렸을까. 나는 유지의 안주머니에서 그의 심장 고동을 느끼고 있었는데, 그다지 긴장한 것 같지는 않았다.

전화벨이 울리자 탐정이 받았다. 그 재수생에게서 온 전화였다. 바로 끊어졌다.

"컨디션이 좋지 않아서 내일 온다는군요."

실망한 표정도 없이 탐정이 말했다. 반장은 좁은 주방에서 밖으로 나와 크게 기지개를 켜는 모양이다. 신음하는 소리가 들렸다.

"그럼 내일도 또 이렇게 대기해야 하는 겁니까?"

유지가 무척 비통한 목소리로 말했다.

"그래."

"녀석이 올 때까지?"

"그렇지."

"저 애인하고 콘서트 가기로 약속했는데요."

반장이 말했다.

"마이코 씨? 그 아가씬 친구가 많잖아. 대타로 갈 사람을 금방 찾겠지."

의자를 삐걱거리며 반장이 일어선 모양이다. 곧이어 탐정이 자리에서 일어나 주방 쪽으로 가는 발소리가 들렸다. 커피라도 끓이려는 것인지도 모른다.

"안심해. 맘대로 데이트할 수 없는 건 우리 직업의 숙명이야. 그리고 내가 알기로는 동료 가운데 '너무 바빠서 결혼 못했다.'는 녀석은 없어."

"그야 뭐, 그렇기는 하지만."

"그 아가씨하고 잘 안 되나?"

"그렇지는⋯."

반장은 당연히 심문에 뛰어나다. 유지는 결국 마이코와 함께 살게 되었다는 이야기를 털어놓았다. 도중에 그가 말을 더듬자 반장이 말했다.

"이봐, 탐정. 자네도 이 친구 같은 시절이 있었겠지?"

탐정이 선선히 대답했다.

"그렇습니다."

"나도 그랬지. 이런 이야기를 들으니 젊은 시절이 떠오르는군."

그러자 사람 좋은 유지는 늘 그렇듯이(남자치고는 말이 많은 편이다), 반지를 샀다는 이야기까지 털어놓으며 기분을 전환했다.

"그런 상태라면 콘서트에 못 간다 해도 마이코 씨가 용서해줄 거야. 티켓은 그 아가씨 친구한테 양보해."

유지는 평소 하는 방법을 설명하며, 그렇게 하겠다고 순순히 받아들였다. 좀 측은한 기분이 들었다.

그러자 지금까지 입을 다물고 있던 탐정이 의외의 질문을 던졌다.

"그 아가씨 직업은? 어디 든든한 기업에 근무하고 있나?"

유지가 대답했다.

"인재파견 회사입니다. 한 직장에 머물기보다 자유롭게 옮겨 다닐 수 있는 쪽을 좋아합니다."

"집은?"

이 질문에는 유지도 질려버렸다.

"그런 걸 물어서 뭐 하려고요? 내 애인입니다. 관계없잖아요."

"그렇군. 실례했네."

나도 탐정이 왜 그런 걸 물었는지 이상하다는 생각이 들었다. 동시에 마이코의 집이 어디였더라, 하는 생각이 들었다―.

그리고 그제야 깨달았다. 마이코에게서 가족이나 고향 이야기를 들어본 적이 없다. 이것도 '결혼이란 집안과 집안이 하는 거라고들 하지. 하지만 난 너하고만 살고 싶어.'라고 말하는 마이코 식의 드라이한 사고방식 때문일까?

그렇다―. 유지는 그녀의 고향이 어디인지도 제대로 모를 것이다. 내가 듣지 못했으니 그도 들은 적이 없을 것이다. 나는 유지의 군자금을 안고 있기 때문에 러브호텔 같은 데까지 함께 들어가는 입장이라 이건 확실하다.

"그래, 자넨 망상벽이 있는 재수생과 우리를 만나게 해서 뭘 얻으려는 거지?"

차인지 커피인지, 뭔가를 마시면서 반장이 물었다.

탐정이 대답했다.

"한 가지 좀 엉뚱한 가설을 세워봤죠."

"호오."

"그걸 이해하기 위해서는 샘플로 저한테 전화를 해오는 재수생 같은 녀석을 직접 보시는 게 좋지 않겠나 싶어서."

그건 이튿날로 연기되었다.

서에 돌아오자 유지는 마이코의 직장에 전화를 걸었다. 그리고 내일은 시간이 나지 않을 것 같다며 사과하고, 티켓을 카페에 맡겨두겠다고 말했다. 유지의 목소리 느낌으로 미루어 마이코가 화를 내지는 않은 것 같았다.

4

이튿날도 오후 3시가 넘어 탐정에게서 전화가 왔다. 반장과 유지는 서둘러 달려갔다.

그리고 또 기다렸다. 하지만 이번에는 기다린 보람이 있었다. 한 시간 정도 지나 탐정 사무소 문을 조심스럽게 노크하는 소리가 들려왔다.

반장과 유지는 주방에 숨어 있었다. 그래서 나도 거기 있었다. 유지의 어깨에 살짝 힘이 들어간 듯했다.

"고노 씨세요?"

어처구니없을 정도로 차분한, 귀여운 목소리가 그렇게 물었다. 아직 어른이 되지 못한 덩치 큰 어린애.

'그렇다.'고 탐정이 대답했다.

"절 아시겠습니까?"

"전화를 한 사람이지?"

"그렇습니다. 들어가도 되나요? 약속대로 경찰은 부르지 않았겠죠?"

"눈으로 직접 확인해봐."

가벼운 발소리가 들려온다. 재수생이 실내로 들어온 것이다. 탐정은 그가 주방의 칸막이 문을 열면 어쩔 생각일까?

하지만 그런 일은 없었다. 재수생은 의자에 걸터앉은 모양이다. 의자 삐꺽거리는 소리가 났다.

젊은이는 쾌활했다. 말이 많았다. 일단 고노와 '대면하고' 싶었다는 이야기. 자기는 수사 범위 안에 있지 않을 테고, 앞으로도 그럴 걱정이 없다는 이야기.

"하지만 자넨 쓰카다 씨나 노리코 씨하고도, 살해당한 네 사람하고도 전혀 관계가 없지 않나."

"그런 이야기를 여기서 해도 괜찮은가요?"

탐정에게 묻고, 그는 재미있는 개그를 보여주었다는 듯 유쾌하게 웃었다.

"자백만으론 증거가 되지 않잖아요? 게다가 나는 물증을 남길 정도로 바보는 아니죠."

"왜 그 사람들을 죽이고, 쓰카다 씨와 노리코 씨에게 누명을 씌우려 했나?"

그러자 재수생의 귀여운 목소리가 흥분했다.

"재미있었으니까. 무척 스릴 있었으니까."

처음 쓰카다 씨를 본 것은 주느비에브에 식사를 하러 갔을 때였다면서 그가 입을 열었다.

"그 사람을 보았을 때, 왠지 무척 대단해 보였죠. 잔뜩 폼을 잡고 말이야…. 나 같은 인간은 눈에 들어오지 않는다는 식이더군. 그 사람은 미남이고, 스타일도 좋으니까. 그래서 흥미를 품게 됐죠. 난 그런 식으로 '내가 최고다.'라는 표정을 짓는 사람에게 유난히 흥미가 끌리거든요."

조사 사무소에 부탁해서 쓰카다의 신변을 조사했다.

"그래서 그 사람에 대해선 뭐든 알고 있죠. 다 알아요. 정말입니다."

"용케 그런 돈을 마련했네."

"있죠. 돈은 있어요. 엄마나 아빠가 어디든 괜찮으니 대학에 들어가길 바라고 있으니까, 내가 조르면 바로 돈을 주죠. 맨션도 얻어주었고, 차도 있어요. 난 이제 어엿한 어른입니다. 다만 쓰카다 씨처럼 뻔뻔스럽지 않기 때문에 그걸 선전하지 않을 뿐이죠."

쓰카다 주변 사람들을 죽이고, 그 혐의를 쓰카다와 그 애인인 노리코에게 씌우려 한 까닭을 그는 이렇게 설명했다.

"쓰카다한테 누가 더 대단한지 가르쳐주고 싶었죠. 내가 더 나아요. 레스토랑 경영자라거나 아름다운 부인과 애인이 있다거나 하는 건 별것 아니죠. 내 머리로 치밀하게 계획을 세우면 무슨 일이든 꾸며낼 수 있죠."

"그럼 쓰카다의 알리바이가 성립한 게 자네에겐 뼈아픈 실수였군."

"그렇지도 않죠. 그것도 계획에 다 들어 있어요. 곧 그 사람의 혐의가 벗겨질 겁니다. 그야 아무 짓도 하지 않았으니까. 지금은 경찰이 난처하겠죠? 난 경찰보다 머리가 좋거든요."

반장이 또 그 고래가 숨 쉬는 듯한 한숨을 내쉬었다.

"그렇지만 쓰카다와 노리코는 스타가 되어버렸어. 자네를 알아보는 사람은 아무도 없는데, 그 사람들은 유명인이 되었지. 이건 불공평하지 않아?"

재수생은 후후후, 하고 웃었다.

"그래서 당신과 의논하러 온 거죠. 이제 그만 쓰카다와 노리코를 끌어내려야겠어요. 그 사람들은 나한테 조종당하고 있을 뿐이죠. 난 이제 내가 범행을 했다는 성명을 발표할 작정이에요."

"그렇군…."

"그래서 당신 협조를 받아야겠다고 생각했죠. 매스컴 관계자들한테 내 얘길 전해주겠어요? 경찰은 이런 일에는 발이 느려서 안 돼요. 당신을 취재한 텔레비전 방송국과 바로 연락이 닿겠죠? 나를─, 진범을 직접 인터뷰할 수 있다고 얘기해주세요. 예?"

"출연료를 많이 받을 수 있겠군."

재수생은 침을 뱉는 듯한 소리를 냈다.

"돈 같은 건 필요 없어요. 돈이 문제가 아니지. 안 그래요? 나는 그런 조무래기가 아니에요. 다만 진짜로 대단한 게 누군지를 이제 세상 바보들에게 가르쳐줘야겠다는 생각을 했을 뿐이에요─."

“들었죠?”

재수생이 돌아가자 다시 의자에 몸을 기댔는지, 약간 웅얼거리는 듯한 목소리로 탐정이 말했다.

“괴물이군.”

반장이 말했다.

“별 볼일 없는 젊은이 아닌가? 대단한 것이라고는 망상뿐이야.”

“그렇게 생각하십니까? 그럼 만나게 하기를 잘한 셈이군요.”

탐정은 재수생에게 ‘자필 고백서를 써와라. 일단 그걸 갖고 텔레비전 방송국에 갈 테니까.’ 라고 했다. 그는 내일, 오늘과 같은 시각에 그걸 갖고 다시 찾아오겠다고 했다.

“주소와 본명을 적고 인감도 가져오라고 분명히 말했으니까.”

반장이 묵직한 말투로 말했다.

“그 녀석 분명히 올 거야. 신병을 확보하자고. 부모한테 연락해서 의사의 진찰을 받게 하는 게 낫겠군. 그냥 놔두는 것보다 그게 낫겠어.”

유지는 웃옷 주머니에서 손수건을 꺼내 연신 땀을 닦았다.

“말도 안 돼.”

유지가 말했다.

“터무니없는 시간 낭비예요. 고노 씨, 당신은 우리에게 그런 녀석을 보여줘서 뭘 어쩔 생각이죠?”

탐정이 천천히 말했다.

“간단하게 이야기하면, 그 재수생과 비슷한 인간이 쓰카다 가즈히코와 모리모토 노리코의 계획을 도와준 제삼의 공범자일 거라고 생각합니다."

침묵 속에서 반장의 체중에 저항하듯 의자 삐꺽거리는 소리만
들려왔다.

"그런 녀석이— 보잘것없고, 초라하고, 세상 사람들한테 전혀
환영받지 못하는 패잔병이 이번 사건의 실행범일 겁니다."

유지의 심장 고동이 빨라지는 게 느껴졌다.

"그렇다면 결국 그런 인물이 쓰카다에게 조종당하고 있다는
건가?"

반장의 질문에 탐정이 고개를 끄덕인 모양이다. 반장이 중얼
거렸다.

"그런가?"

"너무 뜬금없는 발상입니다."

유지가 말했다. 웃으려다 나머지 두 사람의 진지한 분위기에
눌려 그러지도 못하는 모양이다.

반장이 말했다.

"그래? 하지만 현실적으론 그런 망상을 품는 놈들이 있는 거
야. 자기는 대단한 인물이다, 텔레비전이나 잡지에서 떠들고 있
는 녀석들보다 사실은 내가 훨씬 더 잘났다고 믿고 있는 인간이.
그런 식으로 혼자 착각하기만 한다면 다행이지. 귀여운 녀석이
라고 할 수 있겠지."

"저도 그렇게 생각합니다. 하지만 이번 사건에 관계된 녀석은
혼자만 착각하고 만족하며 지낼 수 없는 인간이죠. 그렇지 않다
면 살인까지 저지르지는 않았을 겁니다."

탐정이 말했다.

"그럼 어떤 인간이란 거죠?"

유지가 따져 묻자, 탐정이 오히려 질문을 던졌다.

"자넨 쓰카다 가즈히코가 어떤 사람이라고 생각하나?"

"어떤 사람이냐니…?"

"그 사람의 가장 두드러진 특징이 뭔가 생각해보게. 뭐지?"

유지는 대답을 못했다.

"사람들 마음을 휘어잡고, 멋대로 가지고 노는 기술이 뛰어나지—."

반장이 그렇게 중얼거렸다.

"딱딱한 표현이지만, 맞는 말씀입니다."

탐정이 말했다.

"사람을 주무른다—, 이런 표현이 어울릴 겁니다. 그는 그게 아주 뛰어납니다. 분명 머리도 좋고 재능도 있겠죠. 주느비에브의 하타나카는 쓰카다에게 홀딱 반해 있습니다. 그의 장사 수완에 홀린 거죠. 하지만 반장님, 쓰카다 정도의 장사 수완을 지닌 사람은 얼마든지 있습니다. 쓰카다가 하타나카를 완전히 움켜쥐고 있는 것은 좋은 의미에서건 나쁜 의미에서건 쓰카다가 사람 마음을 움직이는 기술이 좋다는 이야기입니다."

"으음."

반장이 신음소리를 냈다.

"쓰카다 사나에 씨가 여길 찾아왔을 때 말했습니다. 자신이 남편을 의심해도 가족들은 누구도 제대로 귀 기울이지 않는다고.

모두 가즈히코 씨에게 말려든다고. 그런 그녀도 사실은 스스로 위험을 느끼기 전까지는 쓰카다의 포로였던 거죠.”

탐정의 목소리에는 안타까움이 담겨 있었다.

“또 한 가지. 사나에 씨에게 마사키라는 조카가 있습니다. 어린 애죠. 사나에 씨가 살해당한 뒤, 저도 몇 번 만나서 이야기를 들어보았습니다. 그 애도 일찍부터 쓰카다의 정체를 간파하고 있었습니다. 하지만 아무도 그 아이 말에 귀를 기울이지 않았습니다. ‘다들 쓰카다 씨를 좋아해요. 이상하게도 그 사람 말만 믿어요.’ 라고 하더군요. 아직 초등학생이지만 보는 눈은 날카로웠죠.”

“그러고 보니—.”

반장이 입을 열었다.

“미야자키라는, 쓰카다의 어린 시절 친구가 한 말이 생각나는군. 말 더듬는 버릇이 있어서 쓰카다 이외에는 친구가 없었다는 남자지. 그 사람도 어렸을 때 쓰카다한테 매료되어 그가 시키는 대로 했다더군.”

탐정이 일어선 모양이다. 발소리가 난다.

“쓰카다는 똑같은 짓을 제삼의 공범자에게도 한 거죠. 그렇게 만들어서 조종하고 있을 겁니다.”

유지는 고개를 저었다.

“그렇지만 무엇 때문에 그런 짓을? 돈입니까? 보험금이 탐이나 살인마를 고용했다고요?”

아니지, 라고 탐정이 말했다.

“지금, 마치 영웅을 대하듯 매스컴이 비위를 맞추는 쓰카다와 노리코를 보고 있으면 그들의 정체를 알 수 있을 것 같네. 그들 또한 그저 남들보다 돋보이고 싶어 하는 사람들인 거지. 그뿐일세. 하지만 머리가 약간 좋다고 해서, 또는 미인이라고 해서 인구 1억 수천만 명이나 되는 이 나라 모든 사람들이 비위를 맞춰 주는 존재가 될 수는 없겠지. 쓰카다 정도의 남자는 얼마든지 있네. 노리코도 약간 미인인 정도이고. 하지만—.”

잠깐 숨을 들이켜는 사이 반장이 말을 가로챘다.

“그들이 온 일본을 들끓게 만든 사건과 관련이 있는 사람이라면 이야기가 다르겠지.”

참을 수 없다는 듯 유지가 언성을 높였다.

“그런 어처구니없는! 그럼 당신은 이번 사건의 목적이 돈이 아니라는 겁니까?”

“맞네.”

탐정은 냉정하게 대답했다.

“쓰카다한텐 돈이 있네. 주느비에브도 순조롭게 수익을 올리고 있었고. 살인까지 해서 보험금을 타낼 필요는 어디에도 없었지. 노리코도 마찬가지야. 모리모토 류이치는 고액 연봉자였네. 그녀는 생활에 아무 불편이 없었지. 쓰카다한테서도 돈을 받았을 걸세.”

탐정이 또렷또렷하게 말했다.

“그들의 목적은 돈이 아닐세. 목적은 현재 그들이 누리고 있는 위치를 얻는 거야. 전국적인 주목을 받으며 평범한 사람, 평범하게 지나가는 사람, 평범한 남녀에서 벗어나 유명인이 되는 것—.

오로지 그뿐이지. 그런 의미에서, 그들은 바라던 대로 성공했네. 보험금은 그저 부수입에 지나지 않을 걸세. 보험금 따위는 노리지 않아도 가볍게 목돈이 굴러들어오겠지. 실제로 이대로 가다 보면 텔레비전 출연료나 앞으로 쓰게 될 수기의 인세만으로도 보험금보다 훨씬 많은 돈이 굴러들어올 거야. 그리고 유명인이 되면 쓰카다의 재능, 사람을 휘어잡는 기술을 발휘하는 재미가 더 커질 걸세. 노리코 정도의 미모로도 유명인이 되면 이야기가 또 달라지지. 그 여자는 뭐가 될까? 여성문제 전문 평론가가 되려나? 아니면 정말로 탤런트가 될까?"

"말도 안 돼."

유지가 화난 목소리로 소리쳤다.

"그럴 수가! 유명인이 되기 위해 살인을 했다고요? 그랬다가, 만약에 체포되면 어떡하려고?"

반장이 낮은 목소리로 말했다.

"그러니까, 그들에겐 자기들이 직접 범행을 저지르지 않아도 된다는 계산이 있었던 거로군."

"계산?"

"그렇지. 실행범이 따로 있으니까. 게다가 쓰카다와 노리코, 그 두 사람과 실행범과의 관계는, 금전 문제나 치정 관계로만 수사하려는 경찰로서는 전혀 상상도 할 수 없는 종류의 것이지."

그 실행범은 쓰카다에게 휘말린 인간. 패잔병이면서도 '누가 진짜 대단한 사람인지, 세상 사람들에게 가르쳐주고 싶다.'는 일그러진 욕망을 품고 있는 인간.

세상 사람들의, 경찰의, 매스컴의 뒤통수를 치고 싶어 하는 인간.
쓰카다는 그것을 교묘하게 이용했다. 목적은 돈이 아니다.

"그렇기 때문에 그들 모두가 안전했던 거지. 쓰카다나 노리코
는 그렇게 많은 의심을 받으면서도 증거제일주의인 현재의 제도
아래서는 자기들이 범인이 될 염려 따위는 절대로 없다고 믿었
던 거야. 어처구니없는 일이지. 그 누구보다도, 요란을 떠는 텔
레비전 리포터들보다도 그 두 사람이 우리 경찰의 수사 능력을
믿어준 셈이군."

크게 기침을 한 번 하고, 반장이 내뱉었다.

"우린 범행을 하지 않았다, 손도 대지 않았다, 그러니 물증 따
위 없다, 체포된다 해도 기소될 리가 없다, 언젠가는 경찰이 우
리가 범행을 저지르지 않았다는 사실을 입증해줄 거다―, 그러
니 매스컴이 자꾸 떠들어주는 게 낫다, 실컷 떠들게 하는 게 좋
다, 이렇게 생각했겠지."

"그들은 떠들어주기를 바랐어."

이렇게 말하며 탐정이 말을 이었다.

"반장님이 자네한테 말하지 않았나? 그 네 명의 피해자에게서
뭔가가 하나씩 없어진 게 뭘 뜻하는지?"

유지의 목소리가 들리지 않았다. 아마도 반장의 얼굴을 무서
운 눈으로 노려보고 있을 것이다.

"무슨 얘기죠?"

겨우 낮게 중얼거린 유지의 목소리가 갈라져 나왔다.

반장은 말하기가 난처한 모양이다.

"내내 마음에 걸렸지만 함부로 입 밖에 낼 수가 없었네. 모리모토 류이치의 넥타이핀, 쓰카다 사나에의 반지, 가사이 미치코의 머리카락, 오타 이쓰코의 코트 단추—. 이런 것들이 없어졌다는 사실이 자꾸 마음에 걸리더군. 그래서 생각했지. 이런 것들이 범인에겐 전리품이었던 게 아닐까 하고."

"전리품?"

"그래, 기념품인 셈이지. 자기가 저지른 살인의 증거물. 몰래 가져가 이따금 들여다보며 만족해하는—."

탐정이 말했다.

"기분 나쁜 얘기지만, 단추나 넥타이핀이 현장에서 사라진 이유로는 가장 그럴듯한 추리라고 생각하네. 그리고 그런 전리품을 갖고 싶어 한다는 것은 돈이 목적인 범죄자가 아니고, 살인 그 자체에서 뭔가 의미를 찾는, 이른바 사이코 킬러 쪽에 어울리는 행동이란 거지."

"전 믿을 수가 없어요."

거칠게 일어나면서 유지가 말했다.

"도대체가 동기도 믿을 수 없고, 실행범이 속고 있다니! 그런—. 이해관계 없이 어떤 인간이 누군가에게 완벽하게 컨트롤당하고 있다는 이야긴 믿을 수가 없어요. 그렇게 조종당하는 인간이 있을 수 있나?"

세 사람은 모두 잠시 입을 다물었다. 유지는 씩씩거리고 있었다.

"자네도 컨트롤당하고 있다고 생각하는데."

탐정이 조용히 말했다.

"언젠가는 알게 될 테니, 말해도 괜찮겠지. 급소를 찔리면 인간은 대책 없이 조종당하는 법이야. 그걸 직접 본인 눈으로 확인하는 것도 좋겠지."

"무슨 소리죠?"

"마이코 씨라고 했나? 자네 애인 말일세. 그 여자와 가기로 약속했던 콘서트 장에 몰래 가보게. 그리고 그 여자가 지금 살고 있다는 아파트인지 맨션인지도 들러보고."

"왜 지금 내 사생활 문제를 들먹이지?"

유지가 버럭 소리쳤다—.

화가 났지만 그래도 불안을 떨치지 못해, 유지는 탐정이 시킨 대로 해보았다.

그 결과, 볼 수 있었다.

마이코가 낯선 남자와 팔짱을 끼고 재잘거리며 콘서트 장에 들어가는 모습을. 그리고 마이코가 산다는 맨션—거기서 유지네 집으로 이사할 거라던 그 맨션에는 이미 마이코가 살고 있지 않다는 사실도.

일주일 전에 나갔다, 행선지는 모르겠다, 관리인은 그렇게 말했다.

"회사도 그만뒀다고 하던데. 고향? 글쎄요, 모르겠네. 임대계약 때는 보증금을 미리 정확하게 받기 때문에 부모님 주소 같은 건 신경 쓰지 않거든요."

유지는 관리인과 헤어진 뒤 혼자 발소리를 죽여 마이코가 살던 방 앞까지 가보았다. 그리고 나를 펼쳐 안에서 마이코가 준 열쇠를 꺼냈다.

마이코가 살던 집은 지금 비어 있다. 유지는 열쇠를 구멍에 끼워 넣었다. 맞지 않았다.

유지에게 가짜 열쇠를 주었던 걸까? 유지에게, 오직 유지에게만 마음을 허락하는 척하면서. 열쇠를 줘도 늘 바쁜 유지가 그걸 자유롭게 사용할 기회 따위는 없을 거라 짐작하고?

유지는 꽤 오랫동안 그 자리에 우두커니 서 있었다. 나는 그의 심장 옆에서, 그의 심장과 똑같이 싸늘하게 굳어졌다.

그때 쨍그랑, 하고 뭔가가 바닥에 떨어지는 소리가 났다. 유지의 손에서 열쇠가 떨어진 것이다.

유지는 그것을 주울 생각도 하지 않았다. 걸음을 옮겨 계단으로 가면서도 다시 뒤돌아보려 하지도 않았다.

밤 10시가 지나 탐정 사무실로 돌아와보니 반장은 아직도 거기 있었다.

"딱하게 됐지만 그런 여자와는 인연을 끊는 게 좋겠군."

반장이 말했다.

"어떻게 알았죠?"

유지의 낮은 목소리에 탐정이 대답했다.

"그 여자가 자네 집으로 자네가 선물한 물건들을 보내왔다고 했지 않은가? 동거하자는 입에 발린 소리만 빼놓고 생각한다면, 대개 그런 행동은 헤어질 때 하는 짓이지."

그렇다…. 되돌려 보낸 것이다, 선물들을.

"그 여자는 자네한테 고향집 주소도 가르쳐주지 않은 모양이
더군. 직장을 물어보니 인재파견 회사고. 가뿐하게 이직할 수 있
지. 자네 앞에서 사라져도 아무 문제가 될 게 없어."

그런가? 그래서 탐정이 마이코의 직업에 대해 물었던 건가?

"그냥 헤어지는 게 아니라, 그런 행동까지 한 것은 다른 남자
가 있기 때문일 거라고 생각했네. 그리고 자네가 절대로 눈치 채
지 못할 그 남자와의 데이트 장소는 자네가 펑크 낸 콘서트 장이
지. 제일 좋은 장소 아닌가? 도쿄에선 어느 곳보다 안전하지. 자
네가 결코 오지 않을 거라는 사실을 확실하게 알고 있는 곳이니
까. 그 여자가 그 기회를 그냥 넘길 리 없겠지. 오늘 밤만이 아니
라, 전에도 그런 일이 있었을지 몰라…."

유지는 30분가량 아무 말도 없었다. 반장도, 탐정도, 그동안
그를 그냥 놔두었다. 이윽고 유지는 안주머니에서 나를 꺼내더
니 그 반지 보관증을 뽑아 박박 찢어버렸다.

아마 할 수만 있다면 나까지도 그렇게 만들어버리고 싶었을
게 틀림없다. 내가 누나의 선물이 아니었다면 분명히 그렇게 했
을 것이다.

"앞으로 어떡할 겁니까?"

유지의 말에 30분 가까이 아무 말이 없던 시간은 존재하지 않
았다는 듯 탐정이 얼른 대답했다.

"제삼의 공범자를 찾아내야지. 그 재수생처럼 일그러진 꿈을
품고 있는 인물, 그리고 그 재수생보다 더 위험한 행동력을 지닌
인물. 그는 아마 쓰카다를 만나 '함께 완전범죄로 세상을 놀라게

해보지 않겠나?'라는 유혹을 받기 전에, 뭔가 다른 문제 행동을 했을 거라고 생각하네. 그러지 않고서야 갑자기 살인으로까지 확대될 일은 없을 테니까."

탐정의 말을 음미하듯 고개를 끄덕이고 나서 유지가 말했다.

"하지만 어떻게 그런 인물을 찾아내죠?"

"간단하지."

반장이 대답했다.

"출발점으로 되돌아가는 거야."

"출발점?"

"홋카이도. 이쓰코가 뺑소니로 살해된 곳이지. 동시에 그 뒤를 잇는 사건의 출발점이기도 하고."

홋카이도. 이쓰코 사건이 일어났을 때 쓰카다의 알리바이는 확실치가 않다. 그때 쓰카다는 홋카이도에, 공교롭게도 이쓰코가 살해된 장소에 있었던 걸까? 그리고 그때 제삼의 공범자가 될 인물, 즉 실행범이 될 인물과 만났다—.

"이걸 만드느라고 힘들었네."

그렇게 말하며 탐정이 뭔가를 책상에 툭 내려놓은 모양이다. 파일 같다.

"삿포로 시 교외에서 작년부터 올해에 걸쳐 발생한 미해결 상해사건 파일일세. 이 안에 승용차를 이용해 젊은 여자나 아베크 족을 덮쳐 칼부림을 한 수법이 열 건 기록되어 있네. 재작년 여름부터 시작해서 드문드문 작년 12월 초까지. 범행이 거기서 딱 그치더군."

그리고 작년 12월 15일, 도쿄 도내에서 모리모토 류이치가 살해되었다.

"자네가 없는 동안 이 파일을 다섯 번 정도 읽어봤네."

반장이 말했다.

"여기부터 시작해보자고."

10 범인의 지갑

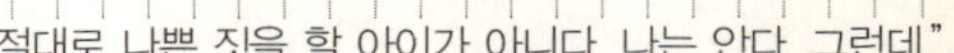

"절대로 나쁜 짓을 할 아이가 아니다. 나는 안다. 그런데."

1

나쁜 짓을 할 애가 아니다. 절대로 나쁜 짓을 할 아이가 아니다. 나는 안다. 그런데.

내가 미키 가즈야를 처음 만난 것은 벌써 5년 전 일이다. 뭐든 다 알아서 해주던 어머니가 대학을 졸업하고 취직한 그를 위해 옷부터 구두, 가방, 일상생활에 필요한 자질구레한 것들 하나하나까지 모두 장만해주었다. 그중에 나도 들어 있었던 것이다.
나는 진짜 가죽으로 만든 지갑.
그리고 아마 이 세상에서 가장 위험한 지갑일 것이다. 위험한 증거를 갖고 있는 지갑. 내 안에는 가즈야가 저지른 네 건의 살인 증거가 들어 있다. 하나하나 정성스럽게 닦고 접었으며, 어떤 것은 흠집이 나지 않도록 작은 천으로 감싸두었다.
그렇다―. 내 주인, 내 아가, 나의 미키 가즈야는 네 명이나 되는 사람의 목숨을 앗은 살인자.
하지만 그 애는 나쁜 짓을 할 애가 아니다. 절대 나쁜 짓을 할 애가 아니다. 나는 그걸 안다. 그런데.

제발 내 이야기를 들어봐달라. 내 아가가 해온 일들에 대한 이야기를.

2

아직도 이런 생각을 한다. 뼈저리게 후회하면서. 그때—벌써 1년 이상 지난 일이다—가즈야가 거기서 쓰카다 가즈히코란 남자만 만나지 않았다면, 하는.

그 무렵 가즈야는 회사를 그만두고 대학 시절부터 8년간 살았던 도쿄의 맨션을 떠나 잠시 고향집에 돌아와 있었다. 홋카이도 삿포로 시 근교에 있는 멋진 물매의 빨간 지붕과 진짜배기 난로가 있는 부모 집으로.

당연한 얘기지만 나는 가즈야의 어린 시절을 모른다. 가즈야의 어머니가 그의 생활에 필요한 돈을 넣을 나를 골랐을 때, 혹은 기회 있을 때마다 도쿄에 올라와 가즈야가 사는 집을 청소하거나 식사를 준비하면서 했던 이야기를 들어 간접적으로 알고 있을 뿐이다.

가즈야는 학교 성적이 무척 좋았다. 선생님들의 귀여움을 받았다. 지시를 거스르는 일도 없었고, 말대꾸를 하는 일도 없었다. 누가 이야기하지 않아도 솔선해서 교실을 정돈하고, 지우개를 털고, 화단에 물을 주는 어린이였다.

그것은 아마 부모님이 교육을 잘 시켰기 때문일 것이다. 아버지는 고등학교도 제대로 못 나온 분이지만 좋은 머리와 장사 수

완, 시대를 꿰뚫어보는 안목으로 작은 건어물 가게를 차려 성공을 거두었다. 지금은 홋카이도의 주요 도시에 지점을 거느린 커다란 슈퍼마켓 사장님이 되었다. 어머니는 아버지가 삿포로에 첫 번째로 큰 점포를 냈을 때 자금을 지원해준 지방은행의 은행장 딸이었다. 어머니는 그 당시에도 미인으로 이름이 났으며, 아버지와 달리 교양도 갖추었다. 지금도 스물일곱 살이나 된 아들이 있다고는 생각할 수 없을 정도로 젊은 미모의 소유자다. 부부 사이도 무척 원만하다. 가즈야는 외아들이기 때문에 이런 부모의 애정을 독차지하며 자란 셈이다.

그리고 가즈야는 그 부모의 기대에 어긋나지 않는, 우수하고 온순하며 착한 아이였다. 대학도 그다지 힘들여 입시 공부를 한 것 같지 않은데, 제1지망이었던 도쿄의 명문대 법학부에 바로 입학했다니 대단한 일이다. 가즈야는 정말로 많은 부모들이 이런 아들을 갖고 싶다고 원할 만한 아이였던 것이다.

대학을 졸업하고 가즈야가 처음 취직한 곳은 일류 상사였다. 이름만 대면 열에 아홉은 알 정도로 유명한 회사다. 아버지는 무척 기뻐했다. 아들이, 자기 자식이 이 나라의 경제를 이끌어가는 큰 기업에, 우수한 인재만을 필요로 하는 기업에 들어갔다는 사실이 기뻤던 것이다. 그것은 아버지 본인의 사업 성공과는 별도로 자신의 삶이 옳았음을 뒷받침해주는 증거이기도 했다.

그래서 가즈야가 그 회사에 입사한 지 반년 만에 그만두었을 때, 아버지는 큰 충격을 받았다. 가즈야가 느닷없이 자기를 두들겨 팬다 해도 그 정도로 정신이 흐트러지지는 않았을 것이다.

왜 그만두었는가. 그 이유를 가즈야는 부모님께 자세하게 설명하지 않았다.

"아무 일도 아니에요. 그냥 저한테 그런 일이 맞지 않는다고 생각했을 뿐이에요. 아버지도 젊었을 때 여러 가지 경험을 쌓아두는 게 좋다고 했잖아요? 난 아직 샐러리맨으로 매여 살고 싶지 않아요."

부모는 일단 그 말을 납득했는지, 귀찮게 캐묻거나 하지 않았다. 가즈야는 한동안 도쿄의 맨션에서 조용히 지내며 매일 책만 읽었다. 아니, 정확하게 말하면 많은 책을 읽었다—고 해야 할지도 모른다. 그는 매일 나를 데리고 책방으로 가, 내 안에서 만 엔짜리 지폐를 쑥쑥 뽑아주고, 대신에 묵직한 책을 받아들었다.

도쿄에 있는 그의 맨션에서, 나는 늘 정해진 위치에 있었다. 가즈야의 어머니가 '지갑이나 통장은 여기 보관하거라.' 하며 정해준 장소에. 침실 옷장 옆에 놓인 수납 상자 안이었다. 그래서 가즈야가 집에 돌아와 나를 거기다 넣어버리면, 나는 그가 무얼 하고 있는지 알 수가 없었다. 이따금 발소리나 이야기하는 소리가 들렸을 뿐이다.

지금 생각하면, 가즈야의 맨션에 여자가 찾아온 적은 한 번도 없었다. 여자 친구 한 명도 이 방에 발을 들여놓은 적이 없다. 그게 나중에 가즈야가 저지르기 시작한 짓과 뿌리 깊은 연관이 있을지도 모른다….

가즈야가 여자를 가까이하지 않은 이유—. 첫 번째 회사를 그만둔, 그 시점에서의 이유는 나도 알 수 있을 것 같다. 가즈야는 어머니를 사랑했던 것이다. 너무나도 사랑했던 것이다.

그리고 어머니처럼 훌륭한 여성이 아니면 자기를 사랑할 자격이 없다고 생각했다. 그런 여자가 아니면 사귈 의미가 전혀 없다고 생각했다.

그런 생각이 조금씩 확대되면서 그를 침식시키고, 그의 세계를 깎아냈다. 내가 그걸 깨달은 것은 그 뒤로 1년 반 동안, 가즈야가 계속 이 직장에서 저 직장으로 옮겨 다닐 때였다. 나는 그가 두 번째 회사에서 세 번째 회사, 세 번째 회사에서 네 번째 회사, 이렇게 옮길 때마다 일으키는 소동—상사와의 싸움, 동료와의 다툼—이 점점 커져가는 것을 자세히 보았다.

가즈야는 온 세상을 상대로 싸우려 하고 있다. 적어도 그럴 셈이다. 그리고 왜 그런 싸움을 하느냐고 물으면 분명히 이렇게 대답할 것이다.

"세상 사람들은 다 바보야. 어울릴 수가 없어."

그리고 약간 우습다는 듯이 콧방귀를 뀔 것이다. 수준 낮은 인간들과 어울릴 만큼 자기는 한가하지 않다는 표정으로.

뭐가 그렇게 한가하지 않은 거야, 가즈야?

뭘 그리 서두는 거야, 가즈야?

왜 주변 사람들과 친하게 지내지 못하는 거야, 가즈야?

그의 웃옷 안주머니에서, 바지 뒷주머니 안에서 나는 때때로 그런 질문을 던졌다.

그는 대답하지 않았다. 하지만 나는 그의 심장 고동 소리를 들으며, 그의 몸이 대답하는 것을 느꼈다.

세상엔 온통 바보들뿐이다. 나하고 달라. 내 가치를 누구도 이해 못해. 내가 너무 커서 조무래기 녀석들 눈에는 보이지 않는 거야.

가즈야, 넌 이제 초등학생이 아니야. 누가 시키지도 않았는데 화단에 물을 준다 해도 아무도 너를 칭찬해주지 않아. 네 성적을 기록하는 사람은 있지만 그건 너를 칭찬하기 위해서가 아니야.

이 세상엔 너만 한 능력과 머리를 지닌 사람이 많아. 네가 생각하는 것보다 훨씬 많아. 세상 사람들은 부모님이 너를 대견하게 여겨준 것처럼, 부모님이 너를 자랑스럽게 여겨준 것처럼, 너를 그렇게 여기지는 않아―.

요즘의 가즈야 모습을 보면, 예전에 알고 지내던 친구 생각이 난다. 합성피혁으로 된 지갑인데, 자기가 진짜 가죽으로 만들어진 줄로만 알고 있었다. 그리고 그렇게 행동했다. 자기 가격이 잘못되어 있다, 부당하게 싼 가격이 매겨져 있다―. 이렇게 주장했다.

하지만 나는 문득 깨달았다. 그 지갑은 자기가 합성피혁이란 걸 알고 있었다는 사실을, 그걸 인정하는 게 두려워서 모르는 척했다는 사실을, 자신의 진짜 가격표를 무시하려 했다는 사실을.

가즈야가 하는 일, 가즈야의 행동에도 그것과 비슷한 면이 있다―.

그 무렵, 가즈야는 이따금 오래된 영화를 보았다. 나로선 소리밖에 들리지 않지만 '히틀러'란 남자가 나오는 것이었다. 그런 영화가 많았다. 그리고 대부분은 그 히틀러란 남자가 악역이었다.

346

가즈야는 그런 영화들을 반복해서 보았다. 때로는 내가 있는 곳까지 군중들이 히틀러를 향해 환호성을 지르는 소리가 들려오기도 했다.

사람들은 히틀러를 독재자, 라고 부르는 모양이다.

나는 그게 무슨 뜻인지 잘 모른다. 사람들에 대해서는 잘 모르니까.

하지만 가즈야를 그토록 반하게 만든 사람이니, 어딘가 그와 닮은 면이 있는 게 아닐까.

합성피혁으로 된 지갑, 하지만 자기가 진짜 가죽인 줄 알고 있는 지갑, 자신의 진짜 가격표를 무시하려는 지갑처럼.

가즈야 또한 자기가 부모님이 알고 있는 것만큼 뛰어나지 않다는 사실을 깨달았던 게 아닐까? 그리고 거기서 한 걸음 더 나아갔다면, 자기가 수많은 사람들 가운데 한 사람이며, 결코 걸출하지는 않지만 거기에도 의미가 있고, 가치가 있고, 즐거움이 있다는 사실을 깨닫게 되었을지도 모른다.

하지만 실제로는 그렇게 되지 않았다. 가즈야는 자신의 가격표를 외면하고, 그걸 찢어버린 것이다.

스물다섯 살 때, 가즈야는 직장 옮기기를 그만두었다. 그리고 자식을 걱정하며 이런저런 참견을 하기 시작한 부모에게 '사법고시를 목표로 공부하겠다.'고 선언했다.

나는 그 말이 기뻤다. 얼마나 기뻤는지 모른다. 가즈야가 언제나 나를 갖고 다니듯이 육법전서를 갖고 다니며 긴 논문을 읽고, 때론 같은 목표를 지닌 친구와 밤새 이야기하는 걸 들으며 나는 기뻐했다.

하지만 그것도 잠깐이었다. 스물다섯 살 때와 스물여섯 살 때, 가즈야는 두 차례 사법고시에 도전했지만 두 번 다 2차 시험에서 떨어졌다.

무척 힘든 시험이라고 한다. 특히 그 2차 시험은 말 그대로 '떨어뜨리기 위한 시험'이라 조금만 실수하거나 착각을 해도 끝장이다. 가즈야보다 더 많이 떨어진 친구 이야기에 따르면, 그 단계에서 2만 몇천 명이나 되는 응시자를 4천 명 정도로 좁힌다고 하니, 문제도 더 어렵고 까다로울 것이다.

가즈야는 자기가 떨어질 리 없다고 생각했다. 그건 확실하다. 함께 떨어져 '내년에도 열심히 하자. 바보도 일편단심으로 노력하면 이룰 수 있다잖아?'라고 말한 친구에게 이렇게 대답했다.

"농담하지 마. 너하고 날 똑같이 취급하지 말아줘."

나는 떨어졌다. 제외되었다―. 가즈야는 처음으로 그런 노골적인 사실에 직면하게 되었다.

지금까지 내내 그랬다. 직장을 옮기고 옮겨도 잘 풀리지 않았던 것은 역시 가즈야에게 뭔가 원인이 있었기 때문이다. 그것도 어떤 의미에서는 제외당한 셈이다. 하지만 그때만 해도 '내가 그만둔 거야.'라고 스스로를 속일 수 있었다.

하지만 이번에는 달랐다. 그는 제외되었다. 들어가보기도 전에 떨려난 것이다. 게다가 시험이다. 학교 다닐 땐 내내 우등생이었는데. 설마 시험에서 떨어지리라곤 생각도 해보지 못했는데.

가즈야를 지탱하고 있던 기둥이, 가령 그게 아무리 일그러진 것이었다 해도, 이때 확실하게 부러져버렸다. 나는 그 소리를 들었다.

부모의 명령 반, 사정 반으로 가즈야는 홋카이도로 돌아갔다. 고향집으로. 부모의 품안으로. 가즈야는 느끼고 있었다. 부모가 이제는 전처럼 자기를 자랑스럽게 여겨주지 않는다는 사실을.

그리고 그는 사람을 해치기 시작했다.

3

그 당시 가즈야는 낮이면 잠을 자고, 밤이 되면 차를 몰고 어디론가 나갔다. 그런 생활을 부모가, 특히 그의 어머니가 수상하게 여기지 않았던 것은 아니다. 하지만 그녀는 캐묻지 않았다. 좌절하고 지친 아들을 더 이상 몰아세워서는 안 된다는 생각에 잘 대해주는 일에만 신경을 썼다.

가즈야는 그런 어머니를 무시했다. 그도 그럴 것이다. 그는 어머니가 잘 대해주는 걸 원치 않았다.

존경해주기를 바랐다. 떠받들어주기를 바랐다. 역시 넌 평범한 사람들하고 다르다는 말을 듣고 싶었다. 그뿐이었다.

그가 처음 사람을 해친 게 심야에 데이트를 즐기던 아베크족이었다는 사실이 나로선 너무도 한심하게 느껴졌다. 지켜줘야 할 여성이 곁에 있기 때문에 심리적으로는 강해지지만, 물리적으로는 너무도 불리할 수밖에 없는 남자들 이외에는 공격할 수가 없었던 것이다.

그래도 주차된 차를 자기 차로 들이박거나, 쇠지레로 유리창을 부수고, 놀란 상대방이 문을 열고 나오기 전에 얼른 도망치는—그런 자잘한 짓을 할 때는 그나마 나았다. 그런 일시적인 폭력이 마음속에 쌓이고 쌓인 지배욕, 군림하고 싶다는 욕망을 해소해주다 보니 가즈야는 점점 더 강한 자극, 더 큰 만족감을 원하기 시작했다. 공격하는 테크닉도 익숙해졌고, 표적으로 삼은 상대방을 유인해 자기 차로 밀어붙이며 즐거워하기도 했다. 그러다 그 사람을 치어 길 밖으로 튕겨내 큰 부상을 입힌 적도 있다. 연료가 떨어진 척하며 밤중에 혼자 귀가하는 여성의 차를 멈추게 하고 느닷없이 칼부림을 한 적도 있다. 어느 경우든 피해자들은 무서워서 울기만 하거나 놀라서 꼼짝도 못했다. 그런 모습을 보며 가즈야는 큰 만족감을 느꼈다.

게다가 그는 잡히지 않았다. 습격할 때는 늘 스타킹을 뒤집어썼고, 번호판도 흙을 칠해 보이지 않게 했기 때문에 피해자들은 누가 범인인지 알 수가 없었다. 그리고 현장을 떠나면 순찰차에 들키지 않도록 깨끗하게 청소를 했다.

그러나 남을 공격해 겁을 주다 보니 지배욕을 채우는 것뿐 아니라, 범죄를 저질러도 잡히지 않고, 경찰을 가지고 놀고 있다는 쾌감이 더해지게 되었다.

더구나 지역 신문에서 이 일련의 사건을 다루었다. 주의를 촉구하는 기사도 실렸다.

가즈야는 아무것도 모르는 멍청한 세상 사람들을 술렁이게 만들고 자신이 화제가 되었다는 생각을 품게 되었다.

그래서 가즈야는 낮에 쾌활해졌다. 학창 시절처럼 밝아지는 모양이라고 부모는 마음을 놓았다. 한동안 푹 쉬며 앞으로 무얼 할지 잘 생각해보라는 식으로까지 얘기했을 정도니까.

하지만 나는 알고 있었다. 그때의 가즈야는 더 날뛰기 직전이었다는 사실을. 게다가 더 강한 자극을 위해 총을 손에 넣으려고까지 했다.

차라리 그대로 더 날뛰게 되었다면 오히려 나았을 것이다. 그랬다면 분명히 경찰에 잡혔을 테니까. 체포되었다면 주위 사람들도 그가 병이 들었고, 치료를 받아야 하며, 도움을 받아야 할 인간이라는 사실을 깨달았을 것이다.

하지만 실제로 그렇게 되지는 않았다.

그날, 눈이 그친 깊은 밤이었다. 교외 목장 근처에 있는 잡목 숲의 메마른 나무들이 가느다란 뼈처럼 밤하늘을 향해 서 있는 곳에서 쓰카다 가즈히코란 사내를 만나고 말았다.

4

나중에 알게 된 일이지만, 그날 밤 쓰카다 가즈히코는—물론 그때 가즈야와 가즈히코는 아직 이름도 모르는 사이였다—자신의 살인 계획을 위해 현장을 답사하고 있었다.

그 자리에 가즈야가 나타났다. 가즈히코가 혼자 있는 것을 보고 가즈야는 여느 때처럼 좋은 먹이가 걸려들었다고 생각하며 차로 다가갔다.

쓰카다 가즈히코는 잡목 숲 가장자리에 차를 세우고 그 주위를 걷고 있었다. 스타킹을 쓴 남자가 운전하는 자동차가 자기 쪽을 향해 돌진해오는 것을 본 그는 얼른 자기 차 옆으로 달려갔다. 쓰카다가 곤두박질치듯 운전석으로 뛰어들어 문을 닫았을 때, 가즈야의 차가 옆구리를 들이박았다.

예상이 어긋나 브레이크 밟을 타이밍을 놓쳐버린 것이다. 가즈야 입장에서는 첫 실패였다. 가벼운 뇌진탕을 일으켜 움직일 수 없게 된 가즈야를 쓰카다 가즈히코가 운전석에서 끌어냈다. 쓰카다는 깨진 유리창 때문에 미간이 찢어져 피를 흘리고 있었다. 쓰카다는 가즈야의 몸을 뒤져 나를 꺼내더니 운전면허증을 찾아내 신원을 확인했다. 그리고 차 안을 뒤져 가즈야가 '습격'할 때 늘 사용하는 나이프를 찾아냈다.

그때 본 쓰카다의 얼굴. 나를 뒤질 때의 그 표정. 놀라움 때문에 눈 주위가 창백했다.

"너 무슨 짓을 하는 거야? 목적이 뭐지?"

의식을 되찾은 가즈야는 자포자기한 상태로 '경찰을 불러라.'고 했다.

"그렇게 하면 재미있겠나?"

가즈야는 대답하지 않았다. 쓰카다는 쭈그리고 앉아 가즈야의 멱살을 휙 잡아당기더니 이렇게 말했다.

"그래, 경찰을 부를까? 너 이런 짓을 한 게 처음은 아니겠지? 오늘 아침 호텔에서 읽은 신문에 나왔더군. 아베크족이나 여자를 차로 습격해 칼부림을 하는 놈이 있다고—."

쓰카다 가즈히코는 그렇게 말하더니 웃었다. 마치 친구에게 지어 보이는 듯한 웃음이었다. 온 세상의 곤충 표본을 모두 수집하려는 사람이 지금까지 아무도 채집한 적이 없는, 희귀하지만 징그러운 독충을 발견했을 때처럼 기뻐하는 듯한, 즐거운 듯한 웃음이었다.

그가 말했다.

"꺼져. 놔줄게. 너도 재미있는 놈이로군. 경찰에 넘겨주긴 아까워."

그 말에 가즈야는 깜짝 놀랐다. 하지만 바로 움직일 수가 없었다.

"무슨 소리지?"

"내가 써먹을 만하다는 얘기야."

나중에 연락할게—. 그렇게 말하고 쓰카다는 가즈야의 운전면허증을 자기 주머니에 집어넣더니, 나를 가즈야의 무릎 위에 내던졌다.

그리고 그 일이 있은 지 보름 뒤, 진짜로 연락이 왔다. 그때 가즈야는 쓰카다 가즈히코의 이름과 그가 생각하고 있는 계획—원대한 계획에 대해 들었다.

"어때, 협력할 텐가? 아니지, 싫다고 하면 난 자넬 경찰에 신고할 거야. 그러면 피차 손해 아닌가?"

쓰카다가 말했다.

가즈야 입장에서는 경찰에 신고하면 곤란하다기보다 쓰카다 가즈히코와 그가 제안한 계획에 끌려 귀를 기울인 거라고 나는 생각한다.

쓰카다 가즈히코는 나중에 일어난 일련의 보험금을 노린 살인 사건의 계획을 그때 이미 다 세워놓고 있었다.

표적은 그의 애인인 모리모토 노리코의 남편 모리모토 류이치. 그리고 그가 앞으로 결혼할 예정인 사나에라는 여성. 그녀는 보험을 들게 한 다음 살해하기 위해 쓰카다의 배우자로 선택된 사람이었다. 쓰카다는 그녀를 눈곱만큼도 사랑하지 않았다. 단순히 보험을 들기 위한 이름에 불과했던 것이다.

쓰카다는 그런 계획을 이야기하면서 전혀 마음 아파하지도, 양심의 가책을 느끼지도 않았다.

"하고 싶은 일이 여러 가지 있어. 그래서 돈도 필요하지만, 목적은 그뿐만이 아니지. 나는 내 머리를 믿어. 그걸 제대로 써보고 싶은 거야."

쓰카다라는 남자와 가즈야에겐 닮은 구석이 있었는지도 모른다. 마치 밤과 어둠이 닮았듯이. 하지만 가즈야가 완성되지 못한 독재자라면 쓰카다 가즈히코는 상냥한 유혹자였다. 그는 사람을 손안에 쥐고 주무를 수 있다. 끝내는 세상 사람들을, 사회를 자기 손안에서 주무르고 싶어 했다.

"계획은 다 짜여 있어. 하지만 지금 상태로는 아무래도 역시 내가 의심을 받게 되겠지. 그래서 실제 범행은 다른 사람이 해줬으면 좋겠다는 생각을 하고 있었어."

어때, 도와주지 않겠나—라고 쓰카다가 말했다.

"기분 좋을 거야. 세상 사람들이 떠드는 사건의 범인이 자네야. 나이기도 하고. 멍청한 놈들은 영원히 진상을 알 수 없겠지.

자네도 아베크족을 덮치는 따위의 짓이나 해서야 따분하지 않겠어? 더 계획적으로, 큰일에 손을 대보지 않겠나…? 물론 돈도 벌수 있어.”

“돈은 필요 없어.”

가즈야가 바로 말했다.

“돈은 있어. 돈이 문제가 아니지.”

그 말을 들었을 때 쓰카다 가즈히코의 표정은, 그랬다―. 달이 웃는 것 같다는 느낌이 들었다. 스스로 빛을 내지 못하는 창백한 죽음의 별.

이렇게 해서 그들은 손을 잡았다.

맨 먼저 살해된 것은 쓰카다와 헤어진 아내인 이쓰코란 여자였다. 쓰카다가 가즈야와 만났을 때 세우고 있었던 것은 그녀를 살해하기 위한 계획이었다.

“사실 그건 쓸데없는 살인이지. 이쓰코는 이래저래 날 원망하고 미워하고 있어. 원래 도쿄에 살았기 때문에 그쪽 친구들이 있는데, 그 사람들한테 내가 사나에와 결혼할 거라는 소식을 들은 게지. 하지만 이쓰코는 내게 모리모토 노리코란 여자가 있다는 사실을 알고 있어. 노리코와 사귀기 시작한 건 이쓰코와 헤어지고 나서지. 그런데 이쓰코가 사나에한테 그걸 고자질하려는 눈치가 보여. 골치 아파서 죽겠어.”

그래서 처치하려고 한다는 것이다.

“멋진 예행연습이 될 걸세.”

그리고 그녀의 죽음을 시작으로 네 건의 살인이 이어졌다. 그 경과에 관해서는 아는 분이 많을 것이다.

경찰의 의심을 받고, 매스컴이 떠들어대고, 화제의 중심이 되었다. 하지만 쓰카다나 모리모토 노리코나 직접 살인을 저지르진 않았다. 실행범은 가즈야고, 계획을 실천에 옮기고부터는 쓸데없는 연락을 취하지도 않았다.

쓰카다와 노리코는 의심받을 만한 상황을 꾸며내면서도 각자의 알리바이를 확실하게 준비해두었다. 그게 경찰의 수사를 통해 드러나건, 아니면 증인이 직접 나타나주건, 언젠가는 결백을 입증할 수 있다.

그렇게 되자 쓰카다와 노리코는 세간의 이목을 모으는 사람이 되었다. 인생이 짜릿해졌다. 재미있어졌다. 노리코는 따분한 결혼 생활에서도 해방되었다.

게다가 보험금.

이제 쓰카다와 노리코는 매스컴의 총아다. 텔레비전이나 잡지 여기저기서 끌어당기고 있다. 그들은 필시 행복할 것이다. 만족스러울 것이다.

그리고 가즈야도 네 명의 목숨을 앗아간 큰 사건을 수사하는 데 실패하여 매스컴과 세상 사람들로부터 질타당하는 경찰을 바라보며 홀로 지배자의 기쁨에 젖어 있다.

아무도 모르는 진실을 쥐고 있다는 이 통쾌함.

조심하기만 하면 경찰이나 매스컴 앞으로 문서를 보내는 일도 가능할지 모른다―. 최근 쓰카다에게서 전화가 걸려왔고, 두 사람이 그런 이야기를 했다.

가즈야가 범행 성명을 발표하는 것이다. 그러면 사건은 더욱 눈길을 끌게 되고 '진범'의 등장으로 쓰카다와 노리코는 다시 무대 중앙에 서게 된다.

그야말로 자극적이다. 너무 유쾌하다. 게다가 실제로 생기는 이익도 있다. 모든 매스컴이 쓰카다와 노리코 쟁탈전을 벌이고 있기 때문에 두 사람에게 지불되는 계약금이나 출연료가 계속 치솟고 있다. 게다가 두 사람 각자가 수기를 써서 출판한다는 계획도 세워놓고 있으니, 그걸로 또 인세가 들어올 것이다. 베스트 셀러가 될 게 틀림없다며, 출판사는 크게 기대를 하고 있단다.

나는 전화로 하는 이야기를 들었을 뿐이니 자세한 내용은 모른다. 하지만 그런 이익 가운데 일부는 가즈야에게도 나눠주고 있는 모양이다.

물론 그런 것들 이상으로 가즈야는 지금 명예를 얻었다. 완전히 드러낼 수는 없지만 남몰래 맛보는 명예. 익명의 문서라면, 혹은 목소리라도 괜찮다. 그것만으로도 보험금을 노린 연쇄살인의 진범은 어디에든 등장하여 이 세상의 화제를 불러 모을 수 있으니까.

가즈야는 자신의 진짜 가치를 세상에 알린 것이다.

그리고 나는 그 살인의 증거, 전리품을 간직하고 있다.

한 명을 죽일 때마다 가즈야는 거기서 기념품을 가져왔다. 오타 이쓰코 때는 코트 단추. 모리모토 류이치 때는 넥타이핀. 살해당하기 위해 결혼한 셈인 불운한 쓰카다 사나에 때는 반지. 그리고 또 한 사람, 모리모토 류이치의 단골 호스티스인 가사이 미치코 때는 머리카락 일부분을 잘라내 가져왔다.

이 호스티스는 운이 없는 여자였다. 분별이 없는 여자이기도 했다. 모리모토 류이치가 살해되어 미망인인 노리코가 보험금을 손에 넣게 되었을 때, '노리코가 수상하다.'는 매스컴의 선동에 넘어가 욕심을 부렸다. 실제로는 아무 증거도 없으면서 마치 노리코의 약점을 쥐고 있는 척 그녀를 협박했다. 공갈을 친 것이다.

그래서 죽었다.

몰래 가즈야를 찾아와 축배를 들면서, 노리코는 이렇게 말한 적이 있다.

"그 호스티스가 무얼 알고 있었는지 난 전혀 몰라. 아마 아무 것도 모르면서 허풍을 떤 거라고 생각하지만, 애당초 그런 건 아무려나 상관없지. 어차피 가즈야 씨한테 처치해달라고 하면 되니까. 게다가 그 여자를 처치해버린 게 소동이 더 커져서 재미있지 않아? 하지만 난 그 호스티스한테 경고를 했어. 내가 더 강한 입장에 있다는 걸 깨닫게 해준 셈이지."

호스티스를 묻을 때, 가즈야는 그 여자의 시체를 옮기다 그녀의 지갑을 어딘가 떨어뜨렸다는 사실을 깨달았다. 그리고 되찾았으면 좋겠다고 노리코가 부탁했던, 원래 노리코의 것이던 그 목걸이를 찾기 위해 호스티스의 몸을 뒤져보았지만 발견되지 않았다. 그래서 호스티스를 죽인 뒤에는 약간 번거로웠다. 하지만 이젠 그 일도 사건을 복잡하게 만드는 데 도움이 되었고, 더 재미있어졌다고 노리코는 말했다.

그리고 남은 것은 네 명의 시체와 네 개의 유품. 가즈야의 전리품.

그것들을 가즈야는 소중하게 내 안에 보관하고 있다. 나는 그것들을 품고 가즈야와 함께 있다. 그 전리품들은 그가 경찰보다, 매스컴보다 한 수 위라는 사실을 보여주는 비밀스러운 증거물이다.

나는 가죽으로 된 묘비 신세가 되어버렸다.

나쁜 짓을 할 애는 아니다. 가즈야는 절대로 나쁜 짓을 할 애가 아니다. 나는 안다. 그런데.

하지만 그는 네 명이나 되는 사람을 죽였다. 그걸 나쁜 일이라고 생각하지 않기 때문에 그런 짓을 해왔다.

모든 상황이 그들의—쓰카다의, 노리코의, 가즈야의 계획대로, 그들에게 만족스러운 상태가 되어 있었다.

5

아주 약간이기는 하지만 분위기가 수상해지기 시작한 것은 보름 정도 전부터였다.

그때 쓰카다와 가즈야는 몰래 만나 머리를 맞대고 범행 성명을 어떤 형태로 세상에 내놓을까를 생각하던 중이었다. 그런데 전혀 다른, 완전히 사건과 관계가 없는 인간이 자기가 범인이라고 나섰던 것이다.

이 가짜 범인은 경찰이 아니라 어떤 사립탐정에게 먼저 접근했다. 그 탐정은 쓰카다 사나에가 살해당하기 전, 그 여자에게서 남편의 품행 조사를 의뢰받은 남자였다. 그런 관계로 이번 사건과 관련하여 몇 번인가 매스컴의 취재를 받았다. 아마 가짜 범인은 그걸 보고 그 사람을 자기주장을 선전하기 위한 파이프 역으로 삼았으리라.

경찰도 일단 관심을 보이며, '자칭 범인'을 취조했다. 그리고 경찰이 진범인지 아닌지를 판정하기도 전에 매스컴이 대거 몰려들었다.

상황이 이렇게 전개되고부터 가즈야는 매일 텔레비전에 달라붙어 뉴스 쇼나 와이드 쇼 프로그램만 보았다. '자칭 범인'의 등장으로 쓰카다나 노리코는 다시 각광을 받게 되었지만, 가즈야 입장에서는 별로였을 것이다. 나는 가즈야가 안절부절못하며 난폭하게 쓰레기통을 걷어차거나 하는 소리를 들었다.

'자칭 범인'이 맨 먼저 접근했다는 탐정은 그가 진짜 범인인지 아닌지에 관한 코멘트를 신중하게 피했다. 하지만 가능성이 완전히 없지도 않다는 듯한 말을 흘렸다. 그 말이 가즈야의 신경을 건드렸을 것이다.

범인의 등장으로 더욱 바빠진 쓰카다와는 연락이 잘 되지 않았다. 무슨 일이 있어도 단독 행동을 해서는 안 되기 때문에 가즈야는 더욱 초조해했다. '자칭 범인'이 등장한 지 약 일주일 뒤, 겨우 쓰카다와 통화를 할 수 있었다. 가즈야는 대뜸 큰 소리를 질러댔다.

"대체 어떻게 되는 거야!"

쓰카다가 열심히 달래는 모양이었다. 가즈야는 숨을 몰아쉬고 있었다.

"어때, 이렇게 하지 않겠어? 내가 범행 성명을 보낼 거야. 3대 일간지와 전국 네트워크를 지닌 방송국 뉴스 프로그램에. 그때 증거로, 그렇지… 모리모토 류이치의 넥타이핀을 동봉하는 건 어떨까? 그렇게 하면 당연히 이쪽이 범인이라는 증거도 되고, 가짜 범인을 대번에 털어버릴 수도 있잖아?"

쓰카다가 찬성한 모양이다. 그래서 다음 주에는 주초부터 태풍 같은 소동이 일어났다. 넥타이핀의 효과는 절대적이었다.

어느 텔레비전 방송국에서는 골든타임에 특별 프로그램을 편성해, 스튜디오에 50대의 전화를 설치하고 이 사건에 대한 시청자 의견을 모음과 동시에 진범에게 '꼭 전화해달라.'고 호소했다.

프로그램이 끝날 무렵에, 두 시간도 되지 않는 특별 프로그램이 나가는 동안 20명 정도의 '범인'에게서 전화가 왔었다는 이야기가 나왔다. 가즈야는 그 말을 듣고 배를 잡고 웃었다.

물론 가즈야는 전화하지 않았다.

가즈야는 보이지 않는 범인으로서 매스컴의 주목을 받는다는 사실이 거의 미칠 정도로 기뻤다.

그는 내내 제대로 된 직장을 잡지 않았다. 그걸 걱정하는 부모에게서 이따금 전화가 걸려왔다. 그 전화에 대답하는 가즈야의 목소리는 평생을 걸고 이루어야 할 목표를 발견한 사람처럼 생기가 넘쳤다. 그의 부모가 그런 가즈야의 모습에 얼마나 안도하고 있을지를 생각하면 나는 몸이 오그라들 것만 같다.

그리고 내 안에 있는 나머지 세 사람의 기념품을 생각했다.

가즈야는 이따금 내 안에서 그걸 꺼내 바라본다. 그때마다 마치 지금 막 자신의 대표작을 그려낸 화가 같은 표정을 지었다. 자기가 살아가는 의미가 여기 있다는 듯한 표정이다.

하지만—.

넥타이핀의 충격이 가라앉기 시작할 무렵, 그걸 노렸다는 듯이 무대 구석으로 밀려나 있던 그 '자칭 범인'이 또 주목을 받기 시작했다.

'자칭 범인'과 처음 이야기했던 그 사립탐정이 중간에 나선 모양이다. 이번 사건에 휘말린 탐정도 매스컴의 주목을 받는 게 즐겁다는 걸 배워버린 걸까. 엉뚱한 소리를 하기 시작했으니 말이다.

가짜인 '자칭 범인'이 진범이 누군지 알고 있는 게 아니냐, 하는 이야기였다.

경찰은 이런 소동에는 간섭하지 않았다. 하지만 매스컴은 크게 기뻐했다. 탐정과 '자칭 범인'의 이야기를 여기저기서 다루기 시작했다.

탐정은 직업상 얼굴이 팔리면 곤란하다. 그리고 '자칭 범인' 쪽은 프라이버시 때문에 역시 얼굴을 공개할 수 없다고 한다. 하지만 화상 처리된 두 사람의 흐릿한 모습이 텔레비전 전파를 타고 전국으로 퍼져 나갔다. 많은 이들이 두 사람을 보고, 두 사람의 이야기를 들었다.

'자칭 범인'은 도쿄 도에 있는 아파트에서 혼자 사는 스무 살

난 재수생이라고 한다. 말투는 아직 어리고, 약간 애교스럽게 들리기까지 했다. 그의 신원은 철저하게 감춰져 있었다. 하지만 캐내기 좋아하고 룰을 지키지 않는 일부 매스컴에선 그의 개인 정보를 파악해 보도하려고 날뛰고 있었다. 그 결과 조금씩이기는 하지만 그의 신원을 파악하는 데 실마리가 될 만한 정보가 흘러나오기 시작했다.

'자칭 범인'이 진범을 알고 있을 리가 없다. 그가 이야기하는 내용이나, 그 탐정이 떠드는 그럴싸한 해설도 모두 진실에서 크게 어긋나 있다. 가즈야는 익명으로 매스컴 관계자에게 편지를 보내 이 점을 몇 번이나 지적했다. 진범인 자신의 '명성'을 이렇게 부당하게 가로채면 참을 수 없다고 생각한 것이다.

그 결과 소동은 더욱 확대되었다. 쓰카다와 노리코는 이걸로 또 한몫 잡았다. 세상 사람들은 누명을 쓸 뻔했던 두 사람의 이야기에 귀를 기울였다.

이 소동은 계속 이어졌지만, 그래도 한 달 정도 지나자, 역시 조금씩 가라앉기 시작했다. 그때를 노려 가즈야는 쓰카다에게 연락을 취했다.

"그 재수생의 신원, 어떻게 파악할 수 없겠어? 당신이라면 매스컴 관계자들이 가르쳐주지 않을까?"

그런 걸 알아서 뭘 하려는 거냐고 쓰카다가 물은 모양이다. 가즈야는 흥분한 말투로 대답했다.

"죽여야지."

늘 들어 있는 수납 상자 안에서 가즈야의 목소리를 듣고, 나는 그 말을 곱씹었다. 죽여야지.

"그 녀석 때문에 기분이 너무 나빠. 게다가 그 탐정도. 녀석은 나를 재수나 하는 멍청이하고 똑같이 취급했어. 이 사건을 그 재수생처럼 머리 나쁜 녀석이 할 수 있는 일이라고 생각하다니, 그 탐정도 지능지수가 떨어져."

쓰카다가 뭔가 이야기를 하는 모양이다. 그것도 열심히. 몇 번인가 말을 꺼내려다 실패한 가즈야가 결국은 소리를 질렀다.

"당신도 멍청이로군. 내가 그렇게 서툴게 처리할 것 같아? 그 재수생을 죽이고 바로 범행 성명을 발표할 거야. 텔레비전에 보도된 것들을 실마리로 나 혼자 조사해서 그 녀석을 알아냈다고 선언할 거야. 아무도 진범이 당신한테 그 녀석 신분에 대해 들었다는 생각은 못할 거야."

쓰카다가 또 뭐라고 말했다. 가즈야는 웃었다.

"걱정도 팔자군. 괜찮다니까. 그리고 요즘 우리 사건이 좀 시들해졌잖아. 다시 불을 크게 지피기 위해서는 그 재수생이 아주 좋은 먹이지."

여러 가지 핑계를 댔지만, 나는 가즈야의 말을 믿지 않았다. 그는 그저 화가 나서 분풀이를 하고 싶을 뿐이다. 자신의 '명예'를 가로채려 한 그 재수생을 용서할 수 없는 것이다.

그리고 열흘 정도 지나, 쓰카다에게서 연락이 왔다. 친한 신문 기자한테서 '자칭 범인'인 재수생의 신분을 알아냈다고 했다.

"역시 당신은 매스컴과 완전히 친해졌군."

가즈야는 웃었다.

"두고 봐. 화가 난 진범이 가짜 범인을 처치할 테니까. 내가 그
걸 해내면 당신이나 노리코 씨나 또 무척 바빠질 거야. 각오하는
게 좋을걸."

6

　가즈야는 영리하다. 가즈야는 냉정하다. 그래서 시간을 충분
히 갖고 신중하게 준비를 했다.
　매스컴의 관심이 떠나고, 소용돌이에서 벗어난 뒤, '자칭 범
인' 인 재수생은 부모에게 돌아가 있었다. 도쿄에서 전차로 두 시
간 정도, 깊은 밤에 차로 달리면 한 시간도 걸리지 않을 베드타
운이다. 가즈야는 쉽게 그곳을 찾아냈고, 참을성 있게 계획을 세
웠다.
　그리고 신(神)은 시간을 소중하게 여기는 사람을 사랑하신다.
드디어 가즈야는 기회를 잡았다. 이쓰코를 죽인 지 1년 반. 5월
말의 밤공기에도 푸르른 나뭇잎 냄새가 섞인 듯한 계절이었다.
　요즘은 그 요란한 매스컴도 재수생에게 신경을 쓰지 않았다.
쓰카다에 따르면, 경찰도 특별히 경호를 붙이거나 하지는 않는
다고 한다. 경찰과 매스컴에서 풀려난 뒤, 이 재수생은 정신과
의사에게 진찰을 받고 있는 모양이다. 멋대로 거짓말을 하고, 하
지도 않은 살인을 고백한 그를 주변 사람들은 과대망상증이라고
생각했으리라.
　그렇다고 일상생활에 특별한 제한이 있는 것은 아니다. 그렇

다면 오히려 매스컴 관계자를 가장해서 전화로 취재를 사칭해 불러내는 게 어떨까—. 가즈야는 쓰카다와 그런 이야기도 나누었다.

그러나 상황을 살피는 동안, 더 간단한 방법이 있다는 사실을 발견했다. 재수생은 깊은 밤에 이따금 근처 편의점에 물건을 사러 가는 습관이 있었다.

그걸 놓칠 수는 없다.

그리고 지금, 가즈야는 기다리고 있다. 재수생이 나오기를. 오늘 밤은 나오지 않을지도 모른다. 물론 나올 수도 있다. 어느 쪽이 됐건 편하게 기다리면 된다. 시간은 충분하다. 오늘 밤에 안 나오면 내일 다시 오면 된다. 차를 주차할 장소도 신중하게 바꾸어 주변 사람들이 수상하게 여기지 않도록 조심을 하니 괜찮다. 기회가 올 때까지 몇 날 밤이건 계속 기다릴 수 있다.

나는 가즈야의 웃옷 안주머니에 있다. 그의 심장이 두근거리는 게 느껴졌다.

나는 기도했다. 하느님, 가즈야가 실패하게 해주세요. 또 새로운 희생자의 기념품을 내 안에 보관하기는 싫어요. 그를 막아주세요. 모든 걸 끝내주세요.

하지만 그런 기도도 헛수고였던 모양이다.

재수생이 나온 듯했다. 가즈야가 천천히 움직이기 시작하더니 차에서 내렸다.

또 나이프를 쓸 건가? 아니면 다른 흉기를?

가즈야의 걸음이 점점 빨라졌다. 호흡이 거칠어졌다. 상대와
의 거리를 좁히고 있는 것이다. 그가 손을 움직여 웃옷 바깥 주
머니에서 뭔가를 꺼냈다―.

아아, 나이프다. 또 나이프를 쓰려는 것이다.

하지만 그때, 가즈야가 걸음을 멈췄다. 불쑥 멈춘 것이다.

그리고 방향을 바꾸었다. 아주 급한 움직임이었다. 그리고 달
리려다 다시 멈췄다.

"역시 나타났군."

누군가의 낮은 목소리가 들렸다.

남자 목소리다. 어디서 들은 기억이 난다.

그 탐정의 목소리다.

"분명히 나타날 거라고 생각했지. 네 얼굴을 보는 건 처음이지
만, 이미 오래전부터 알고 지낸 듯한 기분이 드는군."

"칼을 버려!"

다른 남자 목소리가 명령했다.

가즈야의 팔이 힘없이 아래로 처졌다. 나는 그걸 온몸으로 느
꼈다.

"그렇게 해서 가짜 범인을 등장시키면, 자존심 센 너는 분명히
화를 낼 거라고 생각했지. 그리고 가짜 범인 주변에 나타날 거라
고 생각했어. 경찰은 이런 함정 수사를 할 수 없지만 난 민간인
이야. 함정을 파고 기다리고 있었지. 미리 말해두지만, 네가 칼
을 휘두르며 공격하려 한 상대는 내가 아는 조사 사무소 직원이
야. 나이와 외모가 비슷해서 대역을 맡겼지. 진짜 '자칭 범인' 인

재수생은 집 안에 있어…."

그제야 나는 가즈야가 포위되어 있다는 사실을 깨달았다. 그
래서 꼼짝도 못하는 것이다. 오른쪽에도, 왼쪽에도, 앞에도, 뒤
에도.

그리고 가즈야가 잡히면 언젠가 쓰카다와 노리코도 그렇게 될
것이다. 꼼짝도 못하게 될 것이다.

"경찰은 함정 수사를 할 수 없지만 잠복은 할 수 있지."

방금 들렸던 다른 남자 목소리가 말했다.

"저항해봐야 소용없어. 알겠나? 이제 연행해."

그 말이 끝나기도 전에 가즈야는 달리기 시작했다. 말없이 그
저 달렸다. 하지만 얼마 가지도 못해 사방팔방에서 사람들이 덮
쳐 잡히고 말았다. 팔이 등 뒤로 젖혀지고, 수갑이 채워졌다.

찰칵. 그 소리가 어둠 속에서 울렸다.

"신원을 확인해."

누군가가 지시하자 거친 손이 가즈야의 웃옷과 바지 주머니를
더듬었다. 그제야 겨우 감정이 되살아났는지, 가즈야가 큰 소리
를 지르기 시작했다.

분명히 나를 생각했을 것이다. 내 안에 보관된, 희생자들에게
서 빼앗은 전리품을.

거친 손길이 나를 찾아, 주머니에서 끄집어냈다. 가로등과 플
래시의 눈부신 빛 아래 드러난 나는, 나를 들여다보는 많은 얼굴
들을 보았다. 나를 들고 있는 것은 제복을 입은 경찰이었다.

조금 지치고, 조금 절망한 듯 미간에 주름을 잡은 남자가 있었

다. 그 곁에 그보다 덩치가 작고 나이가 든, 마찬가지로 심각한
표정을 한 남자가 있다.

"이건…."

나를 들여다보면서, 미간에 주름을 잡고 있던 남자가 말했다.
그 탐정의 목소리였다.

"이쓰코의 코트 단추야."

옆에 있던 남자가 말했다. 목소리가 커졌다.

"이 머리카락은—."

"아마 가사이 미치코 것이겠지. 그 여자 머리카락이야."

탐정이 말했다. 얼굴이 창백해졌다.

"이건?"

반지가 불빛에 드러났다.

"쓰카다 사나에의 반지로군."

그렇다—. 나는 그것들을 내내 간직하고 있었다. 그 증거물들을.

제복 경찰관의 손에 들린 채 나는 가즈야를 내려다보았다. 땅
바닥에 무릎을 꿇고, 옆에 있는 자동차에 머리를 기댄 채 고개를
돌리고 있다.

나쁜 짓을 할 애가 아니다. 난 그걸 알고 있었는데.

나는 지금 막 파낸 묘지처럼 휑한 심정으로 가즈야를 바라보
았다.

사건은 드디어 끝난 것이다.

다시, 형사의 지갑

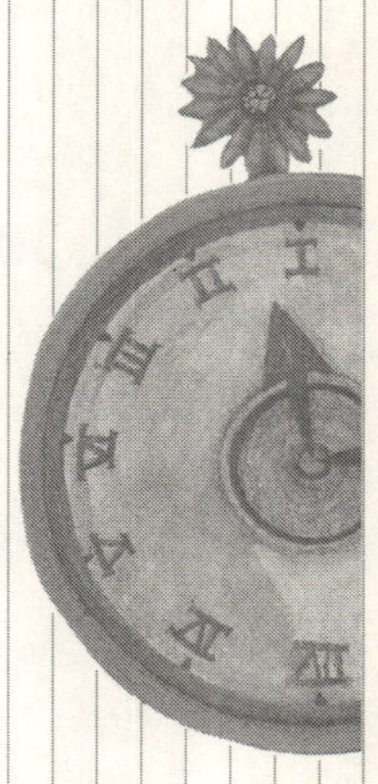

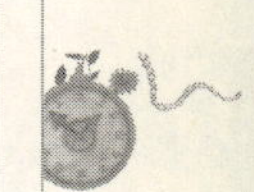

내 주인과 탐정은 소년과 손을 잡고 인적 없는 밤길을
나란히 걸었다. 그들은 그렇게 오래오래 걸었다.

깊은 밤, 잠에서 깨어났다.

먼저 발소리가 들렸다. 주인님의 묵직한 발소리다. 응접실 바닥에 깔린 다다미를 밟으며 내게로 다가온다.

주인님은 한때 입원한 뒤로 상당히 야위어, 요즘 나는 이따금 그의 발소리를 주인님 아내의 가벼운 발소리와 착각할 때가 있다. 하지만 오늘 밤은 틀리지 않았다.

주인님은 웃옷을 집어 들고 소매에 팔을 넣었다. 슥, 하는 소리가 나며 약간 흔들리다가 나는 주인님의 가슴께에 자리를 잡았다.

여느 때와 같은 위치다. 나보다 주인님 심장 가까이에 있는 것은 경찰수첩뿐이다. 나는 그와 교신한 적이 없다. 그는 나보다 훨씬 나이가 많다. 늘 바쁘거나 바쁜 척하며, 직업상 침묵을 좋아한다.

"무슨 전화예요?"

주인님의 아내 목소리가 들렸다. 졸린 모양이다.

주인님은 '응, 그냥.' 이라고 대답했다.

"무슨 일 있어요?"

주인님의 목소리에 희미하지만 불안한 기색이 섞여 있다.

"고미야 마사키란 애 기억나?"

아내는 '아아….' 하며 말했다.

"그 사건?"

"그래. 살해당한 쓰카다 사나에의 조카지."

그 애라면 나도 안다. 아직 초등학교 6학년이지만 상당히 똘똘한 아이로, 내 주인이 걱정하고 있었다. 보험금 연쇄살인사건의 범인 가운데 한 명인 쓰카다 가즈히코의 정체를 아주 일찍부터 꿰뚫어보았다.

"그 애가 왜요?"

"가출한 모양이야."

아내는 '어머.' 하고 소리를 질렀다.

"어머니가 경찰에 신고를 했대. 이모의 죽음을 비롯한 이번 사건 때문에 심한 충격을 받은 상태라 잘 관찰하고 있었던 모양인데, 부모가 잠든 사이 창문으로 방을 빠져나간 것 같대."

"어디로 간 걸까?"

아내는 완전히 그 애 어머니 심정이 된 듯한 목소리로 말했다.

"그 애 다친 건 나았나요?"

"골절은 꽤 좋아진 모양인데, 마음에 입은 상처가 문제지."

"측은하게."

아내가 한숨을 섞어 중얼거렸다.

"당신 그 애를 찾으러 갈 거예요?"

"응."

내 주인님이 걷기 시작했다.

"짐작 가는 데가 있어서."

주인님의 짐작은 맞았다. 고미야 마사키는 반년도 더 전에, 이모인 쓰카다 사나에의 시체가 발견된 하네다 공항 근처 창고 주차장에 있었다.

"이렇게 늦은 시간에 산책하는 거냐?"

뭔가를 넘어서는 동작을 하고 나서 천천히 허리를 굽히며 내 주인님이 말했다. 안주머니 속에서 나는 주인님이 고미야 마사키와 어깨를 나란히 하고 콘크리트 블록이나 낡은 타이어 위에 앉아 있는 광경을 떠올렸다.

"형사 아저씨…. 여긴 어떻게 왔어?"

소년이 가느다란 목소리로 중얼거렸다.

주인님은 질문에 대답하지 않고 이렇게만 말했다.

"엄마 아빠가 걱정하고 계셔."

소년은 말이 없었다.

내 주인님은 웃옷 안주머니에서 담배를 꺼냈다. 이윽고 라이터 켜는 소리가 났다. 심장에 좋지 않은데도 끊지를 못한다.

"아직 마음이 정리되지 않겠지."

잠깐 뜸을 들였다가 주인님이 부드러운 목소리로 그렇게 말했다.

"사나에 이모한테 일어난 사건은 너무 슬픈 일이었어. 착하고 예쁜 이모가 왜 그런 끔찍한 일을 당해 목숨을 잃어야 했는지, 너는 이해할 수 없을 거야. 아무리 설명해도 이해할 수가 없을 거야. 그렇지?"

멀리서 자동차 오가는 소리가 희미하게 들려온다. 그걸 지우듯이 밤바람 부는 소리도 들린다. 속이 빈 뼈가 울리는 듯한 슬픈 소리다.

"잠이 안 와."

소년이 중얼거렸다.

"그래?"

"꿈을 꾸는걸. 이모 꿈을."

"어떤 꿈이지?"

"이모가 울고 있어."

"늘?"

"응. 괴로워서 꿈꾸는 게 싫어. 그래서 잠이 안 와. 평소 같으면 참고 방에 틀어박혀 있겠지만, 오늘은 왠지 그러기 싫어서…. 문득 정신이 드니 여기 와 있었어."

"어떻게 왔어?"

"지나가는 차를 세워 태워달랬어."

"호오—. 무섭지 않았니?"

"전혀."

소년의 목소리는 억양이 없었다.

"무서운 일을 당해도 별것 아니라고 생각하니까. 지금보다 더 나쁜 일은 생기지 않을 거야."

조그맣게 말하고 소년은 입을 다물었다. 두 사람은 말이 없었다.

"형사 아저씨."

“왜?”

“그놈, 사형당하지?”

잠시 뜸을 들였다가, 주인님이 대답했다.

“그건 말이야, 법원에서 결정하는 거야. 나는 확실한 얘기를 해줄 수가 없어. 무책임한 소리를 하게 될 테니까.”

소년은 아무 말도 하지 않는다. 나는 그 애가 울고 있는 게 아니면 좋겠다고 생각했다. 아니, 그 반대일까? 우는 게 더 나을지도 모른다. 가슴에 맺혀 있는 것들을 눈물로 씻어낼 수 있다—.

“이번 사건엔 여러 사람이 관계되어 있고, 모두 제각각 영향을 받고 있단다.”

내 주인은 여전히 담담한 어투로 말했다.

“마사키, 너도 마찬가지야. 나도 그렇고. 이런 사건을 다룬 건 처음이었어.”

이렇게 말하는 내 주인님은 이 사건 수사가 시작되었을 무렵 한 번 쓰러져서 입원하고, 그 뒤로 약 없이는 움직일 수 없는 요주의 인물이 되어버렸다. 주머니에 넣어두면 금방 잃어버린다면서, 아내는 하루에 먹어야 할 정해진 약을 늘 내 안에 넣어 다니라고 권했다. 지갑이라면 어딜 가더라도 갖고 다니고, 쉽게 분실하지는 않을 테니까.

“많은 사람의 인생이 이번 사건 때문에 변해버렸지.”

주인님이 말을 이었다.

“죽은 네 사람은 물론이고, 그 밖에 다른 사람들도 말이야.”

소년이 조그맣게 물었다.

“저어, 자기 약혼자가 쓰카다 가즈히코한테 살해당했다고 생각하던 여자는? 지금 어떻게 됐어?”

“아마미야 교코 씨 말이구나.”

소년 앞이라 그런지 모르지만 주인님은 그 여자 이름에 ‘씨’ 자를 붙였다.

“그 여자는 병원에 있지. 그 사람은 병이야, 마음의 병.”

“그… 호스티스의 시체를 발견한 사람은? 관광버스 안내양 누나.”

“그 아가씨는 건강하게 일하고 있지. 하긴, 친구하고는 화해 못했지만.”

주인님은 그렇게 말하고, 살짝 웃었다.

“그 사건으로 친해진 형사와 사귀는 모양이야. 그런 소문을 들었지.”

“…그렇구나.”

소년이 중얼거렸다.

“그럼 행복한 사람도 없는 건 아니네.”

“그럼.”

주인님은 말하고, 왼팔을 움직였다. 아마 소년의 어깨를 감싸 안은 모양이다.

“이모 잃은 걸 슬퍼하거나, 이모 죽인 놈들을 미워하는 건 얼마든지 해도 돼. 하지만 말이야, 이모를 구해내지 못했다고 스스로를 책망하지는 마. 그건 다른 문제니까.”

그 뒤로 두 사람 다 말이 없었다.

커다란 뒷모습과 작은 뒷모습이 나란히 달라붙어 밤바람을 맞
고 있다―.

"역시 여기 있었나?"

새로운 목소리가 들려왔다. 주인님은 목소리가 들린 방향을
돌아보았다.

내게도 귀에 익은 목소리다. 이 사건에서 주인님과 함께 움직
인 탐정이다.

"뭐야, 그쪽에도 연락이 갔었나?"

주인님이 왼팔을 또 움직였다. 툭, 하고 어깨를 두드렸는지도
모른다.

"찾아 나서길 잘했군. 오늘 밤은 내킬 때까지 여기 있자. 아저
씨도 함께 있어줄 테니까."

탐정도 걸터앉은 모양이다. 둘이서 소년을 사이에 끼워 밤바
람을 막아주고 있는지도 모른다.

"마사키, 너한테 돌려줘야 할 게 있는데."

탐정의 말에 소년이 오래간만에 입을 열었다.

"나한테?"

"응. 사실은 네 이모한테 돌려줘야 하는 물건이었지만 말이야.
이모가 맡겨두었던 거니까."

약간 시간이 걸렸다. 탐정이 코트나 웃옷 주머니를 뒤지고 있
는 모양이다. 희미하게 옷 스치는 소리가 났다.

"이거야. 우리 사무실에 왔을 때 이모가 하고 있던 귀걸이지.
사건이 해결될 때까지 맡아두기로 약속했었어."

탐정의 목소리가 약간 낮아졌다.

"이렇게 돌려주게 되어 안타깝구나."

어떤 귀걸이일까, 하는 생각이 들었다. 소년은 그걸 작은 손바닥으로 어떻게 받아들고 있는 걸까.

주위가 조용했다. 두 어른은 말이 없었다. 울고 있는지 소년도 아무 말이 없었다.

꽤 오랫동안 세 사람은 그렇게 앉아 있었다. 나는 밤바람이 들려주는 공허한 소리를 듣고 있었다.

이윽고 고미야 마사키가 말했다.

"아저씨들, 나 집에 데려다 줄래?"

내 주인과 탐정은 소년과 손을 잡고 인적 없는 밤길을 나란히 걸었다. 그들은 그렇게 오래오래 걸었다. 마치 이 사건이 해결될 때까지의 여정을 되짚듯이, 캄캄한 밤길을. 제각각 보조도 맞추지 않은 걸음으로 세 사람은 걸었다. 고미야 마사키의 집에 도착할 때쯤이면 아마도 동녘 하늘에 아침 해가 붉게 떠오르기 시작하리라.

〈끝〉

열 개의 지갑이 연쇄살인사건을 이야기합니다. 형사의 지갑도 있고, 탐정의 지갑도 있습니다. 목격자의 지갑과 피해자의 지갑도 끼어듭니다. 물론 당연히 범인의 지갑에도 발언권을 줍니다. 이 지갑들은 아주 길고 긴 살인에 대해 자기가 보고 느낀 바를 이야기합니다. 1992년에 책으로 나온 미야베 미유키의 장편소설입니다. 분명 장편소설이기는 하지만, 각 지갑의 이야기들은 단편의 형식을 띠고 있습니다. 화자가 다르고, 시점이 다릅니다. 굳이 이야기하자면 '연작으로 이루어진 장편'이라고 할 수 있겠습니다. 하지만 여느 연작집과는 많이 다릅니다. 훨씬 더 유기적으로 연결되어 있기 때문입니다. 문고본에는 없지만 1992년 판에는 다음과 같은 '작가의 말'이 실려 있습니다.

단편소설을 연결해 하나의 장편을 만들어낸다는 방식은 제법 손이 많이 가는 일이지만 독특한 '장치'로서 재미가 있고, 여러 가지 얄궂은 기교를 부리며 쓸 수가 있습니다. '지갑이 사건을 이야기한다.'는 엉뚱한 설정도 이런 연작 장편이라는 형식을 따왔기 때문에 가능했을지 모릅니다.

이 작품은 미야베 미유키의 초기작에 해당합니다. 1987년에 데뷔해, 이 연재를 시작할 때는 그녀의 이름으로 나온 책이 단 한 권뿐이었고, 연재 시작과 비슷한 시기에 두 번째 책이 나왔습니다. 미야베 미유키는 작가 생활 초기에는 개의 시각을 빌려 사건을 그리기도 했으니 '시점'이나 '화자'에 신경을 쓰며 기술적 방향성을 다양하게 모색하던 시기라고 할 수 있습니다. 그런 까닭에 이 작품에서는 그 뒤에 발표한 여러 작품의 원형이 얼핏얼핏 드러나기도 합니다. 《모방범》의 원형을 발견할 수도 있겠고, 《화차》의 원형을 발견할 수도 있을 것입니다. 굳이 들추자면 《누군가》나 최근작인 《이름 없는 독》의 원형도 보이는 듯합니다. 그런 만큼 이 작품은 미야베 미유키라는 '원석'의 질감이 그대로 느껴지는 작품입니다. 저는 이 작품을 미야베 미유키의 초기 대표작으로 여깁니다.

이 열 개의 지갑 이야기 가운데 어느 것이 가장 마음에 들었습니까? 사람마다, 입장마다 다 다를 것입니다. 착한 아가씨가 나오는 '목격자의 지갑'을 좋아하는 분도 계실 테고, 초등학생의 지갑이 이야기하는 '소년의 지갑'을 좋아하는 분도 계실 것입니다. 또한 시작과 끝을 장식하는 반장님의 지갑이 마음에 드는 분도 많을 겁니다. 아, 여기서 '반장'이란 우리나라의 수사반장 등급이 아닙니다. 원문에서는 '반장님'이 아니라 'デカ長(데카초)'라고 부릅니다. 계급으로는 순사부장(그리 높지 않은 계급입니다)이면서 형사로 활동하는 경찰을 부르는 이름인데, 편의상 '반

장'으로 옮겨두었습니다. 이 반장님을 비롯해 이 소설에서는 '성실하게 사는 사람들'의 모습이 많이 나옵니다. 아마 이런 인물들에게서 매력을 느끼는 독자도 많으리라 생각합니다. 그런 사람들 구경하기가 쉽지 않은 세상이기 때문일 겁니다. 어떤 이야기가 마음에 들었건 이 열 개의 지갑 이야기가 오래 마음에 남기를 바랍니다.

지갑 열 개가 털어놓는 이야기를 다 읽은 분들은 자연스럽게 눈치 챘을 겁니다. 그렇습니다. 이 소설은 월간지에 연재된 것입니다. 1989년 12월 '형사의 지갑'을 발표하면서 시작된 이 연재에는 원래 '열세 개의 지갑 이야기'라는 부제가 붙어 있었답니다. 말하자면 애당초 계획과 달리 열 개의 지갑으로 작품이 마무리되었다는 이야기입니다. 작가가 쓰지 않은 나머지 세 개의 지갑 이야기는 이 작품을 다 읽은 뒤에 독자들이 나름대로 써볼 수도 있겠습니다. 여러분은 누구의 지갑을 등장시키겠습니까? 그 이야기를 머릿속에 쓰면서, 모든 독자들이 즐거운 '독서 이후'를 맛보시기 바랍니다.

2007년 여름 옮긴이

* 1999년에 발행된 고분샤 문고본을 바탕으로 옮겼습니다.

작품 내용에 관한 문의는 anuken@gmail.com으로 부탁드립니다.